古典文獻研究輯刊

十 三 編

曾 永 義 主編

第 5 冊

明代四大奇書之續書文化敘事研究（上）

林 景 隆 著

國家圖書館出版品預行編目資料

明代四大奇書之續書文化敘事研究（上）／林景隆 著 — 初版
— 新北市：花木蘭文化出版社，2016〔民 105〕
目 4+202 面；19×26 公分
（古典文學研究輯刊 十三編；第 5 冊）
ISBN 978-986-404-581-5（精裝）
1. 明代文學 2. 敘事文學 3. 文學評論
820.8   105002162

ISBN-978-986-404-581-5

9 789864 045815

古典文學研究輯刊
十三編 第 五 冊   ISBN：978-986-404-581-5

明代四大奇書之續書文化敘事研究（上）

作　　者　林景隆
主　　編　曾永義
總 編 輯　杜潔祥
副總編輯　楊嘉樂
編　　輯　許郁翎
出　　版　花木蘭文化出版社
社　　長　高小娟
聯絡地址　235 新北市中和區中安街七二號十三樓
　　　　　電話：02-2923-1455／傳真：02-2923-1452
網　　址　http://www.huamulan.tw 信箱 hml 810518@gmail.com
印　　刷　普羅文化出版廣告事業
初　　版　2016 年 3 月
全書字數　329207 字
定　　價　十三編 20 冊（精裝）新台幣 38,000 元

明代四大奇書之續書文化敘事研究（上）

林景隆　著

作者簡介

林景隆，國立高雄師範大學國文系博士。現任高雄市路竹區蔡文國小教師。學術專長為明清小說、文學理論、國語文教學。曾發表〈論《聊齋誌異》夜化敘事的衍變及其美學意義〉、〈論《西遊補》對《西遊記》的戲擬改寫與審美境界的呈現〉、〈論〈中山狼傳〉的戲曲改編〉、〈《西遊記》續書現象在接受美學上所呈現的意義〉、〈論明代四大奇書及其續書主題傳釋的變異〉、〈生活的詩性複寫——論楊佳嫻散文作品的創作意識〉等論文。

提　　要

　　明末清初四大奇書之續書藉由「重寫」經典的過程，呈現出與前文本「互文性」對話的眾聲喧嘩，這股續寫的創作風潮延續到清末尚未止歇，令人好奇的是，在續書背後源源不絕的創作動力如何抵抗、轉化、解構原著的影響？四大奇書之續書在面對原著制約的藝術成規下，如何開創新局？如何從清代學者「狗尾續貂」的普遍認知中，突破層層歷史的苛評？魯迅的《中國小說史略》最早對於四大奇書之續書投以關注眼光，逐漸扭轉了大眾對續書的負面評價，筆者以「敘事」為討論基礎，考察四大奇書之續書在文學、歷史、宗教、政治、道德等文化「對話」語境中，如何揣摩推陳與出新、求本與溯源之間的互動關係，凸顯續書研究的重要性。

　　藉由探討四大奇書之續書的話語內蘊、閱讀反應、儒家本位與宗教意識、政治圖景、思想命題、創作實踐等課題，尋繹續書群內在創作肌理的共相結構，在承襲導愚、適俗、娛樂的教化觀念下，透過續書作者的編創，面對敘事開端「世變」情境的塑造，對天命與人事間的交互影響，提出個人對歷史、道德的詮釋。在明代文人「演義」觀念生成的基礎上，四大奇書之續書承襲「通俗為義」的創作原則，藉由小說文本、序跋的分析，可以發現四大奇書之續書對「演義」觀念的體會上，是具有深化、補充的創作認知，而胡應麟重新爬梳古代小說的發展脈絡與流變，在奠定小說文體意義的基礎上，提出一種「正統」的文言小說觀，與「非正統」的通俗演義觀，形成兩股不同的概念內涵，自然也不能加以忽視。最後，筆者從文化轉向的角度，提出四大奇書之續書在「經典轉化」與「讀者詮釋」方面的生產性意義，而從話語實踐的總結上，提出四大奇書之續書在米哈伊爾・巴赫金（Mikhail Mikhailovich Bakhtin）複調小說理論上的貼合，更融入自身回應歷史或現實的情感信念、意識形態和價值觀念，整體敘事話語呈現出一種「批評語境」的詩學企圖。

目

次

上　冊

第一章　緒　論 ………………………………………………… 1

　第一節　邁向重寫經典之路 …………………………………… 4

　　一、成書：作者與版本 ……………………………………… 5

　　二、編創：在承襲仿擬與踵事增華之間 …………………… 9

　　三、類型：在依傍史傳與人情寫實之間 …………………… 10

　　四、主題：在制約與偏離之間 ……………………………… 11

　第二節　文獻探討 ……………………………………………… 13

　第三節　釋題：問題意識與研究進路 ………………………… 25

　　一、問題意識 ………………………………………………… 26

　　二、研究進路 ………………………………………………… 29

　第四節　研究方法 ……………………………………………… 31

第二章　史統散而小說興：明代四大奇書之續書的
　　　　話語內蘊 ……………………………………………… 33

　第一節　敘事傳統的接受與偏離 ……………………………… 34

　　一、講史傳統的延續 ………………………………………… 35

　　二、主題先行的敘事開端 …………………………………… 43

　第二節　世變書寫下的敘事創造 ……………………………… 52

　　一、歷史與虛構的再現 ……………………………………… 53

　　二、由個人至家國的倫理秩序 ……………………………… 65

第三章　讀者視域：四大奇書之續書的閱讀反應 … 77
　第一節　書寫情志的主體實踐 …………………… 79
　　一、文本與序跋所呈現的自我意識 ………… 80
　　二、文本與序跋所呈現的創作動機 ………… 87
　第二節　主題傳釋的變異 ………………………… 95
　　一、《三國演義》及其續書虛構之差異 …… 96
　　二、《水滸傳》及其續書詮釋之差異 ……… 99
　　三、《西遊記》及其續書心性修煉的闡釋 … 107
　　四、《金瓶梅》及其續書之道德色彩 ……… 115
　第三節　敘事形式的模仿與翻案 ………………… 123
　　一、回目的設置 ……………………………… 125
　　二、說話人敘述方式 ………………………… 126
　　三、修辭模式 ………………………………… 131

第四章　世俗歸趣：四大奇書之續書的儒家本位與
　　　　宗教意識 ……………………………………… 141
　第一節　在儒家倫理與宗教話語之間 …………… 143
　　一、《三國演義》續書的政治興替 ………… 145
　　二、《水滸傳》續書的忠義／盜賊敘事 …… 150
　　三、《西遊記》續書的心性修煉 …………… 164
　　四、《金瓶梅》續書的勸善心態 …………… 175
　第二節　小說中的宗教敘事框架 ………………… 181
　　一、轉世框架 ………………………………… 184
　　二、夢幻框架 ………………………………… 190
　　三、度脫框架 ………………………………… 192
　　四、嫡派框架 ………………………………… 195
　　五、還陽框架 ………………………………… 199

下　冊

第五章　經世致用：四大奇書之續書的政治圖景 · 203
　第一節　政治寓言的創造與個人抉擇 …………… 206
　　一、戰爭敘事下的忠佞之辨 ………………… 207
　　二、亂世情境下的英雄想像 ………………… 215
　　三、神魔鬥法中的救世寓言 ………………… 221
　第二節　儒家政治理想的通俗闡釋 ……………… 225
　　一、平天下 …………………………………… 225
　　二、治國 ……………………………………… 228

　　　三、修身 ……………………………………………… 234

　　　四、齊家 ……………………………………………… 244

　　第三節　歷史與道德的統一 ……………………………… 249

　　　一、忠義敘事的變奏 ………………………………… 250

　　　二、世情書寫的變調 ………………………………… 260

　第六章　天命人事：四大奇書之續書的歷史意識 ……… 265

　　第一節　天道循環的運行與反思 ………………………… 267

　　　一、天命移轉的歷史詮釋 …………………………… 268

　　　二、藉神道設教的天命架構 ………………………… 271

　　第二節　個體命運的張揚與寄寓 ………………………… 277

　　　一、天命主導下的個人追求 ………………………… 279

　　　二、個人命運變化的觀照 …………………………… 285

　　第三節　歷劫試煉的救贖與昇華 ………………………… 290

　　　一、招安前後的意識轉變 …………………………… 291

　　　二、模式化的取經考驗 ……………………………… 296

　第七章　小說演義：明代四大奇書之續書的創作實

　　　　　　踐 ………………………………………………… 303

　　第一節　明清「演義」觀念的生成 ……………………… 306

　　　一、「演義」與「歷史演義」之義界 ……………… 307

　　　二、「演義」的思想命題與創作譜系 ……………… 310

　　　三、演義之外的「不協調音」 ……………………… 315

　　第二節　演義觀念的容受 ………………………………… 323

　　　一、創作本體的認知 ………………………………… 324

　　　二、創作觀念的深化 ………………………………… 328

　　第三節　重寫觀點下的文本實踐 ………………………… 336

　　　一、《三國演義》續書引史爲證 …………………… 337

　　　二、《水滸傳》續書重寫俠義的歷史轉向 ………… 339

　　　三、《西遊記》續書聖與凡的「新詮」 …………… 344

　　　四、《金瓶梅》續書的權威敘事與道德擺盪 ……… 352

　第八章　結　論 ……………………………………………… 357

　　第一節　文化轉向：經典轉化與讀者詮釋 ……………… 359

　　第二節　話語實踐：創作認知與歷史回應 ……………… 363

　參考文獻 ……………………………………………………… 369

第一章　緒　論

　　明代的《三國志通俗演義》、《忠義水滸傳》、《西遊記》、《金瓶梅詞話》四部小說，從成書以來受到文人及大眾的喜愛，其特殊的敘事構思及藝術技巧爲人所津津樂道，進而擁有「四大奇書」的稱譽。據現存資料可知，有關四大奇書的說法由馮夢龍所提出，始於李漁所撰〈古本《三國志序》序〉：

> 昔弇州先生有宇宙四大奇書之目：曰《史記》也，《南華》也，《水滸》與《西廂》也。馮夢龍亦有四大奇書之目：曰《三國》也，《水滸》也，《西遊》與《金瓶梅》也。兩人之論各異。愚謂書之奇，當從其類。《水滸》在小說家，與經史不類，《西廂》係詞曲，與小說又不類。今將從其類以配其奇，則馮說爲近是。〔註1〕

弇州先生王世貞是明代「後七子」的領袖人物，他曾將《史記》、《南華》（即《莊子》）、《水滸傳》、《西廂記》稱爲「四大奇書」，而馮夢龍則稱《三國演義》、《水滸傳》、《西遊記》、《金瓶梅》爲「四大奇書」，李漁不贊成王世貞的說法，而贊成馮夢龍以類相從的界定，這裡提出文類的觀點，四大奇書的文類屬於小說，也象徵晚明以來文人品味的移轉，四大奇書的「經典」地位於是奠定，而經典確立的標準爲何？這是一個值得深思的問題，〔註2〕

〔註1〕〔清〕李漁：〈古本《三國志序》序〉，收入丁錫根編著：《中國歷代小說序跋集》（中），（北京：人民文學出版社，1996年7月），頁899。

〔註2〕杜衛・佛克馬（D. W. Fokkema）指出從歷史和社會角度來說，所有文學經典的結構和作用都是平等的。所有的經典都由一組著名的文本構成──一些在一個機構或者一群有影響的個人支持下而選出的文本。這些文本的選擇是建立在由特定的世界觀、哲學觀和社會政治實踐而產生的未必言明的評價標準

如署名李漁的〈《三國志演義》序〉曰：

> 嘗聞吳郡馮子猶，賞稱宇內四大奇書，曰《三國》、《水滸》、《西遊》及《金瓶梅》四種，余亦喜其賞稱為近是。〔註3〕

如稗明氏〈《三國演義》敘〉曰：

> 夫三國之事實，作者演之；作者之精神，評者發之。此亦何待予言哉？獨是馮猶龍有四大奇書之目，以《三國志》為第一種。說者謂三國爭天下之局之奇，故傳之者亦奇；而又得錦心繡口之人，一一代古人傳其胸臆，則評之者亦奇，是固然矣。〔註4〕

以上引文均指出「四大奇書」的命名由馮夢龍所定，基本上，「四大奇書」的命名是在明末確立的，〔註5〕已成為當時文人對小說經典的共識，而從四大奇書之後的續書、仿作盛行，有一部份原因與商業利益有關，這些名著的刊刻與傳播，帶動明清書坊編創通俗小說的風潮，背後代表的是龐大的商業利益，加上明代嘉靖後印刷技術的進步，明代四大奇書背後有一群續書衍生的文化現象也就值得後人留意。

在二十世紀 60 年代後期和 70 年代，文化人類學的興起，其影響遍及社會科學領域。英國人類學家瑪麗‧道格拉斯（Mary Douglas）和美國人類學家克利福德‧格爾茲（Clifford Geertz）是這場學術運動中的主要人物，他們的主要作品分別是《潔淨與危險》（Purity and Danger，1966）以及《文化的解釋》（The Interpretation of Cultures，1973），這兩部作品是文化人類學發展中的里程碑式作品，就「文化」的定義而言，本文採取美國人類學家克利福德‧格爾茲（Clifford Geertz）的概念：

> （文化）是指從歷史上沿襲下來的體現於象徵符號中的意義模式，是由象徵符號體系表達的傳承概念體系，人們以此達到溝通、

的基礎上的。參童慶炳、陶東風主編：《文學經典的建構、解構和重構》（北京：北京大學出版社，2007 年 11 月），頁 17～18。收有杜衛‧佛克馬（D. W. Fokkema）〈所有的經典都是平等的，但有一些比其他更平等〉的看法。

〔註3〕〔清〕李漁：〈《三國志演義》序〉，收入丁錫根編著：《中國歷代小說序跋集》（中），頁 902。

〔註4〕〔清〕稗明氏：〈《三國演義》敘〉，收入丁錫根編著：《中國歷代小說序跋集》（中），頁 904。

〔註5〕蘇興：〈「四大奇書」名稱的確立與演變〉，見氏著，蘇鐵戈、蘇銀戈、蘇壯歌編選：《蘇興學術文選》（上海：上海古籍出版社，2011 年 5 月），頁 195～204。

延存和發展他們對生活的知識和態度。〔註6〕

本文的討論以明代四大奇書之續書爲考察範圍，在明末清初的「世變之際」社會歷史的語境下，在四大奇書影響下的續書，如何透過共相的演繹，試圖尋找出續書在試圖跳脫文學經典的巨大影響下，所呈現出在文化轉型下「眾聲喧嘩」的形貌，續書身爲作者／讀者的文化身份，代表的是四大奇書各時代的讀者，同樣也是作者對四大奇書的解讀與闡釋，對四大奇書的傳播也具有一定的影響力，具有雙重身份的續書，在「重寫」經典的光環下，有何特殊的審美表現與話語修正？在對話的觀點下，續書如何另闢蹊徑，呈現出何種文化敘事的離心力量？對於清代長篇小說的創作、發展、轉變、續寫，所產生的啓示與影響爲何？這都是值得深思與研究的重大課題。

首先必須對討論文本加以確定，《三國演義》續書有《續編三國志後傳》，《水滸傳》續書有《後水滸傳》、《水滸後傳》、《蕩寇志》，《西遊記》續書有《續西遊記》、《西遊補》、《後西遊記》，《金瓶梅》續書有《續金瓶梅》、《三續金瓶梅》。「無論廣義續書說還是狹義續書說，我們主要是看作品是否對原著有所發展和補充，這是衡量一個作品是否爲原著續書的根本標準」〔註7〕，「續書是作家在前人小說著作基礎上進行增補刪改，人物情節的延續生發。在思想上，它們是作家對原著的某種解讀；在內容上，它們的人物情節與原作具有某種聯繫；在形式上，它們都仿效原著的題材類型、結構方式乃至表現手法。體現了對原著強烈的參與意識。」〔註8〕以上論者都對續書概念提出自己的見解，頗見後出轉精的學術進程，筆者認爲續書「身兼讀者／作者雙重身份，對前人小說內容中襲用人物性格、情節結構，形式上仿效題材、類型、語言風格，思想上是作者對前文本的解讀、詮解、修正、補充，與前文本具有對話性，但改編、仿作不包含在內」。

基於這樣的分類標準，問世於萬曆三十七年（1609年）的《續編三國

〔註6〕〔美〕克利福德・格爾茲（Clifford Geertz）撰，納日碧力戈、郭于華、李彬、羅紅光、田青等譯，王銘銘校：《文化的解釋》（The Interpretation of Cultures），（上海：上海人民出版社，1999年），頁103。

〔註7〕高玉海：《明清小說續書研究》（北京：中國社會科學出版社，2004年2月），頁5。

〔註8〕段春旭：《中國古代長篇小說續書研究》（上海：上海三聯書店，2009年1月），頁4。

志後傳》是《三國演義》唯一的續書，〔註9〕小說題署「西蜀酉陽野史編次」，內容接續百回本《三國演義》的結尾，而《金瓶梅》的續書《續金瓶梅》，後有刪改本《隔簾花影》及《金屋夢》，《隔簾花影》主要是改編者刪去書中佛老思想、宗教鬼神信仰部分，並把書中主角人名更換，而《金屋夢》則是刪去三回，合併一回，除了這四回，《金屋夢》大致恢復《續金瓶梅》的原貌，這兩本書算是《續金瓶梅》的另兩種版本，不能算是續書。《水滸傳》、《西遊記》的續書認定歷來爭議較少，《三國演義》及《金瓶梅》的續書認定先做釐清工作，才能方便論述的進行。

第一節　邁向重寫經典之路

中國小說續書的研究，歷來不受重視，而且長期以來有「狗尾續貂」之譏，從明代小說續書的序跋分析，提出「事必撼實」〔註10〕或「宜作小說而覽，毋執正史而觀」〔註11〕的創作方法及目的，更有人提出續書「機局更翻，章句不襲」〔註12〕的情節要求，以及續書「按譜填詞，高下不得」、「中材以下，苦心表微」〔註13〕的創作困境，到了清代的劉廷璣《在園雜志》〔註14〕注意到明末清初小說史上的續書現象，並提出對小說續書的評

〔註9〕 明清以《三國演義》續書自居的有《續編三國志後傳》、《後三國演義》、《三國後傳石珠演義》，《後三國演義》實即《東西晉演義》，而《三國後傳石珠演義》的人物、情節與《三國演義》無涉，二書均不算是《三國演義》的續書。

〔註10〕 〔明〕秦淮墨客：〈續英烈傳序〉，收入高玉海：《古代小說續書序跋釋論》（北京：中國社會科學出版社，2007年5月），頁16。

〔註11〕 〔明〕佚名：〈新編續刻三國志引〉，收入高玉海：《古代小說續書序跋釋論》（北京：中國社會科學出版社，2007年5月第1版），頁6。

〔註12〕 〔明〕雁宕山樵：〈水滸後傳序〉，收入高玉海：《古代小說續書序跋釋論》，頁31。

〔註13〕 〔明〕樵餘：〈水滸後傳論略〉，收入高玉海：《古代小說續書序跋釋論》，頁42。

〔註14〕 〔清〕劉廷璣：《在園雜志》卷三曰「近來詞客稗官家，每見前人有書盛行於世，即襲其名，著為後書副之，取其易行，竟成習套。有後以續前者，有後以證前者，甚有後與前續不相類者，亦有狗尾續貂者。四大奇書如《三國演義》名《三國志》，竊取陳壽史書之名；《東西晉演義》亦名《續三國志》；更有《後三國志》，與前絕不相侔。如《西遊記》乃有《後西遊記》、《續西遊記》。《後西遊》雖不能媲美於前，然嬉笑怒罵，皆成文章，若《續西遊》則誠狗尾矣。更有《東遊記》、《南遊記》、《北遊記》，真堪噴飯耳。如《前水滸》一書，《後水滸》則二書。一為李俊立國海島，花榮、徐寧之子共佐成業，應高

價及看法，他對《後西遊記》、《水滸後傳》持肯定態度，但對其餘四大奇書之續書及其他小說續書，則持貶抑態度，使得往後論者對續書產生「續貂」、「尚狗尾之不若」的苛評，魯迅在《中國小說史略》對《水滸後傳》、《結水滸傳》（即《蕩寇志》）、《後西遊記》、《續西遊記》、《西遊補》、《續金瓶梅》等續書介紹與評價，才讓小說續書在中國小說史上佔有一席之地。在《中國通俗小說總目提要》中，共收至清末的通俗小說一千一百六十四部，其中續書達一百五十部以上，約佔總數的百分之十三，〔註 15〕這還不包括文言小說的續書，這樣續衍的文學現象受到忽視，與明清文人長期以來對續書評價不高，甚至貶低創作地位有極大關係。

一、成書：作者與版本

　　續書概念的界定，在學術界曾引起極大的爭論，〔註 16〕最早提出續書概念的界定首見於林辰對「廣義」、「狹義」續書概念的界定，較受爭議的是廣義續書的概念，認爲「續書是對前書（包括前期短帙作品及傳說）的增刪、加工、改寫和補撰，從而使得前書或前作得以提高、擴展、充實和

宗「卻上金鼇背上行」之讖，猶不失忠君愛國之旨；一爲宋江轉世楊么、盧俊義轉世王魔，一片邪汙之談，文詞乖謬，尚狗尾之不若也。《金瓶梅》亦有續書，每回首載《太上感應篇》，道學不成道學，稗官不成稗官，且多背謬妄語，顛倒失倫，大傷風化，況有前本奇書壓卷，而妄思續之，亦不自揣之甚矣。外而《禪眞逸史》一書，《禪眞後史》二書。一爲三教覺世，一爲薛舉托生瞿家，皆大部文字各有各趣，但終不脫稗官口吻耳。再有《前七國》、《後七國》。而傳奇各種，《西廂》有《後西廂》，《尋親》有《後尋親》，《浣紗》有《後浣紗》，《白兔》有《後白兔》，《千金》有《翻千金》，《精忠》有《翻精忠》，亦名《如是觀》。凡此不勝枚舉，姑以人所習見習聞者筆而志之。」收入《清代筆記小說大觀》（三）（上海：上海古籍出版社編，2007 年 10 月），頁 2196～2197。

〔註15〕李忠昌：《古代小說續書漫話》（瀋陽：遼寧教育出版社，1992 年 10 月），頁3。

〔註16〕高玉海：《明清小說續書研究》（北京：中國社會科學出版社，2004 年 2 月），頁 4～5。本書從狹義的續書分類入手，認爲不應加入改編和仿作，如此將造成續書概念的含混不清。王旭川：《中國小說續書研究》（上海：學林出版社，2004 年 5 月），頁 7。本書從文類角度分爲文言小說續書與白話小說續書，認爲不應忽略文言小說續書，從廣義角度提出續書分類的標準，從一文類、二續法、三主題、立意與原作關係三個角度進行分類，對林辰的「廣義續書論」進行修正。段春旭：《中國古代長篇小說續書研究》（上海：上海三聯書店，2009 年 1 月），頁 2～3。本書也從狹義角度提出續書分類，不認同改編和仿作也是續書的一種，如此將擴大續書的外延，將造成續書概念的含混。

完美」〔註17〕，這樣的分類太過寬泛，容易造成續書與改編、仿作的混淆，論者對此廣義續書概念的修正與補充，〔註18〕使得小說續書的概念更顯完善。

首先對四大奇書之續書作者與版本作一概述，《三國演義》的續書為《續編三國志後傳》，共十卷一百四十回，明代歷史演義小說。題晉平陽侯陳壽史餘雜記，西蜀酉陽野史編次，酉陽野史的真實姓名無考，生平不詳，現存版本只有明萬曆三十七年（1609）刊本，原書目錄為一百四十回，但內文卻比目錄多出五回，故實為一百四十五回，全書自第一回〈後主降英雄避亂〉始，至第一四五回〈三大帥平定蘇峻〉止，共十卷。書末有言曰「此書原本共計二十卷，今分作二集而刊，庶使刻者易完而買者輕易，以成兩便。觀書君子看此完畢，再買下集，自十一卷至二十卷，以視晉漢興亡，睹前後終始，方合全觀。幸為毋吝青蚨而棄後史也。」由此可知，作者原來準備出版兩集，但現在卻未見有第二集，不知是何原因？筆者從出版商業利益的觀點來看，《續編三國志後傳》偏離《三國演義》所建立「七實三虛」的編創規律，一般讀者在閱讀前文本的影響下，自然不喜歡這種虛構歷史成分過高的作品，或可解釋作者出了第一集後，因銷路不佳而停止編撰第二集。

《水滸傳》續書有《後水滸傳》、《水滸後傳》、《蕩寇志》，《水滸傳》是最早的長篇通俗英雄傳奇小說，其版本極為複雜，其中續書較多者有容與堂百回本和貫華堂七十回本。百回本《水滸傳》續書有《水滸後傳》和《後水滸傳》兩種，七十回本《水滸傳》續書有《蕩寇志》。《水滸後傳》共四十回，作者為陳忱，字遐心，又字敬夫，號雁宕山樵，烏程（今浙江吳興）人。他生於明萬曆四十一年（1613），卒於康熙年間，《水滸後傳》現存版本是康熙間刊本，在乾隆年間，南京人蔡元放對全書作了潤色評點，在乾隆三十五年（1770）又刻了一版。《後水滸傳》共四十五回，正文卷端題「新雋施耐庵先生藏本後水滸全傳，青蓮室主人題」。施耐庵先生應係偽托，真正作者應即「青蓮室主人」，《後水滸傳》目前僅知大連圖書館有清初刻本。《蕩寇志》七十卷七十回，附「結子」一回，原名《結水滸全傳》，

〔註17〕林辰：《明末清初小說敘錄》（瀋陽：春風文藝出版社，1988年），頁117。
〔註18〕王旭川：《中國小說續書的歷史發展》（上海：上海師範大學博士論文，2004年4月），頁1～3。對續書概念及範圍的界定有詳盡的探討。

清代歷史演義小說。俞萬春撰，俞萬春（1794～1849）字仲華，號忽來道
人，一作忽雷道人，浙江山陰（今紹興）人。此書初印本刻於清咸豐三年
（1853），卷首有古月老人、徐佩珂、陳奐序文，作者寫作緣起、其子俞龍
光識語。

《西遊記》續書有《續西遊記》、《西遊補》、《後西遊記》，《西遊記》
是最早的長篇通俗神魔幻怪小說。《續西遊記》一百回，別題《續西遊記眞
詮》，明代神怪小說。作者無考，題「悟眞子批評」，首眞復居士序。小說
續演唐玄奘四眾取經後返回東土之事，仿《西遊記》而少奇想，今有上海
古籍出版社「古本小說集成」影印本。《西遊補》共十六回，明代神怪小說，
董說撰，題「靜嘯齋主人著」。董說，字若雨，號西庵，浙江烏程（今浙江
湖州）人。明亡爲僧，法名南潛。書接《西遊記》第六十一回〈孫行者三
調芭蕉扇〉之後，敘演唐僧師徒過火焰山之後，孫悟空在青青世界萬鏡樓
中，見古往今來之事，作閻羅羅天子半日。小說有明崇禎間刊本，有嶷如
居士序文和靜嘯齋主人的〈西遊補答問〉。《後西遊記》共四十回，清代神
怪小說。作者無考，題「天花才子評點」。清代學者劉廷璣《在園雜志》謂
撰者爲梅子和，不知是否爲眞？小說演義唐僧師徒取回眞經後，因俗人誤
講，又有新的取經隊伍重新向西天求取眞解的故事，主角均是《西遊記》
之後輩，今有上海古籍出版社「古本小說集成」影印本。

《金瓶梅》續書有《續金瓶梅》、《三續金瓶梅》，《續金瓶梅》十二卷六
十四回，清代世態人情小說。題「紫陽道人編」、「湖上釣叟評」。紫陽道人即
丁耀亢（1599～1670），字西生，號野鶴，又號紫陽道人、木雞道人，山東諸
城人，曾官容城教諭，後任福建惠安知縣。此書爲續《金瓶梅》而作，然異
於舊本之猥褻。使書中人物一一轉生，皆得惡報。敘事中穿插國家大事，又
雜引佛道之書，闡發義理，好作議論，每回書前，且以《太上感應篇》解說
作品的人物言行，有上海古籍出版社「古本小說集成」影印本。《三續金瓶梅》
四十回，亦名《小補奇酸志》，清代世態人情小說。題「訥音居士編輯」，道
光元年（1820）抄本，卷首《有序》、《小引》，署「務本堂主人識」，並有訥
音居士印章，今有上海古籍出版社「古本小說集成」影印本。

以下試以所蒐集資料製成圖表呈現明代四大奇書之續書、作者、出版
年代、出版社、版次，因受限於可見文獻資料不足的問題，成書年代尚有
爭議，或無從考證。現今可見的續書刊本時間相對較爲完整：

表 1

明　代 四大奇書	四大奇書 之續書	作　者	出版年代	出版社	版　次
《三國志通俗演義》	《續編三國志後傳》	〔明〕 酉陽野史	明萬曆三十七年（1609）刊本	濟南：齊魯書社（《續三國演義》）	2006 年 1月第 1 版
《忠義水滸傳》	《後水滸傳》	〔明〕 青蓮室主人	明末清初	成都：巴蜀書社	1995 年 1版
	《水滸後傳》	〔明〕 陳忱	明刻紹裕堂刊本	北京：中華書局	2004 年 9月第 1 版
	《蕩寇志》	〔清〕 俞萬春	清咸豐十年（1860）	北京：中華書局	2004 年 6月第 1 版
《西遊記》	《續西遊記》	〔明〕 無名氏	清嘉慶十年（1805）金鑒堂所刻	哈爾濱：黑龍江人民出版社（《西遊記大系》貳）	1996 年 1月第 1 版
	《後西遊記》	作者不詳，現存版本僅標明「天花才子評點」字樣	清乾隆五十八年（1793）金閶書業堂本	哈爾濱：黑龍江人民出版社（《西遊記大系》貳）	1996 年 1月第 1 版
	《西遊補》	〔明〕 董說	明崇禎間刊本	哈爾濱：黑龍江人民出版社（《西遊記大系》貳）	1996 年 1月第 1 版
《金瓶梅詞話》	《續金瓶梅》	〔清〕 丁耀亢	清順治十七年（1660）或十八年（1661）	濟南：齊魯書社	2006 年 1月第 1 版
	《三續金瓶梅》	〔清〕 訥音居士	清道光元年（1820）抄本	鄭州：中州古籍出版社	1993 年 6月第 1 版

　　採用版本、出版社、版次如上述所列，本文關於四大奇書之續書的引文皆出於此，只標註頁數，不另贅注。

二、編創：在承襲仿擬與踵事增華之間

　　明代四大奇書的成書問題歷來在世代累積與文人獨創之間爭論，〔註19〕其創作背後都有其素材來源，甚至有其先行的故事本體，《三國志通俗演義》、《忠義水滸傳》、《西遊記》、《金瓶梅詞話》開創歷史演義、英雄傳奇、神魔幻怪、人情寫實文類／文體的敘事範式，由此衍生的許多仿作、續書，但都無法跨越這些「經典」之作所營造藝術成就的藩籬，筆者認為，就藝術成就來看，續書自然不能與原書相比，而從審美文化角度觀察，卻可從中挖掘其時代印記及意識轉變。

　　續書作者以四大奇書為創作起點，襲用奇書中的人物、情節，融入個人的審美感懷，明末清初出現續書創作的高峰，探索其在題材、類型等方面的新變，更是具有時代上承先啟後的過渡意義，正如劉興漢所說續書既「是小說創作在題材上由歷史傳說向現實生活過渡的一個產物，也是在創作方式上由依靠前代歷史傳說故事以及別種體裁的作品，向文人獨立創作過渡的一個產物」〔註20〕，續書作者身為小說編創者，在四大奇書興起後，使得讀者原先的閱讀視野被大大拓寬，讀者的審美眼光也更日趨複雜，為了抓住讀者心理，勢必要改變原有的編創方式，在既有的文類／文體成規中加入新的素材，逐漸推動小說創作往文人獨創的方向邁進，雖然明末清初的續書常被視為「狗尾續貂」，但是考察續書創作的文化現象，可以從明清通俗小說的編創方式入手，在編創者、書坊主、讀者、評點者等影響小說出版、傳播因素中，以導愚、適俗、娛眾為主要目的的明清通俗小說，如何在經營藝術細節、吸引讀者閱讀購買、依傍史傳演義的敘事傳統中求變求新，在續書烙印下時代、心靈的印記，在現今續書研究中應為可行的方向。談到編創方式，紀德君認為：

> 所謂編創方式，主要是指作者改編、編寫、創作通俗小說的方式方法。編創方式並非單純的創作技巧問題，它實際上涉及作者的編創意圖、小說的素材來源、題材類型、情節安排、結構方式、人物塑造等各個方面，因此對編創方式的討論，實際上也是對構成某一部或某一類小說的各藝術要素的綜合考察。而筆者之所以要使用「編

〔註19〕有關這兩者的討論，可參閱李志宏：《「演義」——明代四大奇書敘事研究》，（台北：大安出版社，2011年8月第1版），頁6～9。

〔註20〕劉興漢：〈試論中國小說史上的續書問題〉《東北師大學報》（哲學社會科學版）第三期，1987年5月，頁74～77。

創」這個概念，也是基於明清通俗小說的創作實際，即多數作品都是以改編與創作相結合的方式寫成的。這從多數小說作者的署名方式，即可窺見一斑。〔註21〕

對於小說續書的創作，明末清初是續書盛行的第一個顛峰，這時候的續書編創的題材，找上熱銷的名著也就不意外了，而小說創作的演進並非一蹴可幾，續書藉由名著的加持可以吸引讀者大眾購買閱讀。

深入考察編創者、書坊主、評點者、讀者與小說編創方式之間的關係，背後自然有一套商業運作的機制，這樣的創作難免引來清代學者如劉廷璣「狗尾續貂」的批評，但這是與四大奇書巨大的藝術成就相比，並非在通俗小說編創脈絡的觀察，正如黃霖提出，宜將「世代累積」改為「世代累作」，〔註22〕如《三國演義》、《水滸傳》之類在成書前，在說唱及其他形式的同一主幹的題材故事演變過程中，並非將零星題材簡單相加或機械拼湊，透過最後寫定者的藝術加工，才有經典作品的問世，所以「世代累積」，實際上是「世代累作」。《三國演義》、《水滸傳》，就是一種世代累作型的作品。這樣的看法顯然符合事實情理，認為每一階段的演變都是一種創作，也認定最後寫定者創作集大成的功勞，在這種觀點下，續書編創藉由與原著間的對話，也應視為一種創作行為。

三、類型：在依傍史傳與人情寫實之間

真正自覺建立中國古代小說類型理論體系的是魯迅，在《中國小說史略》中，魯迅將章回小說分為「講史」、「神魔小說」、「人情小說」三類，基本上承續了其上課講義《中國小說史大略》〔註23〕的做法。在《中國小說的歷史的變遷》中，魯迅提出了「歷史小說」、「神魔小說」、「世情小說」三種類型，分類的標準仍著眼於小說題材，但他還是未能將《水滸傳》之類的小說從「講史」中獨立分類，「英雄傳奇」一辭始見於胡適《〈水滸傳〉考證》，胡適用以

〔註21〕紀德君：《明清通俗小說編創方式研究》（北京：社會科學文獻出版社，2012年6月），頁13。

〔註22〕黃霖：〈大眾國學、世代累作及其他——讀《在書場與案頭之間》有感〉，《學術研究》，2009年第5期，頁133～137。

〔註23〕陳平原指出：「1981年陝西人民出版社出版單演義收藏並整理的寫印本《小說史大略》，此稿可能是1921年北京大學或高等師範學校教材。這一目前發現的魯迅所著小說史最早的本子，共有17篇，與現在通行本相較，變化很大，值得認真研究。」參氏著：《小說史：理論與實踐》（北京：北京大學出版社，1993年3月第1版），頁178～179。

指稱宋江故事，之後鄭振鐸也用來指稱《水滸傳》，更進一步區分出與「歷史演義」小說文類的特徵，儼然成為一個小說類型概念。韋勒克（Rene Wellek）和沃倫（Austin Warren）認為：

> 我們認為文學類型應視為一種對文學作品的分類編組，在理論上這種編組是建立在兩個根據之上的，一個是外存形式（如特殊的格律或結構等），一個是內在形式（如態度、情調、目的以及較為相糙的題材和讀者觀眾範圍等）。外表上的根據可以是這一個也可以是另外一個（比如內在形式是「田園詩的」和「諷刺的」，外在形式是二音步的和品達體頌歌式的）；但關鍵性的問題是接著去找尋「另外一個」根據以便從外在與內在兩個方面確定文學類型。〔註24〕

章回小說體是外在形式，而分為歷史演義、英雄傳奇、神魔幻怪、人情寫實是屬於內在形式，所依據的便是小說所採用的題材，但更關鍵的問題是找到小說的敘事或編創模式才能更確定文類／文體的敘事範式。

　　續書以四大奇書為對話對象，在各自的文類規範中展現其美學意義與文化意蘊，四大奇書開創歷史演義、英雄傳奇、神魔幻怪、人情寫實的文學類型，續書在創作之際，既已接收原著的歷史文化語境，在此基礎上鋪衍成文，依照寫作時間來觀察，明末的《續編三國志後傳》出現，遵循「按鑒」演義的編創模式，在意識形態上遵蜀漢為正統的政治書寫，之後《西遊記》續書的出現，在既有神魔鬥法的編創模式下，或朝宗教世俗的創作方向，或朝向文體兼容的方向，各有其敘事姿態，清初的《水滸後傳》、《後水滸傳》、《續金瓶梅》的問世，在英雄傳奇及人情寫實的編創方式下，融入了世變書寫，呈現了中下層文人對家國想像的倫理抉擇，清中葉的《三續金瓶梅》、《蕩寇志》，在人情寫實、英雄傳奇的編創模式下，又呈現出對原書家國書寫的反動與解構。

四、主題：在制約與偏離之間

　　四大奇書之續書根據前書而有各自的續寫樣態，對原書主題的承襲或偏離是一個可以觀察的重點，以《三國演義》續書《續編三國志後傳》為例，

〔註24〕〔美〕勒內・韋勒克（Rene Wellek）、奧斯丁・沃倫（Austin Warren）著，劉象愚、邢培明、陳聖生、李哲明譯：《文學理論》（南京：江蘇教育出版社，2005年8月第1版），頁274。

作者酉陽野史延續《三國演義》結尾三國歸於晉武帝司馬炎，以西元 304 年劉淵自稱「漢王」為史綱，藉以發揮想像，重新演義出三國時期蜀國君臣建功立業的故事，「雖建國不永，亦快人心。今是書之編，無過欲洩憤一時，取快千載，以顯後關趙諸位忠良也。」〔註25〕透過虛構歷史上的劉淵為劉備後裔，傳達作者面對晉漢興亡的「世變」之際，寄寓特殊的歷史興亡、人事更迭之感懷。

再舉《水滸傳》續書《蕩寇志》為例，該書作者「三易其稿」，歷時二十二年，「書中造事行文，有時幾欲摩前傳之壘，採錄景象，亦頗有施、羅所未試者，在糾纏舊作之同類小說中，蓋差為佼佼者矣。」〔註26〕俞萬春認為《水滸傳》「真是邪說淫辭，壞人心術，貽害無窮」，故「我亦何妨提明真事，破他偽言，使天下後世深明盜賊、忠義之辨，絲毫不容假借。」〔註27〕《水滸傳》在「天人感應」的敘事架構上，通過梁山泊英雄好漢受到高俅特權迫害，游移在政治倫理與江湖倫理間的抉擇，展開英雄傳奇敘事模式，俞受到金聖嘆腰斬《水滸傳》為七十回的影響，重寫英雄傳奇的第二版本，醜化梁山義軍而另外塑造陳希真以及陳麗卿、劉慧娘為首的一批女英雄，更凸顯以宋江為首的聚義集團，在「招安」過程的兩面手法與矛盾，在《水滸傳》的英雄傳奇書寫主題中，更偏向官方的政治立場。

以《西遊記》續書《西遊補》為例，作者董說塑造孫悟空因化齋進入鯖魚精腹中，漸入夢境，尋秦始皇借驅山鐸，進入萬鏡樓，歷經過去、未來時空，忽化為虞美人，一下子又化為閻羅天子審秦檜，最後得虛空主人一呼，方自鯖魚夢境脫離，「惟其造事遣辭，則豐贍多姿，恍忽善幻，奇突之處，時足驚人，間以俳偕，亦常俊絕，殊非同時作手所敢望也。」〔註28〕作者董說借《西遊記》人物之形，寄託對於昏君奸臣、科舉制度、虛幻情緣的諷刺，在《西遊記》所引領神魔幻怪的敘事範式中，開展出情欲敘事的面向。

〔註25〕〔明〕佚名：〈新編續刻三國志引〉，收入高玉海：《古代小說續書序跋釋論》，頁6。

〔註26〕魯迅：《魯迅小說史論文集——中國小說史略及其他》（台北：里仁書局，1992年9月初版），頁132～133。

〔註27〕〔清〕忽來道人：〈蕩寇志引言〉，收入高玉海：《古代小說續書序跋釋論》，頁71。

〔註28〕魯迅：《魯迅小說史論文集——中國小說史略及其他》，頁157。

　　以《金瓶梅》續書《續金瓶梅》為例，該書表面上以因果報應，輪迴轉世為主，但是書中又大量夾雜其他敘述：「餘文俱述他人牽纏孽報，而以國家大事，穿插其間，又雜引佛典道經儒理，詳加解釋，動輒數百言，顧什九以《感應篇》為歸宿。」〔註29〕對於《金瓶梅》的世情書寫的純度可謂減低許多，又充斥因果循環、輪迴報應的佛教觀念，欲以民間善書《太上感應篇》，「重寫」滌盡前書的情色成分，並將金兵劫掠中原的戰亂場景，搬進續書的文化語境中，應是具有教化宣導或政治指涉的創作意識，在《金瓶梅》出版前，世上流傳的通俗小說是講史演義與神魔小說，作品中有感於社會現實的寄寓，但終究因題材的限制，只能用一種間接、委婉的方式表達，而《金瓶梅》首度以反應現實生活為題材，扭轉了當時及之後通俗小說的發展趨勢，《續金瓶梅》在承襲原書世情書寫的主題基礎上，逐步脫離家庭場景的描寫，代之以富有政治意義的戰亂，並企圖以宗教宣導淡化原書的情色書寫，在主題的影響過程中，《續金瓶梅》走出一條偏離世情的創作路線。

　　由以上舉例可知續書依循原書主題，或是遵循人物、情節的發展，根據作家的生活體驗展開敘述，或是不滿原書思想而欲做更動，原有故事的人物、情節、主題，在續書「重寫」中可以不斷伸展，原書的存在使重寫本身具有張力，因為原書既提供故事伸展的可能性，也對重寫時的闡釋空間有所規定，故而呈現出一種既制約又偏離的辯證關係。

第二節　文獻探討

　　對於小說續書的討論與分析，論者的探討大多集中在中國大陸的學界，據筆者所知，大陸的學位論文有三部博士論文，並分別以專書出版，〔註30〕碩士論文為數不少，集中在探討小說《三國演義》、《水滸傳》、《西遊記》、《金瓶梅》、《紅樓夢》、《三俠五義》及戲曲《西廂記》的續書等，顯見此一課題已逐漸受到彼岸學界的重視，本文以四大奇書之續書為研究對象，《紅樓夢》、《三俠五義》及戲曲《西廂記》的續書附錄於後僅供參考，筆者以表格方式呈現續書研究的趨勢如下：

〔註29〕魯迅：《魯迅小說史論文集——中國小說史略及其他》，頁167。
〔註30〕即高玉海：《明清小說續書研究》、王旭川：《中國小說續書研究》、段春旭：《中國古代長篇小說續書研究》

表 2

作　者	碩士論文	畢業學校	畢業年份
鄒彬	1.《三國演義》在明清時期的傳播研究	揚州：揚州大學碩士論文	2010 年
肖豔麗	2.明末清初《三國演義》續書研究	瀋陽：遼寧大學碩士論文	2011 年
儲江	1.《水滸傳》續書與王派水滸探究	揚州：揚州大學碩士論文	2006 年
易永姣	2.《水滸傳》三種主要續書的思想文化意蘊	長沙：湖南師範大學碩士論文	2007 年
唐海宏	3.《水滸傳》續書研究	西寧：青海師範大學碩士論文	2009 年
尤業東	4.《水滸傳》續書《水滸後傳》與《後水滸傳》比較研究	合肥：安徽大學碩士論文	2010 年
王燦	5.特殊的《水滸》續書——《古本水滸》研究	上海：華東師範大學碩士論文	2011 年
任婷婷	6.《水滸後傳》研究	新鄉：河南師範大學碩士論文	2012 年
劉麗華	1.從《西遊記》和其續書看晚明文人價值觀變化	西安：陝西師範大學碩士論文	2002 年
田小兵	2.《西遊記》續書研究	廣州：暨南大學碩士論文	2006 年
于冬	3.明末清初《西遊記》接受狀況探析	哈爾濱：黑龍江大學碩士論文	2007 年
左芝蘭	4.明末清初《西遊記》續書研究	成都：四川大學碩士論文	2007 年
雲燕	5.《西遊補》研究	西安：陝西師範大學碩士論文	2010 年
王淼	6.論《西遊補》對《西遊記》的改造	長春：東北師範大學碩士論文	2010 年
陳小林	1.《續金瓶梅》研究	長沙：湖南師範大學	2005 年
陳智喻	2.《金瓶梅》續書研究	石家莊：河北師範大學碩士論文	2012 年
陳璇	1.《紅樓夢》續書研究〉	上海：蘇州大學碩士論文	2003 年
郭素美	2.《紅樓夢》續書研究	南昌：南昌大學碩士論文	2007 年
熊立娟	3.論《紅樓夢》對於新時期續書創作的影響	天津：天津師範大學碩士論文	2012 年
馬麗敏	1.《三俠五義》及其續書研究	哈爾濱：黑龍江大學碩士論文	2005 年
朱瑞	1.《西廂記》續書研究	上海：華東師範大學碩士論文	2009 年
伍永晉	2.明清《西廂記》續書研究	南昌：江西師範大學碩士論文	2010 年
陳菊	3.明清時期文人對《西廂記》的傳播接受研究	青島：中國海洋大學碩士論文	2012 年

根據大陸研究續書的趨勢來看，續書群的碩論研究佔了絕大多數，而單一續書的碩論則是少數，就數量上來看，有兩部碩論研究《三國演義》續書，有六部碩論研究《水滸傳》續書，有六部碩論研究《西遊記》續書，有兩部碩論研究《金瓶梅》續書，有三部碩論研究《紅樓夢》續書，有一部碩論研究《三俠五義》續書，有三部碩論研究《西廂記》續書，研究熱潮有方興未艾之勢。

　　而台灣則有高桂惠《追蹤躡跡──中國小說的文化闡釋》，〔註31〕著重小說續書的文本分析，以解構、巴赫汀文化理論等對中國小說續書展開論述，而碩士論文則有十二部，筆者以表格呈現《水滸傳》、《西遊記》、《金瓶梅》之續書，而《紅樓夢》、《三俠五義》續書附錄其後以供參考，其研究趨勢如下：

表3

作者	碩士論文	畢業學校	畢業年份
趙淑美	1.《水滸後傳》研究	臺中：東海大學碩士論文	1988 年
邱彥祺	2.《水滸傳》與明清之際續書三種比較研究	臺北：台北市立教育大學碩士論文	2009 年
王若昕	3.走出「水滸氣」──《蕩寇志》敘事論衡	臺北：臺北大學碩士論文	2013 年
傅世怡	1.《西遊補》研究	臺北：臺灣師範大學碩士論文	1985 年
林景隆	2.《西遊記》續書審美敘事藝術研究	高雄：中山大學碩士論文	2000 年
王家仁	3.《西遊記》與三種續書之比較研究	臺北：中國文化大學碩士論文	2001 年
黃芬絹	4.董說《西遊補》新論	臺北：臺灣師範大學碩士論文	2005 年
莊淑華	5.《西遊記》續書論──人物主題轉變與新類型之建立	臺北：淡江大學碩士論文	2006 年
黃詣淳	6.《西遊補》的「情」論研究	嘉義：中正大學碩士論文	2013 年
鄭淑梅	1.後設現象：《金瓶梅》續書書寫研究	臺北：政治大學碩士論文	2010 年
林依璇	1.無才可補天──清代嘉慶年間《紅樓夢》續書藝術研究	臺中：東海大學碩士論文	1998 年
劉俊彥	1.《小五義》研究	高雄：高雄師範大學碩士論文	2009 年

〔註31〕高桂惠：《追蹤躡跡──中國小說的文化闡釋》（臺北：大安出版社，2005 年
　　　 9 月）

分別是《水滸傳》續書三部、《西遊記》續書六部、《金瓶梅》續書一部、《紅樓夢》續書一部，《三俠五義》續書一部，但《三國演義》續書尚未有人研究，香港則有一部博士論文探討《西遊記》續書，〔註32〕就研究趨勢及數量來看，海峽兩岸較偏重在《水滸傳》、《西遊記》續書的探討研究。

博士論文以專書形式出版在大陸已蔚為風潮，而按照出版時間來說，高玉海的《明清小說續書研究》是第一本以明清小說續書為研究對象的專著，全書共分六章，分別就明清小說發展概況、接續方式及藝術得失、文化成因、創作理論與批評、續書對原著的鑑賞價值、續書對原著的批評價值等六個方向對明清小說續書的形式、內容加以深究，結合小說文本、史料與理論的架構，在研究續書的議題上具有開創性的意義，在理論的探討上也較具有深度，但在小說文化學的探討上較為缺乏。

第二本是王旭川的《中國小說續書研究》分為上編及下編兩部分，上編概論分為三章，論述中國小說續書的形態、發展、文化等三方面，下編小說續書研究分七章，探討《世說新語》、《三國演義》、《西遊記》、《水滸傳》、《金瓶梅》、《紅樓夢》以及評書類小說續書，總類含括文言小說及白話小說，對文言、白話小說續書的源流、發展具有文獻探討上的價值，在論述架構上具有極大的野心，但論述焦點太過分散、章節架構不夠細緻是其缺失，但《世說新語》納入長篇通俗小說在文體特徵、敘事範式上並不相符，著重小說類型的解析。

第三本是段春旭的《中國古代長篇小說續書研究》，集中探討古代長篇通俗小說的續書，共分成七章，探討神魔小說、人情小說、歷史小說、俠義公案小說等續書，根據小說文類探討是其特色，並根據小說文本予以細讀，缺點是文類的界定較模糊，章節架構與王旭川的《中國小說續書研究》有同樣的問題，可以再求細緻，餘論部分談到接受美學的理論與小說續書，但全書也較缺乏理論的建構與深化。

台灣部分則有高桂惠的《追蹤躡跡──中國小說的文化闡釋》，本書共分八章，分別就單本小說續書分章論述，計有《水滸後傳》、《後水滸傳》、《蕩寇志》、《後西遊記》、《續金瓶梅》、《故事新編》等，除了魯迅的《故事新編》不是續書外，全書以論文集方式出版，採取解構、巴赫汀文化理論針對小說

〔註32〕翁小芬：《《西遊記》及其三本續書研究》（上）（下）（新北市：花木蘭出版社，2011年9月）本書為作者在香港珠海大學的博士論文。

續書加以分析，融合文本與理論的探討，在台灣學界關於小說續書研究具有
指標性的意義，但只有針對《水滸傳》續書群予以探討，《西遊記》、《金瓶梅》
續書各有一部，未見《三國演義》續書的研究，在小說文本的全面關照上留
下缺憾，殊為可惜。

　　香港地區則有翁小芬的《《西遊記》及其三本續書研究》，全書分七章，
分別就明清長篇寓言小說概述、《西遊記》及其三本續書作者與版本、寓意、
寫作藝術等方面加以研究，作者試圖將《西遊記》及其三部續書放入明清長
篇寓言小說的歷史脈絡加以考察，其研究方法為文獻分析法、歷史研究法、
文本分析歸納法，資料蒐集詳細，但筆者碩論研究《西遊記》續書，深覺放
在博論範圍研究在選題及研究方法上具有斟酌及討論的空間。

　　大陸期刊論文的論述多集中在一本續書或續書群比較的範圍，筆者將所
蒐集的期刊論文製成表格，便於呈現到目前為止研究的趨勢，按照《三國演
義》、《水滸傳》、《西遊記》、《金瓶梅》續書的主題順序、篇名、作者、發表
刊物以及出版年月順序排列。

表4

主題	篇名	作者	發表刊物	出版年月
《三國演義》續書	1. 《三國志後傳》君臣形象論	高玉海	明清小說研究	2000 年第 4 期
	2. 同源而異質：試析《三國演義》的兩部續書	胡勝	明清小說研究	2003 年第 3 期
	3. 天馬行空——玄幻小說中「三國」題材作品——兼論《三國演義》的續書	段春旭	長春理工大學學報（社會科學版）	2009 年 11 月第 22 卷第 6 期
《水滸傳》續書	1. 《蕩寇志》是怎樣醜化梁山義軍的	秦玉明	攀枝花大學學報	1997 年 9 月（第 14 卷第 3 期）
	2. 簡析《水滸》兩種續書——《水滸後傳》和《蕩寇志》比較研究	龔維英	貴州社會科學	1998 年第 3 期

《水滸傳》續書	3. 假作真來真亦假——論《水滸傳》兩種續書的藝術缺失	高玉海	中國文學研究	2001 年第 1 期
	4. 儒道互補——從陳希真形象塑造看《蕩寇志》的文化價值取向	梁斌	浙江師範大學學報（社會科學版）	2001 年第 4 期第 26 卷
	5. 《水滸傳》續書的敘事重構與接受批評	劉海燕	明清小說研究	2001 年第 4 期
	6. 此儒家非彼儒家——《水滸傳》與《蕩寇志》文化價值取向之比較	梁斌	浙江師範大學學報（社會科學版）	2003 年第 3 期第 28 卷
	7. 由《蕩寇志》反觀小說的社會作用	宋遠娜	中國古代小說戲劇研究叢刊	2005 年第 3 輯
	8. 清初的遺民心態與《水滸傳》的接受	高日暉	齊魯學刊	2005 年第 3 期
	9. 論《水滸後傳》《後水滸傳》《蕩寇志》中的女英雄形象	劉相雨	荷澤學院學報	2006 年 6 月（第 28 卷第 3 期）
	10. 凸顯接受差異性的續書創作——以《水滸傳》的三部續書為例	許小紅	衛生職業教育	2008 年第 26 期
	11. 《水滸傳》續書研究史略	楊式榕	廈門廣播電視大學學報	2009 年 6 月第 2 期
	12. 《水滸傳》續書評價標準質疑——對《水滸後傳》「進步」《蕩寇志》「反動」之說的反思	宋常立	明清小說研究	2009 年第 1 期
	13. 20 世紀以來《水滸後傳》研究綜述	肖魯雲	安徽文學	2009 年第 4 期

《水滸傳》續書	14.論《水滸後傳》中儒道思想的衝突	趙欣	遼寧行政學院學報	2009 年第 5 期（第 11 卷第 5 期）
	15.《水滸後傳》對原作的繼承與發展	魏佳、李紅梅	德宏師範高等專科學校學報	2010 年第 3 期第 19 卷
	16.《水滸後傳》對原作的繼承與發展漫談	魏佳	思茅師範高等專科學校學報	2010 年 2 月第 26 卷第 1 期
	17.《水滸傳》續書《水滸後傳》與《後水滸傳》忠義觀之比較	尤業東	安徽文學	2010 年第 4 期
	18.《後水滸傳》的多元價值	侯忠義	遼東學院學報	2011 年 12 月（第 13 卷第 6 期）
	19.《水滸傳》續書研究的歷史與現狀	唐海宏	綿陽師範學院學報	2013 年 4 月（第 32 卷第 4 期）
《西遊記》續書	1. 手眼通天出神入化──《西遊補》中行者的功能小議	汪顯	華中理工大學學報（社會科學版）	1994 年第 3 期
	2. 怪誕小說：董說《西遊補》	劉燕萍	中國比較文學	1996 年第 2 期
	3. 論《西遊記》續書	郭明志	學習與探索	1997 年第 2 期
	4. 《西遊補》中破情根與立道根剖析	蘇興遺著，蘇鐵戈整理	北方論叢	1998 年第 6 期
	5. 從「眞假猴王」到「鯖魚世界」──《西遊補》寓意淺論	童瓊	中國文學研究	2001 年第 1 期
	6. 對於《西遊記》的一種闡釋：《西遊補》與《西遊記》關係	王爲民	明清小說研究	2001 年第 1 期
	7. 《續西遊記》主題探奧	王增斌、李衍明	山西大學學報（哲學社會科學版）	2001 年 10 月（第 24 卷第 5 期）

《西遊記》續書	8. 心路歷程：《後西遊記》的根本寓意	〔美〕劉曉廉著，咸增強譯	運城高等專科學校學報	2002 年 12 月（第 20 卷第 6 期）
	9. 經典的解構：從《西遊記》到《西遊補》、《大話西遊》	孫書磊	淮海工學院學報（人文社會科學版）	2004 年 3 月（第 2 卷第 1 期）
	10.《西遊補》——儒釋的雙重奏	雷振華	零陵學院學報（教育科學）	2004 年 12 月（第 2 卷第 6 期）
	11.《西遊補》創作心理試析	楊志平	玉溪師範學院學報	2005 年第 4 期（第 21 卷）
	12.從照妖鏡到玄理之鏡——《西遊補》意旨淺析	劉藝	新疆大學學報（哲學·人文社會科學版）	2005 年 5 月（第 33 卷第 3 期）
	13.一部可以和世界文學接軌的古典小說——《西遊補》新論	趙紅娟	明清小說研究	2006 年第 3 期
	14.孫悟空形象在明末清初續作中的演變	李秀花	明清小說研究	2006 年第 4 期
	15.《西遊補》與《西遊記》關係新探	趙紅娟	浙江學刊	2006 年第 4 期
	16.明末清初《西遊記》續書的接續與衍生方式	左芝蘭	中北大學學報（社會科學版）	2007 年 12 月（第 23 卷增刊）
	17.明末清初《西遊記》續書對原著的繼承	左芝蘭	成都大學學報（教育科學版）	2007 年 12 月（第 21 卷 12 期）
	18.對明末清初《西遊記》續書的研究	左芝蘭	晉中學院學報	2007 年 10 月（第 24 卷第 5 期）
	19.論《西遊補》中的佛法思想	趙俊卿	作家雜誌	2008 年第 3 期
	20.心路歷程——論《西遊記》三部續書的傳播	胡淳豔	明清小說研究	2008 年第 2 期

《西遊記》續書	21. 迷離恍惚的夢幻世界——《西遊補》夢說	孫智廣、李政清	新學術	2008 年 3 月
	22. 《後西遊記》與晚明文人價值觀的變化趨勢	劉麗華	絲綢之路	2009 年第 18 期
	23. 《西遊記》及其三種續書的哲理蘊涵	石麟	內江師範學院學報	2010 年第 25 卷第 11 期
	24. 接受視野下的明末清初《西遊記》續書	李蕊芹、許勇強	成都理工大學學報（社會科學版）	2011 年 1 月（第 19 卷第 1 期）
《金瓶梅》續書	1. 談《續金瓶梅》作者丁耀亢	趙華錫	濱州師專學報	2002 年 9 月（第 18 卷第 3 期）
	2. 《續金瓶梅》的人物塑造藝術	張振國	太原師範學院學報（社會科學版）	2004 年 6 月（第 3 卷第 2 期）
	3. 《金瓶梅》續書研究世紀回眸	張振國	徐州師範大學學報（哲學社會科學版）	2004 年 9 月（第 30 卷第 5 期）
	4. 《續金瓶梅》主體精神探析	王君澤	赤峰學院學報（漢文哲學社會科學版）	2006 年第 27 卷第 3 期
	5. 論《金瓶梅》的續書——《三續金瓶梅》	段春旭	遼寧行政學院學報	2007 年第 7 期（第 9 卷第 7 期）
	6. 《金瓶梅》與《續金瓶梅》	張國風	文史知識	2008 年第 3 期
	7. 《續金瓶梅》成書年代新考	劉洪強	東岳論叢	2008 年 5 月（第 29 卷第 3 期）
	8. 淺議《續金瓶梅》的歷史反思與社會現實批判	聶春豔	時代文學（下半月）	2008 年第 8 期
	9. 《金瓶梅》續書《金屋夢》若干問題考述	郭浩帆	廈門教育學院學報	2011 年 5 月（第 13 卷第 2 期）

由大陸期刊論文的發表數量來說，《西遊記》續書得到最多青睞，《水滸傳》續書居次，《金瓶梅》續書再次之，而《三國演義》續書最少，對照碩論、博論與期刊論文，可以發現有些碩論、博論作者將論文章節發表在期刊論文，帶起研究小說續書的風潮，而四大奇書之續書的期刊論文早在西元 1994 年《西遊補》開始受到關注，在續寫方式、人物形象、文化價值、續書研究史、主題闡釋等方面開展諸多研究面向，至今（2013 年）的研究成果可謂豐碩。

　　而臺灣學界對於四大奇書之續書研究，在期刊論文方面，筆者就所蒐集的資料製成表格，以呈現臺灣學界關於續書研究的趨勢。

表 5

主題	篇名	作者	發表刊物	出版年月
《水滸傳》續書	1. 水滸續書評析(1)：金鼇背上起蛟龍——《水滸後傳》	戈壁	明道文藝	1993 年 7 月
	2. 水滸續書析評(2)：冬烘學究的巧成拙——蕩寇志	戈壁	明道文藝	1993 年 8 月
	3. 「蕩寇志」與道教	王明燦	道教學探索	1997 年 9 月第 10 期
	4. 「水滸後傳」——舊明遺民陳忱的海外乾坤	駱水玉	漢學研究	2001 年 6 月（第 19 卷第 1 期）
	5. 「水滸」續書——「後水滸傳」略論	趙淑美	修平學報	2003 年 9 月第 7 期
	6. 《水滸》三傳對政治、時局、君主看法的歧異	趙淑美	修平人文社會學報	2007 年第 9 期
	7. 水滸故事傳播中的江湖與江山——以明·陳忱《水滸後傳》的「地景書寫」與「場域效應」為主的討論	高桂惠	東華人文學報	2007 年第 10 期
	8. 「奇書文體」的影響：論陳忱《水滸後傳》的敘事結構	林成川	雲漢學刊	2012 年第 25 期

《西遊記》續書	1. 論《續西遊記》之寓意及其寫作藝術	翁小芬	東海大學圖書館館訊	2013 年 8 月第 143 期
	2. 後西遊記略論	林保淳	中外文學	1985 年 10 月（第 14 卷第 5 期）
	3. 淺探西遊故事中「孩童」的馴化	趙修霈	臺北教育大學語文集刊	2005 年第 10 期
	4. 《後西遊記》之寓意及其寫作藝術論析	翁小芬	修平人文社會學報	2012 年 9 月第 19 期
	5. 論《西遊記》及其續書的創作背景及淵源（上）	翁小芬	東海大學圖書館館訊	2012 年 8 月第 131 期
	6. 論《西遊記》及其續書的創作背景及淵源（下）	翁小芬	東海大學圖書館館訊	2012 年 9 月第 132 期
	7. 對《西遊補》（董說著）的新評價	王拓	現代學苑	1971 年 9 月（第 8 卷第 9 期）
	8. 吳興董說與「西遊補」	王杰謀	浙江月刊	1971 年 12 月（第 3 卷第 12 期）
	9. 「西遊補」創作的時代背景	寒爵	國立編譯館館刊	1972 年 6 月（第 1 卷第 3 期）
	10. 《西遊補》（董說著）：一本探討夢境的小說	夏濟安著，郭繼生譯	幼獅月刊	1974 年 9 月（第 40 卷第 3 期）
	11. 董若雨的「西遊補」	林佩芬	幼獅文藝	1977 年 6 月（第 45 卷第 6 期）
	12. 董說的「鯖魚世界」——略論西遊補的結構、主題和技巧	曾永義	中外文學	1979 年 9 月（第 8 卷第 4 期）
	13. 「西遊補」與敘述理論	高辛勇	中外文學	1984 年 1 月（第 12 卷第 8 期）
	14. 西遊記補出來的問題	羅元信	明道文藝	1994 年 11 月第 248 期
	15. 怪誕小說——「西遊補」和「斬鬼傳」	劉燕萍	人文中國學報	1998 年 4 月第 5 期

《西遊記》續書	16.「西遊補」文化形態的考察	高桂惠	古典文學	2000 年 9 月第 15 期
	17.交織的文本記憶——《西遊補》的互文語境	劉雪眞	東海中文學報	2007 年 7 月第 19 期
	18.論《西遊補》作者及其成書	謝文華	成大中文學報	2009 年 4 月第 24 期
	19.論《西遊補》對《西遊記》的戲擬改寫與審美境界的呈現	林景隆	問學	2010 年 6 月第 14 期
	20.延滯與替代:論《西遊補》的自我顛覆敘事	許暉林	臺大中文學報	2011 年 12 月第 35 期
《金瓶梅》續書	1.「續金瓶梅」——丁耀亢閱讀「金瓶梅」	胡曉眞	中外文學	1995 年 3 月(第 23 卷第 10 期)
	2. 情慾變色——試論丁耀亢「續金瓶梅」的德色問題	高桂惠	中國古典文學研究	1999 年 6 月第 1 期
	3.「世情小說」大不同——論「續金瓶梅」對原書的悖離	胡衍南	淡江人文社會學刊	民 2003 年 6 月第 15 期
	4. 後設遊戲:《三續金瓶梅》的續衍與解構	鄭淑梅	中國文學研究	2010 年 1 月第 29 期
	5. 論《三續金瓶梅》的世情書寫與俗雅定位	胡衍南	淡江中文學報	2010 年 12 月第 23 期

由以上整理可知，臺灣學界研究小說續書幾乎偏重在單本續書，很少觸及續書群之間的共相分析，偏重在《西遊記》續書時代背景、寫作技巧、主題思想等層面的考察，而《西遊補》得到最多研究的目光，《水滸傳》續書居次，《金瓶梅》續書最少，《三國演義》續書則未見討論，而四大奇書之續書由 1971 年《西遊補》的探討揭開序幕，在時程上較對岸早了 20 多年，至今（2013 年）的研究態勢來看，整體研究的成果呈現多元發展。

第三節　釋題：問題意識與研究進路

　　從中國小說源流發展來看，續書文化現象的產生與小說出版、傳播有密切關係，「如果我們將其做爲一種規律性現象來考察，就有可能發掘其中蘊藏的小說創作特點及清代小說特殊的歷史地位」〔註33〕選取四大奇書之續書做爲探討對象，在於續書寫作跨越明末清初的時空距離，處於世變之際的小說續書，對於時局的變遷，有其相對應的敘事策略及審美意趣，但現今的研究，多偏重於發掘小說續書個別的思想表現，小說續書的創作應存在共相性質的文化意蘊及敘事意識，筆者試圖找出小說續書間的相互連結，以「互文性」爲對話基礎，提出筆者對於小說續書創作演義的見解，補強續書研究的理論建構。

　　在考察續書續衍的文學／文化現象的過程中，如何看待續書的創作性質是一個重要的課題，陳大康在透過宏觀考察明代通俗小說的發展時，提出去梳理與分析其編創方式的變化：

> 當考察明代通俗小說的改編或獨創的性質時，首先得明確這兩個概念的含意。所謂改編，是指作家在已有作品（體裁並不限於小說）的基礎上進行創作，它又有下列幾種形式：一、作家在結構設計、情節發展與人物形象塑造等方面均承襲原作，對它只是作適當的改寫（包括將文言文譯成俗語），甚至只是對原作文字作綴連輯補。二、在總體框架上（包括結構、情節、人物等）承襲原作（可以是某幾部作品的組合），同時又根據向己的生活體驗，改動原作的不合理處，並按生活本身的邏輯，對原作中粗糙或闕略處作深掘式的豐富。三、作品總體框架的設計、情節的發展與故事中的人物只有一部分是承襲原作，其餘的都是作家根據自己對現實生活的感受所增添的新內容。以上只是原則上的分類，作家們的實際改編並不都是如此單純，其作品往往都是幾種形式的綜合交叉。至於獨創，則是指作家創作時並不依傍前人的作品，而是直接從現實生活中概括提煉素材，獨立地設計全書結構，安排情節發展與刻畫人物性格。顯然，改編和獨創是兩種不同的編創方式，而由改編過渡到獨創，則是創作逐漸成熟的重要標誌。〔註34〕

〔註33〕劉勇強：《中國古代小說史敘論》（北京：北京大學出版社，2007 年 10 月），頁 487。

〔註34〕陳大康：《明代小說史》（上海：上海文藝出版社，2000 年 10 月第 1 版），頁

透過以上觀念的釐清，對四大奇書之續書在承襲前書的創作基礎上，如何透過明末清初的世變書寫，考察其類型走向，以「重寫」觀點深入探論續書的思想觀念、主題寓意和審美意義，或許將有助於深化諸多研究中，欠缺理論建構的缺失。

一、問題意識

　　四大奇書的續書在與原書對話交流過程，所欲傳達的創作理念為何？續書總是既負載四大奇書的訊息，又帶著作者創作時的歷史文化語境的痕跡，續書作者對四大奇書先是有所體會，具有詮釋學所說的「前見」，進而在寫作過程中將時代因素、個人因素帶入小說，故續書對編創者來說，也正是「視域融合」的文化產物，對續書來說，四大奇書、評點者、書坊主、編創者、讀者、寫作語境都是制約重寫的因素，四大奇書之續書在成書方式上的共通性，主要是體現在「重寫」四大奇書之上。在重寫的意義上，續書「對前代小說題材的因襲承傳是一種以接受為前提的創作行為，新的文本不但緣此呈現對先前文本及其自身的傳播，並在滿足當代社會的歷史、文化要求中取得自身價值。」〔註35〕除此之外，筆者認為對前文本群的書寫活動也包含在「重寫」的文學／文化定義當中，四大奇書之續書當中，基本上都是對前文本的「重寫」，唯有《三續金瓶梅》主要針對《續金瓶梅》的結局予以重寫，也就是對《金瓶梅》續書的「重寫」，這也是四大奇書之續書中唯一的特例。

　　歷來論者對續書為何而續的問題，從許多續書的序跋文字爬梳條理，〔註36〕分別提出具有說服力的原因，關於續書的創作動機，不妨將續書放進通俗小說編創的脈絡進行普遍性原因的探尋，明清文人編創小說的具體動機是複雜多樣的，紀德君認為「從整體著眼，影響通俗小說編創的帶有普遍性的思想動機，主要有三種：發憤著書、勸善懲惡與以文為戲。」〔註37〕，筆者基本上同意這樣的看法，但是不能忽視出版背後所帶來的龐大商業利益這點原因。從文本或序跋文字的分析中，可以了解編創者的創作動機為何，透

　　　　　24～25。

〔註35〕黃大宏：《唐代小說重寫研究》（重慶：重慶出版社，2004 年 12 月第 1 版），頁 2。

〔註36〕薛泉：〈論明清小說續書的成因〉《殷都學刊》2002 年第 4 期，頁 80～84。黃強：〈明清小說多續書原因新探〉《明清小說研究》2007 年第 2 期，頁 5～18。李忠昌：〈名著續書探因〉《文學漫步·古代小說續書漫話》，頁 36～40。

〔註37〕紀德君：《明清通俗小說編創方式研究》，頁 44。

過小說人物、情節、場景、敘述者等，聯繫外在的出版、評點、接受活動，更可充分認識續書創作的文學及文化價值，沃爾夫岡‧伊瑟爾（Wolfgang Iser）認為：

> 創作無疑屬於一個時代的文學生活，如果我們看到事情的另一面，那麼，接受也屬於一個時代的文學生活。介於這兩個端點之間還有通過它們的活動才使這兩者建立起聯繫的各種機構：首先，是出版社，它從作家手中取得手稿，如果稿子合其興味的話，並付印出版；其次，是書商，他從出版商那裡接取成書並轉賣給讀者；最後，在創作和接受這兩級之間還有並未真正固定為一個機構的評論界，它審讀創作的產品，進而以來種形式去影響接受。創作、傳播、審讀和接受——這四股力量的協同配合和相互作用構成了文學生活。〔註38〕

從續書的書寫性質來說，其中的確是有創作、傳播、審讀、接受這四股力量，而透過書坊主、編創者、評點者、讀者四者參與其中的編創活動，更能聯繫從接受到創作的歷時過程，從而形構出小說創作、出版過程的樣貌。明代後期大量下層讀者參與到通俗小說的閱讀與傳播領域，〔註39〕擴大了讀者的閱讀階層，印刷技術的進步，帶動小說作品的流傳，如綠天館主人〈古今小說序〉曰：

> 試令說話人當場描寫，可喜可愕，可悲可泣，可歌可舞；再欲捉刀，再欲下拜，再欲決脰，再欲捐金；怯者勇，淫者貞，薄者敦，頑頓者汗下。雖小誦《孝經》、《論語》，其感人未必如是之捷且深也。噫，不通俗而能之乎？茂苑野史氏，家藏古今通俗小說甚富，因賈人之請，抽其可以嘉惠里耳者，凡四十種，畀為一刻。〔註40〕

從編創目的來看，注重下層讀者需求，以求「嘉惠里耳」，這種創作目的推動了明代小說創作與刊刻的通俗化趨勢，如無礙居士〈警世通言敘〉曰：

〔註38〕〔德〕沃爾夫岡‧伊瑟爾（Wolfgang Iser）〈當代的文學生活〉，參見〔德〕瑙曼等著、范大燦編：《作品、文學史與讀者》（北京：文化藝術出版社，1997年5月），頁176。

〔註39〕程國賦：《明代書坊與小說研究》，（北京：中華書局，2008年10月北京第1版），頁335。

〔註40〕〔明〕綠天館主人：〈古今小說序〉，見黃霖、韓同文選注：《中國歷代小說論著選》（上）（南昌：江西人民出版社，2000年9月第3版），頁225。

> 里中兒代庖而創其指，不呼痛，或怪之。曰：吾頃從玄妙觀聽說《三
> 國志》來，關雲長刮骨療毒，且談笑自若，我何痛爲！夫能使里中
> 兒頓有刮骨療毒之勇，推此說孝而孝，說忠而忠，說節義而節義，
> 觸性性通，導情情出。視彼切磋之彥，貌而不請；博雅之儒，文而
> 喪質，所得竟未知孰膺而孰眞也！〔註41〕

這裡指出如里中兒這樣的下層讀者，因爲聽了《三國演義》中關公刮骨療毒
的故事，代做廚房工作時手指受傷也不喊痛，可見明代通俗小說傳播擴及下
層讀者的事實，筆者經查在程國賦《明代書坊與小說研究》附錄一〈明代坊
刻小說目錄〉找到明末刻佚名撰《續西遊記》一百回，〔註42〕以及清代紹裕
堂刊本有「明刻陳忱《水滸後傳》八卷四十回」〔註43〕等續書出版資料。

　　而明末清初之際小說評點也是一個值得關注的文學現象，在著文褒貶和
弄筆評點傳奇小說的文人之中，最值得注意的是李贄和金聖嘆兩人，李贄在
當時被視爲「異端」，將俚野稗官混跡於聖人經典與莊重詩文之列，一概稱之
爲「至文」：

> 天下之至文，未有不出於童心焉者也。苟童心常存，則道理不行，
> 聞見不立，無時不文，無一樣創制體格文字而非文者。詩何必古選？
> 文何必先秦？降而爲六朝，變而爲近體；又變而爲傳奇，變而爲院
> 本，爲雜劇，爲《西廂曲》，爲《水滸傳》，爲今之舉子業。皆古今
> 至文，不可得而時勢先後論也。故吾因是而有感於童心者之自文也，
> 更說甚麼《六經》，更說甚麼《語》、《孟》乎？〔註44〕

李贄以「童心」論文，打破歷來文體尊卑的界線，所有的文章皆置於「童心」
的同一標準之下論其優劣，在李贄之後許多文人繼續議論小說、傳奇等文類，
從不同角度肯定它們的價值，對於晚明文人小說評點的風氣開創不容忽視，
金聖嘆在文人紛紛議論，提高稗官小說、傳奇地位的時代氛圍下，爲小說文
學特性的探索和作品評議奠定批評的基礎，在〈第五才子書施耐庵水滸傳序
三〉曰：

〔註41〕〔明〕無礙居士：〈警世通言敘〉，見黃霖、韓同文選注：《中國歷代小說論著
　　　　選》，頁 230。
〔註42〕程國賦：《明代書坊與小說研究》，頁 417。
〔註43〕程國賦：《明代書坊與小說研究》，頁 403。
〔註44〕〔明〕李贄：〈童心說〉，見氏著：《焚書》，（北京：中華書局，1975 年），頁
　　　　99。

夫固以爲《水滸》之文精嚴，讀之即得讀一切書之法也。汝眞能善
得此法，而明年經業既畢，便以之遍讀天下之書，其易果如破竹也
者，夫而後嘆施耐庵《水滸傳》眞爲文章之總持。不然，而猶如常
兒之泛覽者而已。是不惟負施耐庵，亦殊負吾。汝試思之，吾如之
何其不鬱鬱乎哉！〔註45〕

金聖嘆在李贄、袁宏道等人的基礎上，進一步將《水滸傳》的評價提昇到空
前的高度，金氏以「精嚴」標舉文學特性，更從閱讀《水滸傳》中，悟出普
遍的文學法則而給予肯定，在〈序三〉拈出「天下之文章，無有出《水滸》
右者」〔註46〕的思想綱領，尤顯金氏對小說評點中卓然成一家之言的氣魄。

　　歷來學界關於續書的討論，集中在接續方式、類型特徵、創作動機、主
題思想、創作理論、宗教觀點、接受美學等方面，但是對於四大奇書之續書
在話語構成和意識形態方面是否具有相對一致的共相性的問題，並沒有提供
明確可供參考的有效結論。因此，在此一論題上，或有進一步可發揮論述的
空間，以補足前賢研究不足之處。

二、研究進路

　　本文的論述在考察四大奇書之續書，在承襲原著文體類型特徵的基礎
上，如何透過重寫四大奇書，在審美意趣與文化意義上達成其創作目的，而
無法超越原作是從明清到現代的一致共識，續書如何從舊題衍生新變，這些
都是續書創作時所要面對的難題，黃大宏認爲：

所謂重寫，指的是在各種動機作用下，作家使用各種文體，以複述、
變更原文本的題材、敘述模式、人物形象及其關係、意境、語辭等
因素爲特徵所進行的一種文學創作。重寫具有集接受、創作、傳播、
闡釋與投機於一體的複雜性質，是文學文本生成、文學意義積累與
引申，文學文體轉化，以及形成文學傳統的重要途徑與方式。〔註47〕

佛克馬曾強調，「任何重寫都必須在主題上具有創造性」，〔註48〕重寫是「引

〔註45〕〔明〕金人瑞：〈第五才子書施耐庵水滸傳序三〉，見黃霖、韓同文選注：《中
　　　國歷代小說論著選》，頁287。
〔註46〕〔明〕金人瑞：〈第五才子書施耐庵水滸傳序三〉，見黃霖、韓同文選注：《中
　　　國歷代小說論著選》，頁285。
〔註47〕黃大宏：《唐代小說重寫研究》，頁79。
〔註48〕〔荷蘭〕杜威・佛克馬（D. W. Fokkema）：〈中國與歐洲傳統中的重寫方式〉，
　　　范智紅譯，《文學評論》1999年第6期。

起驚訝的差異，是新的看待事物的方法」，〔註49〕安德魯・勒弗維爾將翻譯、批評、編輯、撰史等形式都視爲某種折射或重寫，認爲無論有何種意圖，一切重寫（包括翻譯）都反映著某種思想意識形態與詩學。〔註50〕筆者對「重寫」的個人定義，所指的是「在以敘事爲分析基礎上，作家使用各種文體，以複述、對話、戲仿、引用、詰問等互文寫作手法，將前文本的題材、敘述模式、人物形象、文化語境等因素，融入作家當下時空演變下的個人意識，所形成的一種文學創作行爲。重寫具有統攝閱讀、接受、創作、詮釋、傳播與商業考量的複雜特質，是考察文學／文化轉化、文本生產性意義、經典誤讀、創作實踐以及文學傳統變遷的互動現象與動態理論。」

　　續書重寫的基礎是作者對四大奇書的閱讀和理解，同一部經典可能有三部續書與之對話，又由於四大奇書的版本頗爲複雜，續書所對話的奇書版本也就不同，這都是在進行以重寫觀點，分析續書話語構成與意識形態，必須要先加以釐清的初步工作，對續書定義也必須確定，包括研究範圍的續書界定，從二十世紀初以來，學界對於章回小說的研究由零散評論走向整體分析，研究重點概可分爲兩個論述取向：一是章回小說文體淵源研究，主要針對影響章回小說文體生成、出現時間及其形式標記進行探究；二是章回小說的文體形態研究，主要針對回目、語體、結構和敘述方式進行探究。〔註51〕除了借鑑學界關於章回小說文體的研究，以做爲續書文體表現的參照之外，以重寫觀點去尋繹續書間文體生成的文化淵源、編創方式和內在的書寫成規，以期對續書敘事創造的歷史意義和美學價值，提出新的評價與論述。

　　整體研究取向和研究方法，主要以「敘事」〔註52〕（narrative）爲討論基

〔註49〕〔荷蘭〕杜威・佛克馬（D. W. Fokkema）：〈關於比較文學研究的九個命題和三條建議〉《深圳大學學報》（人文社會科學版）2005 年第 4 期。

〔註50〕董廣才、張聰：〈淺析勒弗維爾的重寫理論〉，《理論界》2006 年第 6 期。

〔註51〕參劉曉軍：〈二十世紀中國古代章回小說文體研究的回顧與反思〉，《中國文學研究》，2007 年第 4 期，頁 121～124。

〔註52〕「敘事」（narrative）是當代文學批評的一個重要術語，由於各家研究認知與取向不同，所使用的理論語境亦有所差異，根據〔美〕傑拉德・普林斯（Gerald Prince）撰，喬國強、李孝弟譯：《敘述學詞典》（修訂版）（A Dictionary of Narratology Rrvised Edition），（上海：上海譯文出版社，2011 年 9 月第 1 版），頁 136～141。這裡指出「由一個、兩個或數個（或多或少顯性的）敘述者 NARRATORS 向一個、兩個或數個（或多或少顯性的）受述者 NARRATEES 傳達一個或更多真實或虛構事件 EVENTS（作爲產品和過程、對象和行爲、結構和結構化）的表述。」傑拉德・普林斯（Gerald Prince）整合諸家看法也

礎，針對四大奇書之續書與經典之間所體現或隱含的某種普遍的精神文化進行「互文性」（intertextuality）研究，四大奇書之續書的產生是在宋元以來通俗文藝思潮與商業出版運作機制下的產物，考察彼此在文學、歷史、宗教、政治、道德等文化「對話」語境中，如何揣摩推陳與出新、求本與溯源之間的互動關係，顯示出續書研究的重要性。

第四節　研究方法

　　關於四大奇書之續書的研究，在海峽兩岸已累積了不少研究成果，對於四大奇書之續書間共相性質的探討，未見相關論文的考掘與詮釋，本文研究方法是以「敘事」的分析為基礎，藉由西方文藝美學理論的參照運用，期能在相對客觀的角度上，從四大奇書之續書自身的創作特質，爬梳闡明四大奇書之續書的詩學企圖，與「互文性」（intertextuality）對話的文化意義，本文試圖從文化研究觀點，分析四大奇書之續書的文化意義，正如喬納森‧卡勒（Jonathan D. Culler）所說：

> 從根本上說，文化研究因為堅持把文學研究作為一項重要的研究實踐，堅持考察文化的不同作用是如何影響並覆蓋文學作品的，所以它能夠把文學研究作為一種複雜的、相互關聯的現象加以強化。〔註53〕

在某種意義上，文化是由各種文本所構成的大文本，這些文本間的聯繫構成互為指涉、關聯及滲透的現象，而不同文本之間相互作用並非完全獨立，文學文本之間的情形亦是如此，舉凡任何一部文學藝術作品都不能自外於傳統，文學研究必須對於其可能因襲的傳統因素加以論述，這其中包括文學和

　　　頗具代表性，「在傳統觀念的支持下，有的敘述學家（如熱奈特）主張，敘述世界／敘事在本質上是一種言詞表達的模式，包括事件的語言詳述或講述，而不是在舞台上的語言表現或表演。而且，為了區分敘述世界／敘事和單純的事件描寫，有的敘述學家（如拉波夫、普林斯、里蒙─凱南）將之界定為至少對兩個真實或虛構事件（或一種狀態和一個事件）所進行的表述，但兩者均不能在邏輯上彼此進行預先假設或彼此讓對方成為必需。最後，為了區別此種敘述與對隨意組合的系列情境和事件所進行的表述，有的敘述學家（如丹圖、格雷馬斯、托多洛夫）也主張敘述必須有一個連續性的主題，從而構成一個整體。」

〔註53〕　〔美〕喬納森‧卡勒（Jonathan D. Culler）撰，李平譯：《文學理論入門》（Literary Throry：A Very Short Introduction），（南京：譯林出版社，2013 年 1 月第 1 版），頁 50。

文化的傳統。

　　無論在當時文化生活的認知，或者文學傳統的敘事脈絡中，通俗小說在既有的文學結構及其秩序當中，往往處於邊緣地位，就四大奇書之續書敘事的本質及其表現而言，作家如何在現實歷史與小說「世變」情境之間，透過創造性的轉化以及各種移位、變形的努力，展現小說文本所潛藏的諸多可能性，無疑提供了深入理解四大奇書之續書的重要面向。

　　文學作品以「象徵符號」為形態的書寫模式所傳達的意義概念，可說是文化的一種審美表現，透過文化的角度考察文學作為文化釋義系統的表意形式，不僅可以跨越文學本體研究的侷限，同時也可以從一個宏觀的歷史文化視野，探討文學作為一種文化現象所呈現的意義與價值，本文研究四大奇書之續書，如何在前文本所建立的敘事範式中，透過特定意識形態的融入，對歷史文化中的既定價值體系，進行解構與重構，進而產生「互文性」對話的詩學意義，本文採取法國文論家蒂費納‧薩莫瓦約（Tiphaine Samoyault）的概念：

> 文學的寫就伴隨著對它自己現今和以往的回憶。它摸索並發表這些記憶，通過一系列的複述、追憶和重寫將它們記載在文本中，這種工作造就了互文。文學可以匯總典籍，表現它對自己的想像。當我們把互文性當成是對文學的記憶時，我們提議把文學創作和釋義緊密聯繫起來：主要是為了發現和理解作品從何而來，同時也不要忘了考慮載錄記憶的種種具體方式。〔註54〕

由此理論視角的援引運用，四大奇書之續書文本意義的生成中，對於明代四大奇書的「前理解」具有不可替代的作用，從現象學的角度來看，前理解具有一定程度的意向性，它促使續書主體不單是尋找「作者意圖」之類的預設意義，而且還要向前文本提問，以圖逐漸完成自我印證。因此，本文在論述過程中對四大奇書及其續書予以聯繫，嘗試建構出「對話」的文化視野，以期呈現晚明至晚清文人眼中閱讀理解的《三國演義》、《水滸傳》、《西遊記》、《金瓶梅》。

〔註54〕〔法〕蒂費納‧薩莫瓦約（Tiphaine Samoyault）撰，邵煒譯：《互文性研究》，（天津：天津人民出版社，2003年1月第1版），頁35。

第二章　史統散而小說興：明代四大奇書之續書的話語內蘊

　　明末清初的小說續書創作風潮形成一個醒目的文學／文化現象其來有自，在《三國演義》、《水滸傳》陸續在嘉靖間刊印後，繼承宋元講史話本的敘事傳統又向前邁出文體／文類成熟的一步，當時的講史演義幾乎成為與通俗小說相等同的概念，從嘉靖朝到萬曆朝中期，新問世的作品絕大多數都是講史演義，其成書方式與《三國演義》、《水滸傳》相仿，大多據正史、平話、戲曲與民間傳說改編而成，當時的作家們都有按鑒演義、羽翼信史而不違的創作意識，在嘉靖、隆慶朝，新問世的通俗小說很少，其中相當大的一部份出自書坊主之手，一直到萬曆朝的中後期都是如此，此時的文人尚不屑從事於通俗文學的創作，到了萬曆二十年（1592），《西遊記》刊印傳世，引發出一批以神魔故事為題材的作品，而《金瓶梅》抄本尚在董其昌、袁宏道等名士間流傳，要到萬曆四十五年（1617）才被刊出，這兩部作品的出現意味著由講史演義主導創作方向的局面被打破。

　　從嘉靖朝到萬曆初期，通俗小說的創作幾乎被書坊主所壟斷，而從萬曆中朝開始，通俗小說的廣泛傳播及社會影響漸大，引起文人對此一文體／文類的關注，當時一些著名文人如李贄、胡應麟、謝肇淛、陳繼儒等人開始從理論上對這一文體／文類進行探討，對通俗小說的充分肯定，使得小說地位迅速提升，創作經驗的總結及投身創作的文人增加，使得通俗小說的藝術水準不斷提高。到嘉靖、隆慶朝為止，已有的講史演義基本上已將中國歷史上分裂的世代寫遍，由此可見世變戰亂也是講史演義創作的題材來源，影響之後的小說創作甚鉅，面對創作題材被寫遍的情況，講史演義與傳統按鑒演義

觀念的矛盾逐漸浮上檯面，如何解決這樣的矛盾，也成爲之後講史演義作家必須面對創作瓶頸上的重大課題，明代的甄偉在〈西漢通俗演義序〉提出自己創作認知，他認爲：

> 予爲通俗演義者，非敢傳遠示後，補史所未盡也；不過因閒居無聊，偶閱西漢卷，見其間多牽強附會，支離鄙俚，未足以發明楚漢故事，遂因略以致詳，考史以廣義，越歲，編次成書。言雖俗而不失其正，義雖淺而不乖於理；詔表辭賦，模仿漢作；詩文論斷，隨題取義。
> 〔註1〕

甄偉提出「因略以致詳，考史以廣義」的創作理念，解決按鑒演義觀念所遭遇的困境，此時尚無體悟「虛構」在藝術創作中的認知，也因此將此理論上的難題留待之後的小說作家及評點者。

面對講史演義題材的短缺，強調對史實的依循也是作家提出的解決之道，創作《續英烈傳》的秦淮墨客在自述創作方法說過「胸貫三長，而後可以定一朝之實錄；識破千古，而後可以論一代之是非。故修史難，而讀史亦匪易也。古學士擢身蘭台，從容簪筆，得以伸其鴻才卓見於藜光之下。嘗不幸而伏處山林，沉觀世故，枚舉縷述，時存披覽，則野乘之流傳，亦足爲考古之先賢也。」〔註2〕正體現作者創作目的在於「補史」，但對於野史記載是否屬實並不加以追究，「竊嘗綜建文、永樂故實，匯爲續傳，閱是書者，其於盛衰順逆之故，平坡往復之機，亦可瞭如指掌矣。然詞所達意，故不敢自附於野史之例；而事必摭實，或亦免於續貂之誚歟？」〔註3〕他所根據的事實只是一些傳說的史料加以敷演，這是他所認定的史實，但卻不願承認小說創作中「虛構」的合法性及正當性，以下將從敘事傳統的接受與偏離、世變書寫下的敘事創造探討四大奇書之續書的話語內蘊。

第一節　敘事傳統的接受與偏離

《三國演義》爲中國文學史上長篇小說的開山之作，從中國古代小說的

〔註1〕 〔明〕甄偉：〈西漢通俗演義序〉，見黃霖、韓同文選注：《中國歷代小說論著選》（上）（南昌：江西人民出版社，2000年9月第3版），頁207。
〔註2〕 〔明〕秦淮墨客：〈續英烈傳敘〉，見高玉海：《古代小說續書序跋釋論》，（北京：中國社會科學出版社，2007年5月第1版），頁15。
〔註3〕 〔明〕秦淮墨客：〈續英烈傳敘〉，見高玉海：《古代小說續書序跋釋論》，頁16。

發展歷程來看，《三國演義》樹立歷史演義的敘事範式，對於章回小說也奠定基本的敘事法則，做為首部正式題署「演義」的歷史小說，演義由動詞轉化為名詞，逐漸衍化為一種小說文體／文類，代表對於《三國志》等書的推演、內容文字的增廣和「義」的闡釋，其後的歷史演義也都繼承了「演義」這種言說方式，也就是「以某項政治議題為依據，增廣內容和文字，發明其義。」〔註4〕《三國演義》雖據史而作，但卻在諸多細節擺脫史傳影響，逐漸朝通俗化的方向前進，所謂「文不甚深，言不甚俗」，而「演義」的內涵為何？現今最早談及《三國演義》的庸愚子〈三國志通俗演義序〉曰：

> 若東原羅貫中，以平陽陳壽《傳》，考諸國史，自漢靈帝中平元年，終於晉太康元年之事，留心損益，目之曰《三國志通俗演義》。文不甚深，言不甚俗，事紀其實，亦庶幾乎史，蓋欲讀頌者，人人得而知之，若《詩》所謂里巷歌謠之義也。〔註5〕

根據上述看法，《三國演義》乃是據史演義，採取「通俗為義」的敘述意識，編採史事而隱含興衰成敗的事理，以「文不甚深，言不甚俗」的通俗語言呈現歷史教訓。又修髯子〈三國志通俗演義引〉曰：

> 故好事者以俗近語，檃括成編，欲天下之人，入耳而通其事，因事而悟其義，因義而興乎感，不待研精覃思，知正統必當扶，竊位必當誅，忠孝節義必當師，好貪諛佞必當去，是是非非，了然於心目之下，裨益風教，廣且大焉，何病其贅耶？〔註6〕

在「裨益風教」的創作意識下，融入個人勸善懲惡的教化觀念，讓讀者大眾可以引為借鑑，在歷史演義小說的敘事傳統中，《三國演義》依傍史傳的敘事特徵可以說極為醒目。

一、講史傳統的延續

　　《三國演義》的續書在中國古代小說名著中是最少的，明清以《三國演義》續書自居的有三部，一是明萬曆年間題為「晉平陽侯陳壽史餘雜記，西

〔註4〕董乃斌主編：《中國文學敘事傳統研究》，（北京：中華書局，2012年3月第1版），頁452。

〔註5〕庸愚子：〈三國志通俗演義序〉，見黃霖、韓同文選注：《中國歷代小說論著選》（上），頁108。

〔註6〕修髯子：〈三國志通俗演義引〉，見黃霖、韓同文選注：《中國歷代小說論著選》（上），頁115。

蜀西陽野史編次」的《續編三國志後傳》，一是清代無名氏所撰的《後三國演義》，一是清代梅溪遇安氏所撰的《三國後傳石珠演義》，而學者認爲「問世於萬曆三十七年（1609）的《三國志後傳》是三國演義唯一的續書」殆無疑義，〔註7〕在《三國演義》的續書《續編三國志後傳》的〈新編續刻三國志序〉曰：

> 乃陳壽所志六十五篇，簡質道勁，雖足步武前史，而正統未明，權衡未確，其間進退予奪不無謬戾。涑水編其年，而細微之事則略；新安挈其綱，而褒貶之義則微。所藉以誅奸雄，鄙薄懦頑，固不若目睹其事，而感發懲創聞之靡靡忘倦者；《演義》一書不可無也。顧坊刻種種，魯魚亥豕，幾眩人目，且其所演說容有未厭人心處。故復爲校讎，爲之增損，摹神寫景，務肖媸妍；掃葉拂塵，幾費膏晷。且復以《晉書》始事，略撰數首續之，所以大一統也。比授梓分爲一十卷，通計一百回。聊當野史，以供耳食，非敢汙博雅之目也。
> 〔註8〕

《三國演義》在陳壽《三國志》、司馬光《資治通鑑》、《三國志平話》的基礎上予以改造，在敘事範式上建立歷史演義的敘事法則，《續編三國志後傳》認爲前書「演說容有未厭人心處」，從娛樂角度予以強調，而「補史」反而是次要的，基本上仍遵循歷史演義所建立的敘事傳統，但加入許多虛構成份而不爲當時讀者大眾所喜愛，《三國演義》的敘事策略被指爲「七實三虛」，而《續編三國志後傳》將劉淵起義與西晉的對抗以文學虛構形式塑造成正義之師與荒淫無道的對比，個人主觀意識強烈主導敘事策略的進行，據《晉書》所載，確有劉淵自立漢王，其子劉聰滅西晉改國號爲趙之史實，但《續編三國志後傳》卻將劉淵、石勒等附會爲三國蜀漢的後代，將歷史上滅晉視爲復仇，虛構蜀漢後裔滅晉復漢之事，可見作者西陽野史對於《三國演義》虛實相生的

〔註7〕參見高玉海：《明清小說續書研究》，（北京：中國社會科學出版社，2004年1月第1版），頁15。另段春旭：《中國古代長篇小說續書研究》，（上海：上海三聯書店，2009年1月第1版），頁146。兩書均持同樣見解，高玉海以爲「無名氏的《後三國志演義》（又名《三國演義續編》《續三國志》），內容實即《東西晉演義》；另一部是題「梅溪遇安氏著」的《後三國石珠演義》（又名《後三國演義》《三國後傳》），其人物、情節與《三國演義》毫無關涉。兩書均不屬《三國演義》的續書。」

〔註8〕〔明〕佚名：〈新編續刻三國志序〉，見高玉海：《古代小說續書序跋釋論》，頁4。

敘事策略是有所體會而加以運用的。《三國演義》在敘事傳統上對於《春秋》筆法的承接，體現在編創小說敘事的歷史意識。如〈三國志通俗演義序〉曰：

> 夫史，非獨紀歷代之事，蓋欲昭往昔之盛衰，鑒君臣之善惡，載政事之得失，觀人才之吉凶，知邦家之休戚，以至寒暑災詳、褒貶予奪，無一而不筆之者，有義存焉。吾夫子因獲麟而作《春秋》。《春秋》，魯史也，孔子修之，至一字予者，褒之，否者，貶之。然一字之中，以見當時君臣父子之道，垂見後世，俾識某之善，某之惡，欲其勸懲警懼，不致有前車之覆。故曰：「知我者其惟《春秋》乎！」亦不得已也。孟子見梁惠王，言仁義而不言利；告時君必稱堯舜禹湯，答時臣必及伊傅周召。至朱子《綱目》，亦由是也，豈徒紀歷代之事而已乎？〔註9〕

庸愚子已注意到，《三國演義》之義與《春秋》之義在著述意識上相通。在儒家經典中，《春秋》寄寓了孔子的微言大義，《孟子》一書談到「孔子成《春秋》而亂臣賊子懼」，亦即《春秋》之義在「勸善懲惡」，朱熹的《資治通鑑綱目》上承《春秋》之義，而擁劉反曹的政治立場正是透過朱熹的《資治通鑑綱目》取法《春秋》之義，可知《三國演義》是「取義為上」，亦即《春秋》之義，並確立取義的途徑，乃是透過《資治通鑑》和《資治通鑑綱目》呼應《春秋》之義，影響所及，後繼之歷史演義也多以「按鑑」相標。

　　由歷史演義小說的「命名」就可了解很多作品仍沿襲秦漢經傳的成例，用「演義」表示敘事方式，以「傳」表示敘事體式，如萬曆二十四年誠德堂刊本全稱為《新刊京本按鑑補遺通俗三國志傳》，明萬曆三十三年聯輝堂刊本全稱為《新鍥京本校正通俗演義按鑑三國志傳》，萬曆三十八年楊閩齋刊本全稱為《重刻京本通俗演義按鑑三國志傳》等，志、傳、書、記都是正史的體例，這些刊本的命名都可看出歷史演義小說與正史密不可分的關係，《三國演義》由《後漢書》、《三國志》、《資治通鑑》、《資治通鑑綱目》等史書取義，而其最終精神乃是遠紹《春秋》之義，藉由作家個人的敘事意識，繼承經史敘事，從經傳衍化為一種小說文體，而《三國演義》正是中國古代章回小說敘事模式的奠基之作。四大奇書之續書在敘事傳統上對前書有姿態各異的承繼與理解。如《續編三國志後傳》第一回〈後主降英雄避亂〉曰：

〔註9〕庸愚子：〈三國志通俗演義序〉，見黃霖、韓同文選注：《中國歷代小說論著選》（上），頁108。

孔子曰：「三分天下有其二，以服事殷周之德，可謂至德也已矣。」宜其延世三十，歷年八百，後世鮮及焉。迨至戰國，亡王用霸，日尋干戈，壞亂已極矣。秦用商鞅之法，尚戰功，忽禮樂，雖然得志一時，幸吞六國，而享祚不長，傳世惟二，孰謂天道微藐之不足信，禮樂教化之不用哉？（頁2）

《水滸後傳》第一回〈阮統制梁山感舊　張幹辦湖泊尋靈〉曰：

看官不知：大凡忠臣之事，百世流芳，正史稗乘，為他立傳注誅，千古不泯。如草目之有根荄，逢春即發；泉水之有源委，遇雨則流。宋江一片忠義之心，策功建名，不得令終，負屈而死。那些亡過之人，已是不能起死骨肉；但還有些存在的許多肝膽義士，豈可不闡揚一番，為後世有志者勸？（頁2～3）

《蕩寇志》第一百三十二回〈徐虎林捐軀報國　張叔夜奉詔興師〉曰：

此時奸邪盡去，君子滿朝，士民歡呼相慶。賀太平進言道：「今日之事，恭逢陛下聖明神武，睿斷嚴明，小人道消，君子道長，四海升平，萬年康樂，實基於此。唯有梁山一區，群盜盤踞，積惡貫盈，所宜速行掃除，庶使宇內清平，萬民樂業。」天子道：「上年朕本有著張叔夜統軍征討梁山之命，嗣因方臘事急，遂命移征方臘。今方臘既除，宋江未滅，可即著張叔夜領兵往討。」（頁712）

《後水滸傳》第三十四回〈柳壤村應風水奔楊么　眾弟兄驗天時齊合夥〉曰：

到了次日，楊么帶了游六藝、花茂、岑用七、王信、呂通，領五百士卒下山。只見村人中二百名少年子弟，手執戈矛，齊對楊么說道：「我等俱有父兄親戚被陷，願隨下山效力。」楊么大喜，道：「昔年項羽得八千子弟兵，縱橫天下。我今日亦得二百子弟兵助力，豈不能縱橫此地耶！此天協贊我也！」（頁383）

《後西遊記》第六回〈匡君失賢臣遭貶　明佛教高僧出山〉曰：

果然激動了一位大臣，這位大臣是鄧州南陽人，姓韓名愈，表字退之，別號昌黎。官拜刑部侍郎，為人忠直敢言，立身行己，但以聖賢自待。常對人說：「世上若無孔子，我不當在弟子之列。」今日見了憲宗迎請佛骨入大內，不勝感憤道：「孔子斥異端，孟子辟邪說。此非異端邪說而何？無不斥之辟之，再有何人？」（頁1936）

《西遊補》第九回〈秦檜百身難自贖　大聖一心皈穆王〉曰：

八年拜右僕射，金使議和，與王倫俱至。檜與宰執共入見。檜獨留身，言：「臣僚畏首畏尾，不足與斷大事。若陛下決欲講和，乞顓與臣議。」帝曰：「朕獨委卿。」檜曰：「願陛下更思三日。」（頁2376）

《續金瓶梅》第十三回〈陷中原徽欽北狩　屠清河子母流離〉曰：

話表宋徽宗宣和年間，有一女子生了髭鬚，有一男孕生子。此等妖事，載在《玉堂綱鑑》上，難道是我做書編的不成？蓋因國運將傾，陰陽相反，遂有此異。不消數年，大金兵入，這些蕩夫淫婦、賊吏貪奴，平生積得罪孽盡投天網。到徽宗北狩，才說是「宰相誤我」，全不想自己不肯修德，用的是佞臣蔡京、王黼、楊戩、高俅、童貫、朱勔這一班人，或借邊功封王，或進花石獻媚。（頁86）

《三續金瓶梅》第一回〈普靜師幻活西門　龐大姐還魂托夢〉曰：

今按原本「第一奇書」，西門慶自大宋徽宗宣和元年病故，葬至幻化孝哥，正七年的光景。朝中將除了蔡京、童貫與高俅，又出了奸臣秦檜，專權舞弊，私通化外，弄得天下荒荒，金兵累犯邊境，清河縣亦遭塗炭之實。故引出千言萬語，掀簾看花、夢解三世報，返本還凶，演一部《三續》的故事。（頁1）

由上述四大奇書之續書引文得知，小說文本對書寫活動中的融攝「史實」，基本上繼承四大奇書的敘事傳統，在講史意識形態的主導下，不論是以「再現歷史」或「虛構歷史」的方式進行故事新編，往往共同呈現四大奇書之續書的「歷史性」（historicality），展現出「經世致用」的思想，以及借「春秋筆法」以寄託「微言大義」的敘事表現，納入天下、國家、家庭乃至個人修身、歷史興亡盛衰情形做為考察史書敘事的參照。

明代四大奇書分別代表歷史演義、英雄傳奇、神魔幻怪、人情寫實的敘事範式，其後續書在既定的敘事傳統影響下，承襲固有敘事格局進而開展者有之，但也有因為作者編創的意識形態與原書有異，故能逐漸擺脫原書龐大的影響力，呈現較為特殊的敘事面向，比較特殊的是《蕩寇志》的思想命題，與容與堂百回刊本《水滸傳》截然不同，《蕩寇志》接續金聖嘆（1608年～1661年）批改貫華堂七十回本《水滸傳》之後，金聖嘆將《水滸傳》百回本的後三十回加以腰斬，對《水滸傳》進行修改，使《水滸傳》在敘事藝術上更加成熟，因此七十回本《水滸傳》成為最流行的版本，金聖嘆在〈讀第五才子書法〉曰「只如寫李逵，豈不段段都是絕妙文字，卻不知正為段段都在宋江

事後，故便妙不可言。蓋作者只是痛恨宋江奸詐，故處處緊接出一段李逵樸誠來，做個形擊。其意思自在顯宋江之惡，卻不料反成李逵之妙也。」〔註10〕對宋江假忠偽義十分痛恨，而俞萬春的《蕩寇志》認同金批水滸的思想立場，所以在對《水滸傳》的英雄傳奇敘事傳統有所偏離，也就是對原書君臣倫理中的忠義觀念有所修正。如《蕩寇志》七十一回〈猛督監興師剿寇　宋天子訓武觀兵〉曰：

> 盧俊義大驚，一面開門，一面問道：「什麼事不好？」那四個外護頭
> 目道：「忠義堂火起了，正燒著哩。」盧俊義聽說是火起，倒反放了
> 心，隨那幾個頭目趕到忠義堂前，只見蒸天價的通紅，那面替天行
> 道的杏黃旗，已被大火卷去，連旗竿都燒了。宋江同許多頭領立在
> 火光裡，督押火兵軍漢，各執救火器具，亂烘烘的撲救。（頁1～2）

第七十一回忠義堂被火燒，宋江自責平日不忠不孝，以致上天降這火災示警，隱然有天理不容的寓意，在英雄傳奇敘事的意識形態上就與原書背道而馳，呈現不同原書的敘事格局。

作者俞萬春（1794年～1849年）創造了法術高強的陳希真、膂力過人的陳麗卿父女及雲天彪、劉慧娘等智勇雙全、全忠全孝的形象，輔佐張叔夜圍剿梁山，從〈蕩寇志引言〉及小說七十一回可以確認作者及敘事者在「理念先行」的敘事意識框架下，對於宋江是否為忠義的意識形態層次上，是採取否定的態度，進而在小說敘事中，塑造出一批作者心目中真正具備君臣忠義的人物，在宋江等一百零八條好漢的集體行動中，對於內在意識形態、價值觀念，透過以陳希真等人的掃蕩形成對立局面，凸顯宋江集團內在的矛盾與衝突，經由敘事編排，呈現出與原書截然不同的結局，《蕩寇志》關於忠義倫理的評價態度透過宋江集團行事不端、作法自斃予以呈現。在小說一百一十九回〈徐虎林臨訓玉麒麟　顏務滋力斬霹靂火〉徐槐斥責盧俊義曰：

> 天子聖明，官員治事，如爾等奉公守法，豈有不罪而誅。就使偶有
> 微冤，希圖逃避，也不過深山窮谷，斂蹟埋名，何敢聚嘯匪徒，大
> 張旗鼓，悖倫逆理，何說之辭。（頁559）

前後呼應的敘事立場，可見作者敘事意識的寄託，藉由陳希真、雲天彪等討逆的軍事行動，揭露宋江假忠偽義的真面目。

〔註10〕〔明〕金人瑞：〈讀第五才子書法〉，見黃霖、韓同文選注：《中國歷代小說論著選》（上），頁292～293。

　　除了忠義倫理書寫的歧出之外，《蕩寇志》當中對女性才、智、勇的性別書寫也開展出與原書迥異的敘事格局，俞萬春生於清嘉慶、道光年間，考察清代初期對女性才德觀的論述，如清儒魏象樞（1616 年～1686 年）認為「諸禽雄者文采，雌者樸素。可以知婦人貴德不貴才色之義。」〔註 11〕這樣的推論在現代看來當然落後，但也代表中國典型女性才德觀，李漁（1610 年～1680 年）對「女子無才便是德」曾做詳細之反駁，認為：

　　「女子無才便是德」，言雖近理，卻非無故而云然。因聰明女子失節者多，不若無才之貴。蓋前人憤激之辭，與男子因官而得禍，遂以讀書作宦為畏途，遺言戒子孫，使之勿讀書勿作宦者等也。此皆見噎廢食之說，究竟書可竟棄，任可盡廢乎？吾謂才德二字，原不相妨，有才之女，未必人人敗行，貪淫之婦，何嘗歷歷知書？但須為之夫者，既有憐才之心，兼有御才之術耳。〔註 12〕

李漁對女性才德觀的見解，可謂持平之論，對照《蕩寇志》七十一回陳麗卿初登場對其穿著「繫一條湖色百折羅裙，上面蓋著一件猩紅色湖縐袄子，窄窄袖兒，露出雪藕也似的手腕，卻並不戴釧兒。」當養娘幫她掀去臉上的青紗罩，「那一聲喝采，暴雷也似的轟動」，其容貌「只道是織女擅離銀漢界，嫦娥逃出月宮來」，先呈現女色，接著描寫陳麗卿的才、勇特殊之處，頗有才色重於德的敘事意味：

　　這個女兒天生一副神力，有萬夫不當之勇。他十二分歡喜，將生平的本事，教得他同自己的一般。那女子卻伶俐，又自己習得一手好弓箭，端得百發百中，穿楊貫風。（頁 14）

《蕩寇志》跳脫原書《水滸傳》中男性世界的敘事框架，塑造了如陳麗卿、劉慧娘兩個女英雄、女軍師的形象，凸顯出較原書殊異的性別書寫的文化意義，劉慧娘的長才在機關排設及相術，當年諸葛亮征南蠻所用的木牛流馬經由巧手造出，加以變化便能衝鋒陷陣，故被陳希真視為女諸葛，而書中主角陳希真好武藝，善道教修練，人物形象跳脫出《水滸傳》草莽英雄的既定模式，書中充斥鬥法場面，可以說《蕩寇志》作者在英雄傳奇的敘事傳統下加

〔註 11〕魏象樞：《寒松堂全集》（太原：山西人民出版社，1992 年），卷十二，〈庸言〉，頁 877。

〔註 12〕李漁：《閒情偶寄》（杭州：浙江古籍出版社，1985 年），卷三，〈聲容部〉，〈習技〉第四，頁 131。

入了神魔鬥法的情節，無形中增加情節的緊湊性及大眾閱讀的娛樂性。

《西遊補》在情欲書寫的開拓較原書深入，同樣也在《西遊記》神魔幻怪的敘事傳統下別樹一格，由人物形象、敘事語境、主題思想、情節結構均可見作者董說在繼承原書的敘事話語型態的基礎上，融入個人特殊的意識形態，呈現與原書截然不同的敘事格局。《西遊記》的思想命題在心性的試煉，而《西遊補》則是在情欲的試煉，《西遊記》編造了八十一難的考驗，從取經題材的演變來看，《大唐三藏取經詩話》等作品除了令人目眩的故事與直接呈現於敘述層面的思想，並沒有更深的寓意，《西遊記》在小說敘事不斷提醒讀者故事寓意的存在，造成後人解讀其思想內涵的歧義性，而災難書寫正是《西遊記》的敘事主軸，從八十一難的具體描寫來看，或取譬自然，或象徵社會，或影射歷史，或直指人心，與八十一難相聯繫的是小說降妖伏魔的敘事模式，《西遊補》藉孫悟空誤入鯖魚精而經歷一連串情欲的試煉，同樣也充滿寓意的指涉，但卻淡化孫悟空的神性，而漸往人性層面靠攏，透過諧音雙關的敘事語境寄託情緣夢幻的微言大義，〈西遊補序〉曰：「補《西遊》，意言何寄？作者偶以三調芭蕉扇後，火焰清涼，寓言重言，覺情魔團結，形現無端，隨其夢境迷離，一枕子幻出大千世界。」〔註13〕在神魔幻怪的敘事傳統中，《西遊補》亦可謂之奇書，不像其他續書依傍原書開展情節，其敘事策略為去除孫悟空的神性成分，並塑造一個夢境去營造出與原書殊異的「陌生化」情境，總結續書的出現，必然有文化、商業操作的機制在其間運作，劉勇強認為：

> 續、仿、改、擴之作在清代的大量出現，不應簡單地看成創作力的衰退，它實際上也昭示著中國古代小說在接續中發展的內在規律。對一部具體的小說來說，它的藝術生命不僅存在於作品的接受過程中，也存在於對它的不斷效仿中。一系列這樣的效仿，就構成了小說史最為清晰的線索。〔註14〕

四大奇書之續書對原書敘事傳統的接受與偏離，顯示小說在傳播過程中對歷史敘事內涵的吸納與蛻變，累積諸多創作實驗的敘事法則，慢慢摸索出一條逐漸清晰的創作方向。

〔註13〕〔明〕嶷如居士：〈西遊補序〉，見高玉海：《古代小說續書序跋釋論》，頁105。

〔註14〕劉勇強：《中國古代小說史敘論》，（北京：北京大學出版社，2007年10月第1版），頁491。

二、主題先行的敘事開端

　　自從《三國演義》出版之後，模仿之作品不斷產生，引發一連串的出版風潮，「演義」之體在章回小說獲得迅速的發展，無論在創作或理論的建構方面，都得到充分的發展，成為一種獨立的文體，而陳繼儒（1558 年～1639 年）的〈唐書演義序〉以定義的方式為「演義」體釋義，卻是首次，前面所說庸愚子和修髯子在序及引言中，已經指出小說與史傳的區別在於「通俗」，已經為「演義」體的界定做出貢獻，但陳繼儒的見解，可以說在演義體的理論建構上更往前推進：

> 　　往自前後漢魏吳蜀唐宋咸有正史，其事文載之不啻詳矣，後世則有演義。演義，以通俗為義也者。顧今流俗節日不掛司馬班陳一字，然皆能道赤帝，詫銅馬，悲伏龍，憑曹瞞者，則演義之為耳。演義固喻俗書哉，義意遠矣！〔註15〕

這裡強調演義體的中心概念為通俗性，無形中提高歷史演義的地位，以及嚴肅地看待創作的本質，他又提出突破史傳敘事的約束：

> 　　載攬演義，亦頗能得意。獨其文詞，時傳正史，於流俗或不盡通。其事實，時采謫狂，於正史或不盡合。因略綴拾其額，為演義題評。亦慫恿光祿之志。書成敘之。吁嗟，欷！正史余嘗涉矣，倔塞齟口，莫之盡其涯涘。稗官小說，既雅非其好，而然獻其萬舞又強顏說耶？西方美人，余於太宗與何遐思也！歲癸巳陽月，書之尺蠖齋中。〔註16〕

對於演義體概念的推進，尤其在史傳敘事是否容許虛構成份的見解，更是往前邁進一大步，由此可知當時文人參與小說創作的趨勢正在成形當中。

　　中國古代小說文體的生成、發展與悠久的史傳傳統密切相關，而中國古代小說何以在史傳文學中孕育成熟並走向獨立？此問題意識的提出是了解章回小說文體為何及如何從史傳傳統中汲取養分為論述開展的前提。現實與虛構敘事是史傳文學與小說文體的共相特徵，以此為分析基礎，章回小說在敘事結構中找到理想的模仿對象，所以對史傳文學的敘述特徵必須有個通盤的

〔註15〕　〔明〕陳繼儒：〈唐書演義序〉，見黃霖、韓同文選注：《中國歷代小說論著選》（上），頁 138。

〔註16〕　〔明〕陳繼儒：〈唐書演義序〉，見黃霖、韓同文選注：《中國歷代小說論著選》（上），頁 138。

了解，才能得知小說文體如何「按鑒取義」，藉由吸收史傳文學的特點以提高本身的地位。探討史傳文學對章回小說文體的影響，在此擬由《史記》與《資治通鑑》為論述起點。前者是紀傳體之祖，以事系人，人物是敘述的核心；後者是編年體的代表，以事系時，事件是敘述的中心。章回小說在敘事過程中，模擬、借鑒史傳敘事的特徵，兩者兼顧而有所偏重。一般而言，歷史演義偏向編年體，英雄傳奇倚重紀傳體，神魔幻怪及世情現實小說則較為模糊，但對史意仍有所發揮。如樵餘〈水滸後傳論略〉可見模仿《史記》的筆法：

> 有一人一傳者，有一人附見數傳者，有數人並見一傳者，映帶有情，
> 轉折不測，深得太史公筆法。頭緒如亂絲，終於不紊，迴圈無端，
> 五花八陳，縱橫錯見，真奇書也。〔註17〕

如〈新編續刻三國志引〉著重小說抒情功能的藝術定位，雖然說要當作消遣之用，但這部《三國演義》的續書在借鑒正史記載上，隨書抄錄的史實還是隨處可見：

> 夫小說者，乃坊間通俗之說，固非國史正綱，無過消遣於長夜永晝，
> 或解悶於煩劇憂態，以豁一時之情懷耳。今世所刻通俗列傳並梓《西
> 遊》《水滸》等書，皆不過快一時之耳目。〔註18〕

春秋至西漢是中國古代史學建立的重要時期，此階段以《春秋》、《左傳》和《史記》為代表，《春秋》按傳統說法是孔子據魯史所修，開創了私人著史之先河，以史義敘述史事、史文，影響極為深遠，但敘事極為簡略，《左傳》以其多方面的成就，成為承先啟後的重要典籍，而司馬遷的《史記》則為後代修史提供了可參考的經驗與模式。孔子作《春秋》的時代背景、目的和道德價值，以孟子所言可謂真知灼見，《孟子‧滕文公下》曰：

> 世道衰微，邪說暴行有作，臣弒其君者有之，子弒其父者有之。孔
> 子懼，作《春秋》。《春秋》，天子之事也，是故孔子曰：「知我者惟
> 《春秋》乎，罪我者惟《春秋》乎！」〔註19〕

又《孟子‧離婁下》曰：

〔註17〕〔清〕樵餘：〈水滸後傳論略〉，見高玉海：《古代小說續書序跋釋論》，頁41。

〔註18〕〔明〕佚名：〈新編續刻三國志引〉，見高玉海：《古代小說續書序跋釋論》，頁6。

〔註19〕〔周〕左丘明傳，〔晉〕杜預注，〔唐〕孔穎達疏：《《春秋左傳》正義》，〔清〕阮元校勘：《十三經注疏》6（臺北：藝文印書館，1985年），頁465上。

孟子曰：「王者之蹟息而《詩》亡，《詩》亡然後《春秋》作。晉之
《乘》、楚之《檮杌》、魯之《春秋》，一也。其事則齊桓、晉文，其
文則史。孔子曰：其意則丘竊取之矣。」〔註20〕

由孟子之解讀來說，孔子纂作《春秋》是具有歷史意識及道德勸誡的教化目
的，欲由此建立經世致用的社會及政治作用，其寓含褒貶之救世用心昭然若
揭，以《春秋》爲禮義之大宗，展現出自西周以來「以史爲鑒」的著述觀念，
轉爲歷史是價值判斷的標準及載體，同樣都是面對「世變」的時代環境，《春
秋》的問世，正如《孟子》曰：「孔子成《春秋》而亂臣賊子懼。」〔註21〕此
著述宗旨受到後世普遍關注，司馬遷（前145年～前86年）身爲史家，在《史
記》裡對《春秋》及《左傳》所包含的歷史觀念加以繼承，並闡述自己著史
的目的，如〈太史公自序〉曰：

太史公執遷手而泣曰：「夫天下幽厲之後，王道缺，禮樂衰，孔子修
舊起廢，論《詩》《書》，作《春秋》，則學者至今則之。自獲麟以來
四百有餘歲，而諸侯相兼，史記放絕。今漢興，海內一統，明主賢
君忠臣死義之事，余爲太史而弗論載，廢天下之史文，余甚懼焉，
汝其念哉！」遷俯首流涕曰：「小子不敏，請悉論先人所次舊聞，弗
敢闕。」

太史公曰：「先人有言：自周公卒五百歲而有孔子。孔子卒後至於今
五百歲，有能紹名世，正《易傳》，繼《春秋》，本《詩》《書》《禮》
《樂》之際？意在斯乎！意在斯乎！小子何敢讓焉。」〔註22〕

司馬遷著《史記》在於上承孔子作《春秋》的文化使命，也藉由父親司馬談
明確指出自己著史的目的在「正《易傳》，繼《春秋》，本《詩》《書》《禮》《樂》
之際」，重視的仍是歷史著述意識的傳承。

《春秋》是編年體史書的開山之作，從魯隱公元年（西元前772年）到
魯哀公十四年（西元前481年），跨越242年共十二公的歷史事件，內容以
魯國爲主，兼及周王室及其他諸侯國，戰國時期《左傳》在《春秋》的基礎
上成爲編年體的典範之作，編年體以記載內容豐富、敘述次序分明爲其優

〔註20〕　〔漢〕趙岐注，〔宋〕孫奭疏《孟子注疏》，〔清〕阮元校勘：《十三經注疏》
　　　　　8（臺北：藝文印書館，1985年），頁117下。
〔註21〕　〔漢〕趙岐注，〔宋〕孫奭疏《孟子注疏》，〔清〕阮元校勘：《十三經注疏》
　　　　　8（臺北：藝文印書館，1985年），頁118上。
〔註22〕　〔漢〕司馬遷：《史記》，（北京：中華書局，1959年），頁3295～3296。

點，北宋時司馬光編纂《資治通鑑》，即採用編年體，其書體大思精、脈絡宏富，使編年體史書的史學成就達到一前所未有的高度，引起後來史家紛起效尤，編年體後來又發展出新的模式——通鑑綱目體，代表作是朱熹的《資治通鑑綱目》，綱目體按照編年的形式敘事，但每事都分爲「綱要」和「細節」，先以大字書爲概括性的提綱，其下以分注的形式詳述細節，較之單純的編年體形式更爲清晰，綱目體與《春秋》一脈相承，立綱仿效《春秋》，力求嚴謹。《春秋》在「屬辭比事而不亂」、「約其辭文，去其煩重」中建立中國史學的敘事傳統，並在「春秋筆法」運用下，奠定勸善懲惡的倫理道德化審美傾向，對此司馬遷在《史記・太史公自序第七十》曰：

> 上大夫壺遂曰：「昔孔子何爲而作《春秋》哉？」太史公曰：「余聞董生曰：『周道衰廢，孔子爲司寇，諸侯害之，大夫壅之。孔子知言之不用，道之不行也，是非二百四十二年之中，以爲天下儀表，貶天子，退諸侯，討大夫，以達王事而已矣。』子曰：『我欲載之空言，不如見之於行事之深切註明也。』夫《春秋》，上明三王之道，下辨人事之紀，別嫌疑，明是非，定猶豫，善善惡惡，賢賢賤不肖，存亡國，繼絕世，補敝起廢，王道之大者也。……撥亂世，反之正，莫近於《春秋》。《春秋》文成數萬，其指數千。萬物之散聚皆在《春秋》。……故有國者不可以不知《春秋》，前有讒而弗見，後有賊而不知。爲人臣者不可以不知《春秋》，守經事而不知其宜，遭變事而不知其權。爲人君父而不通於《春秋》之義者，必陷篡弒之誅，死罪之名。其實皆以爲善，爲之不知其義，被之空言而不敢辭。夫不通禮義之旨，至於君不君，臣不臣，父不父，子不子。夫君不君則犯，臣不臣則誅，父不父則無道，子不子則不孝。此四行者，天下之大過也。以天下之大過予之，則受而弗敢辭。故《春秋》者，禮義之大宗也。夫禮禁未然之前，法施已然之後；法之所爲用者易見，而禮之所爲進者難知。」〔註23〕

面對世衰道微的時代環境，孔子據魯史修訂而作《春秋》，具有強烈的政治倫理傾向，在「撥亂反正」的著述意識下，影響後世章回小說文體甚鉅，同樣也對四大奇書之續書的敘事表現有著啓示作用。如《續編三國志後傳》第一

〔註23〕 〔漢〕司馬遷撰，〔南朝宋〕裴駰集解，〔唐〕司馬貞索隱，〔唐〕張守節正義：《史記》冊八，《四書備要・史部》（據武英殿本校刊）

回〈後主降英雄避亂〉曰：

> 及於三國之際，炎將將涸，吳魏分崩，所賴荐生玄德，足稱令主。
> 至窮不背於仁，百敗不折其志，天生聖哲為之羽翼。雖云立國一隅，
> 而實君臣一德。以弱為強，六征九伐，敵畏若虎，足為一時之偉稱
> 也。奈何營中星殞，丞相云亡，遂使奸雄得志，千載於今，人心痛
> 恣。幸而天道尚存，假手苗裔夷凶翦暴，使漢祀復興，炎劉紹立。
> 要惟卯金餘德未艾，禮樂未廢，人心向慕之至也歟！（頁2）

《續編三國志後傳》的作者在敘事創造所設定的歷史時空背景，與《春秋》
一樣，皆面臨世道衰微、禮樂崩壞的時勢局面，由此展現作者特定的歷史關
懷，從「禮樂未廢」的角度來說，透過一連串的情節安排，有意藉「世變」
書寫，為讀者展示隱含於小說文本的情理事體及歷史含義。海登・懷特（Hayden
White）認為：

> 論述歷史修撰的理論家一般都認為，所有歷史敘事都包含著不可簡
> 約的或無法抹掉的闡釋因素。歷史學家必須闡釋他的材料以便建構
> 形象的活動結構，用鏡像反映歷史進程的形式。……因此，一個歷
> 史敘事必然是充分解釋和為充分解釋的事件的混合，既定事實和假
> 定事實的堆積，同時既是做為一種闡釋的一種再現，又是做為對敘
> 事反映的整個過程加以解釋的一種闡釋。〔註24〕

小說作者根據自己所觀察到的歷史演變的規律，透過「演義」的特定敘事模
式來組合自己的敘事，加入自己「解史」的創作企圖，體現出歷史闡釋的自
覺意識。

如《後水滸傳》第一回〈燕小乙訪舊事暗傷心　羅眞人指新魔重出世〉
曰：

> 譬如大宋當興，自生出太祖、太宗仁聖之主來，創成帝室。當時豈
> 無魔業，但聖明在上，便自然消散。到了後來敗運，又恰當劫數，
> 故生庸主，洪太尉放走妖魔，蔡、童、高、楊奸臣妒賢嫉能，將一
> 班虎狼好漢都驅逐於水滸之中，以造就國家之衰敗。（頁65～66）

《後水滸傳》作者在原書的敘寫基礎上，採用一種「天道循環」的角度，在

〔註24〕〔美〕海登・懷特（Hayden White）：〈歷史中的闡釋〉，見氏著，陳永國、張
　　　　萬娟譯：《後現代歷史敘事學》，（北京：中國社會科學出版社，2003年），頁
　　　　63。

庸主當位、佞臣當道，朝綱政體混亂的狀態下，水滸英雄應劫而生，而在宋江、盧俊義受奸臣所害之後，書中藉由羅真人此一敘述者，對一百零八梁山好漢陣亡、坐化已應劫歸位，提出自己的氣數見解：

> 羅真人道：「鳥自投樹，魚自歸淵，氣之所致也。一氣而來，自一氣而往，怎麼不能復聚！但一百八人中，陣亡者已應其劫，坐化者自歸其位。今後聚者只不過受職被屈及辭去憂悶而死這般人耳！今各已託生人世。就是我弟子公孫勝，雖云修道，劫亦未消，也要去走遭。」（頁 66～67）

《後水滸傳》的作者藉由羅真人的預敘性話語埋下宋江、盧俊義託生轉世的伏筆，在開頭說明主題，乃是受到宋元講史平話的影響。

講史平話每卷開篇以一首或長或短的七言詩作引，概括一段書文的主要意旨，此敘事格局與短篇話本一致而為明清歷史演義小說承襲，但也逐漸往其他小說類型擴散，所以讀者可由小說開頭「主題先行」的敘事架構，了解作者所欲傳達的敘事理念及故事梗概，以徐岱的話來說：

> 在敘事活動中，主題的意義在於對創作格局的總體設計，和對創作軌跡的定向性把握，而在於事無巨細地涉足插手，君臨一切地包辦代替整個創作過程。換言之，也就是幫助小說家進入一種創作境地，建構起審美的自律機制。因此主題往往「顯在」地出現於敘事活動的開端，做為小說家構築敘事文本的一種牽引力。〔註25〕

關於主題先行的敘事表現，大體上與「題目」、「開篇詩」、「入話」、「頭回」等，具有點明主題和預述情節的敘事功能密切相關。《蕩寇志》接續金批水滸七十回後，本書從七十一回開篇，在眾多四大奇書之續書中實屬創舉，顯見作者俞萬春認同金聖嘆腰斬《水滸傳》為七十回的用意，他在〈蕩寇志引言〉受到金聖嘆偽稱《水滸傳》前七十回是施耐庵原作，後面是羅貫中續作的影響，認為：

> 因想當年宋江，並沒有受招安、平方臘的話，只有被張叔夜擒拿正法一句話。如今他既妄造偽言，抹殺真事。我亦何妨提明真事，破他偽言，使天下後世深明盜賊忠義之辨，絲毫不容假借。況夢中既受囑於真靈，燈下更難已於筆墨。看官須知：這部書乃是結耐庵之《前水滸傳》，與《後水滸傳》絕無交涉也。本意已明，請看正傳。

〔註25〕徐岱：《小說敘事學》，（北京：商務印書館，2010 年 6 月），頁 149～150。

〔註26〕

俞萬春接續金聖嘆腰斬《水滸傳》的思想立場，亦即「既是忠義，必不做強盜；既是強盜，必不算忠義」，塑造了具有關公形象的雲天彪，製造「官民相得」的道德秩序，將一百零八條好漢營造成叛亂集團，並藉由女英雄、女軍師加以收服，整部小說充滿官方正統的君臣倫理觀念，也因而在清朝咸豐年間太平天國之亂被清廷視爲政治宣傳品，並加以刊刻，顯見在「誤讀」金批水滸的敘事意圖下，也提供了詮釋《水滸傳》的文化角度。在開頭第七十一回，便藉由盧俊義的夢境敘事，隱含對梁山泊好漢的忠義形象的諷刺：

> 話說梁山泊天罡星玉麒麟盧俊義，當夜做了一場凶夢。夢見長人嵇康，手執一張弓，把一百單八個好漢，都在草地盡數處決，不留一個，驚出一身大汗。醒轉後，微微閃開眼，只見「天下太平」四個青字，心頭兀自把不住的跳，想道：「明明清清是眞，卻怎麼是夢？」
> （頁 1）

對於《蕩寇志》與金批水滸密切相關的敘事意識，劉勇強認爲：

> 如果我們把《水滸傳》的演變及其在後世的影響，包括評點和續書的出現等，看成一脈相承的小說史現象，那麼，《蕩寇志》的出現就不是偶然的，它既是水滸故事特殊題材所蘊含的思想矛盾不斷發酵的結果，也是金聖嘆評點《水滸傳》的從理論到實踐的進一步衍生，同時也是小說傳播加劇、影響日益擴大的產物。〔註27〕

陳忱（1615 年～1670 年）的《水滸後傳》第一回〈阮統制梁山感舊　張幹辦湖泊尋靈〉，也對宋朝得國之始，敗國之由做了一番詮釋：

> 自太祖開基，太宗繼統，其中列聖相傳，並無荒淫暴虐之主，只是優柔不斷，姑息爲心；又有僉壬之臣接踵而生，害國誤民；把一座錦繡江山，輕輕送與別人。其中雖多經濟大臣、韜鈐勇將，卻都棄置不用，無由展其長技。後來國勢將傾，雖有幾個能人，也就不能挽回了。（頁 2）

藉由水滸餘黨的海外再聚義，《水滸後傳》傳達出仍是「亂自上作」的政治思維，存在於官僚體系的貪婪依舊，馬幼垣曾指出《水滸後傳》是一部敘述人

〔註26〕 〔清〕忽來道人：〈蕩寇志引言〉，見高玉海：《古代小說續書序跋釋論》，頁 71。
〔註27〕 劉勇強：《中國古代小說史敘論》，頁 489。

－49－

心激盪，熱血奔騰時代之「國家安危主題」的小說，陳忱賦予梁山英雄「具有史詩形態的道德象徵」，〔註28〕在世變書寫的敘事架構下，《水滸後傳》另闢海外事業，展現不同原書的閱讀視野，在浪子燕青的人物形象及暹羅國的烏托邦意象，均寄託作者的遺民意識，無形當中也擴增小說敘述的自由度與想像性，陳忱在面對明朝亡國的悲痛中，塑造一個可以與中央抗衡的海外乾坤之地，並寄託「反清復明」的寓意於其中，高桂惠的詮釋可供參考：

> 這個所謂「新烏托邦」的國家想像不斷的複製中國的節慶（象徵春天的元宵節），詩詞文藝、儒俠道思想等軟體工程，並強調血緣的傳承與流播；然而，卻又不得不兼顧「海洋中國」的現實。因此，這個奇怪的國家想像在牽涉現實的武力與權力部分就不得不藉神道妖術與祖國封誥，達至一種實者虛寫、虛者實寫的弔詭手法。〔註29〕

《後水滸傳》取材於南宋初年楊么領導的農民起義，在內容上直承《水滸傳》，而有新的敘事創造。小說敘述梁山泊眾好漢煙消雲散之後，「受職被屈及辭去憂悶而死」的三十七人又托生人世，宋江、盧俊義又托生為孿生兄弟，因金兵入寇而失散，被收養者分別取名為楊么、王摩。二人成年後武藝超群，嫉惡如仇，各自聚眾起義，劫富濟貧，後齊聚洞庭湖聚義，朝廷派兵圍剿而不得。在第一回〈燕小乙訪舊事暗傷心　羅真人指新魔重出世〉，對接續《水滸傳》眾英雄的結局曰：

> 話說前《水滸》中，宋江等一百單八人，原是鎮伏之魔，只因國運當然，一時誤走，以致群雄橫聚，後因歸順，遂奉旨征服大遼，剿平河北田虎、江南方臘。此時道君賢明，雖不重用，令其老死溝壑，或可消釋。無奈蔡京、童貫、高俅、楊戩用事，忌妒功臣。或明明獻讒，或暗暗矯旨，或改賜藥酒，或私下水銀，將宋江、盧俊義兩個大頭目，俱一時害死。（頁59）

對於水滸英雄的悲慘結局，作者顯然有話要說，接續原書的結局，原書主角藉由托生轉世、再續前緣的敘事結構，這在四大奇書之續書也是頗為常見的敘述方式，如《後西遊記》、《續金瓶梅》皆是採取這樣的敘事策略。

《後西遊記》全書一共四十回，從開篇到第十六回，求解四眾會齊；從

〔註28〕馬幼垣：《中國小說史集稿》，（臺北：時報文化出版公司，1987年），頁81。
〔註29〕高桂惠：《追蹤躡跡——中國小說的文化闡釋》，（臺北：大安出版社，2005年9月），頁50。

第十七回到第三十九回，達靈山得真解。其間描寫了大小磨難十五個，用兩回以上篇幅來重點描寫的大難有六個，除黑風鬼國是前代仇怨所招之外，剩下都是作者自己的創作，是求解途中的主要劫難，而它們全部涉及名利和欲望。如第一回〈花果山心源流後派　水簾洞小聖悟前因〉曰：

> 話說東勝神州傲來國花果山天產石猴孫悟空，自保唐僧西天取經成
> 佛之後，已高登極樂世界，無影無形的去逍遙自在，將這花果山生
> 身之地，遂棄為敝屣而不居矣。不知人心雖有棄取，而天地陰陽卻
> 無興廢。（頁 1888）

《後西遊記》藉由小說開端大聖孫悟空成佛，將花果山棄為敝屣，而由此蘊生後天石猴的契機，其中暗含天道循環之理。

《續金瓶梅》對於原書人物採取一種因果報應的意識形態加以修正主題。第一回〈普淨師超劫度冤魂　眾孽鬼投胎還宿債〉，作者以說書人身份，出場現身說法：

> 我今為眾生說法，因這佛經上說的因果輪迴，遵著當今聖上頒行的
> 《勸善錄》、《感應篇》，都是戒人為惡，勸人為善，就著這部《金瓶
> 梅》講出陰曹報應、現世輪迴。緊接著這一百回編起，使這看書的
> 人知道陽有王法、陰有鬼神，這西門大官人不是好學的，殺一命還
> 一命，淫一色報一色，騙一債還一債。受用不多，苦惱悔恨，幾世
> 的日子冤報不了。又說些陰陽治亂，俱是眾生造來大劫，忠臣義士、
> 財色不迷的好人，天曹降福，使人好學。借此引人獻出良心，把那
> 淫膽貪謀一場冰冷，使他如雪入洪爐，不點自化。豈不是講道學的
> 機鋒，說佛法的喝棒，講《感應篇》的注解？今把做書大意說明閣
> 起，且講正傳。（頁 3）

明清章回小說作家在透過宗教手段進行藝術構思時，不僅成功地將相關題材，置於一個較為宏大的敘事框架中，並透過具有權威性的宗教人物或經典，將人物命運、情節走向和創作意圖傳達給讀者，吳光正則認為：

> 明清章回小說作家利用宗教的轉世投胎、謫降歷劫等敘事母題為宏
> 大事件的敘事提供了廣闊的時空架構，擴大了敘事的容量和自由
> 度，並提供了結構敘事情節的內在機制。〔註30〕

〔註30〕 吳光正：《神道設教：明清章回小說敘事的民族傳統》，（武昌：武漢大學出版
　　　　社，2012 年 5 月第 1 版），頁 26。

由四大奇書到衍生續書之間宗教敘事的發展歷程來看，四大奇書往往點出宗教說法，而之後的續書則是扮演思想深化的角色，具有一個承先啓後的思想意義，吳光正提出有別以往學者的解讀：

> 明清章回小說常常營造一系列意象來傳達宗教理論和人生哲理。作者通過被度者眷戀塵世、度脫者則視塵世爲虛幻的對立寫中營建了兩大頗具意味的意象體系，用以傳達此岸與彼岸的有限與無限、束縛與自由，從而使得宗教的生命倫理在小說中擁有了濃種的哲理色彩，旨在宣揚宗教生命倫理的敘事框架、自然意象和歷史意象都成了文人表達人生體驗的符碼。〔註31〕

小說作者透過宗教敘事或政治神話的虛構情節，反映出士人對人生哲理的體會，藉由佛道宗教理論或天命思想的融攝，對現實人生產生指引方向的敘事效力，小說作者不一定是宗教徒，但是對當時盛行的佛道教義應有一定的了解，宗教及政治話語系統的建置，逐漸形成獨具特色的敘事規範，並發展成爲明清章回小說的敘事手段。

第二節　世變書寫下的敘事創造

四大奇書敘事創造的共通性，主要在體現「世變」情境的關注上，並用來做爲故事情節開展的歷史時空背景。四大奇書之續書延續原書的世變書寫，呈現出對於特殊歷史或生活事件的重視，同樣體現出一種「歷史性」，並且賦予其不容忽視的意識形態內涵，四大奇書的寫定者，其書寫目的不在於單純複製或再現歷史，而是在重寫的過程中，更進一步創造出具有虛構想像性質的歷史，以海登・懷特（Hayden White）所言說明之：

> 虛構與歷史之間較早的區分是，虛構是對想像的再現，而歷史是對事實的再現。目前，該區分必須讓位於這樣一種認識：我們只能通過事實與想像或將事實比喻爲想像才能了解事實。這樣看來，歷史敘事就是複雜的結構，其中經驗世界被想像爲至少兩種形式的存在，一個被編碼爲「眞實的」，另一個在敘事過程中「被揭示」爲幻覺的。〔註32〕

〔註31〕 吳光正：《神道設教：明清章回小說敘事的民族傳統》，頁33。
〔註32〕 〔美〕海登・懷特（Hayden White）：〈做爲文學仿製品的歷史文本〉，見氏著，

四大奇書之後的續書也延續前文本的敘事軌跡，依據各自類型規範發揮對國族、家庭乃至個人在歷史變局中的因應之道與個人抉擇，企圖在原書意義未竟的書寫意義上加以詮釋、批評與轉化。

一、歷史與虛構的再現

　　明代四大奇書之後的續書編創，往往針對不滿原書情節安排或結局有所缺憾之處予以續寫，並營造或模仿原書的敘事氛圍以吸引讀者閱讀，在人物、情節、思想、語言等方面，無不力求無斧鑿之痕跡，故在追摹明代四大奇書的書寫意義上，乃是具有「適俗」與「教化」的文化傳播成就。如《續編三國志後傳》第一回〈後主降英雄避亂〉曰：

> 且說蜀主劉禪自癸巳登位，賴孔明當國，安享四十餘季。丞相既亡，至炎興元年，其中寵用宦官黃皓，致先世文武大夫關、張、黃、馬、趙諸勳舊子孫皆不得干預軍事，或退閒，或致仕，於是國勢浸衰，兵威不振。魏司馬昭聞知，議欲伐之。當有王祥一門，常懷漢德，因上疏阻之云：「蜀土雖狹，民感其惠，君臣義睦，無隙可乘。況今歲星在蜀，伐之恐致不祥。」昭不聽，乃命鄧艾領兵五萬，自狄道越甘松嶺出沓中，以絆姜維之師；諸葛緒引兵五萬，自祁山趨武街橋頭，以絕姜維歸路；鍾會引兵十五萬，從斜谷、子午谷分作三路而進，以趨漢中。細作報入沓中，大將軍都督軍事姜維急修馳奏後主。後主即命蔣舒、傅僉領兵二萬，分守陽平等關要隘，更欲大發兵以助姜維。時黃皓用事，深恨姜維常欲除己，今若發兵助勢，敵退爵尊，我必受虧。隨阻於帝曰：「臣等探得魏主深疑司馬，司馬自救不暇，焉能謀人？此來風聞乃懼我兵見加，故為虛張聲勢耳。」又引巫師詐誕，以聾帝聽，以是帝遂不為設備，罷其預守之議，群臣皆不知姜維上表請兵之故。（頁2～3）

《續編三國志後傳》以《三國演義》中魏將鄧艾將兵伐蜀的故事情節說起，續寫了蜀國後主劉禪降魏後，其姪劉璩、孫劉曜等人在關羽、張飛、趙雲、黃忠及諸葛亮等後人幫助下，滅西晉而重建漢政權，後又因後主荒淫驕暴，漢政權終為趙政權所滅的故事。

　　《後水滸傳》在第二回〈寄遠鄉百姓被金兵　柳壤村楊么夢神女〉，也以

陳永國、張萬娟譯：《後現代歷史敘事學》，頁190。

世變格局展開小說敘事曰：

> 真是光陰迅速，歲月如流，不覺早已過了四五個年頭。不期這年金
> 兵突入內地，將西北一帶地方人人逃避。你道為甚緣故？原來去年
> 三月朔，徽宗視朝，受諸官朝賀畢，因說道：「朕自數年來，邦家多
> 故。幸賴卿等謀略，昔日招輔了宋江等，削平三寇，征服大遼，社
> 稷得以粗安。但邇來外消內乏，家國空虛，每憂不足。不知卿等有
> 何高見，佐朕理財，以舒國用否？」（頁 72）

《後水滸傳》肯定原著中「亂自上作」、「官逼民反」的思想，〈後水滸傳序〉
這樣表示：

> 然就思其強梁跋扈之源，賀太尉不奪地造阡，則楊么何由刺配；黑
> 惡不逆守開封，則孫本豈致報仇；邵元之殺人，黃金奸月仙之所致
> 也；謝公墩之被兵，王豹欺配軍所致也。種種禍端，實起於貪穢之
> 夫，不良之宵小，醞火於鄧林之木，挗須於猛虎之領，一時冤鳴若
> 雷，怨積成黨，突而噬肉焚林。豈不令鰲足難支，天維觸折哉！請
> 一思之，是誰之過歟？〔註33〕

與原著思想可說前後連貫而又有所突破，《後水滸傳》認為使好漢們鋌而走險
的根源在於奸佞小人，並強調聚義的正當性。如《水滸後傳》第一回〈阮統
制梁山感舊　張幹辦湖泊尋靈〉曰：

> 即如梁山泊內一百八人，雖在綠林，都是心懷忠義，正直無私；皆
> 為官私逼迫，勢不得已，避居水泊。後來受了招安，遣他征服大遼，
> 剿除方臘，屢見功勛，亡身殉國。平定江南回京之日，可憐所存者
> 不過十分之三，雖加封官職，已是功高不賞。那奸臣輩還饒他不過，
> 把盧俊義宣召到京，賜宴之時，瞞著徽宗，暗地裡下了慢藥；回到
> 盧州時，水銀毒發，墜水而亡。（頁 2）

陳忱在小說情節構思中，便有意從宋江忠義而見鴆於奸黨的結局中引出教
訓，讓他筆下人物走出另一條不蹈前轍的路，正因朝廷昏暗，奸黨得以專權。
如《蕩寇志》的資助者徐佩珂的〈蕩寇志序〉曰：

> 余友仲華俞君，深嫉邪說之足以惑人，忠義、盜賊之不容不辨，故
> 繼耐庵之傳，結成七十卷光明正大之書，名之曰《蕩寇志》。蓋以尊

〔註33〕〔清〕彩虹橋上客：〈後水滸傳序〉，見高玉海：《古代小說續書序跋釋論》，
　　　　頁 66。

　　王滅寇為主，而使天下後世，曉然於盜賊之終無不敗，忠義之不容
　　假借混朦，庶幾尊君親上之心，油然而生矣。〔註34〕

同樣傳達出續書「尊王滅寇」為政治服務的目的。

　　又如《續西遊記》第一回〈靈虛子投師學法　到彼僧接引歸真〉曰：

　　　向見四大部洲，惟有南贍部洲人民繁眾，縱欲無忌。故此真經可以
　　　消災釋罪，降福延生。吾欲送到東土，恐人懷不信，毀謗真文。前
　　　已托觀自在菩薩度化取經僧眾到來。看此僧往昔劫中，名喚金蟬長
　　　老，只因他輕慢大教，故貶真靈，托生人道。今幸他不昧昔因，仍
　　　歸正覺，轉投南國，披剃出家，名喚玄奘。此僧既生來有此功行無
　　　差，不憚萬水千山，歷盡三途八難；門下跟隨幾個徒弟，也都上應
　　　天星，下全道力。此經有緣，當與取去，到得東土，永為勸善之珍，
　　　可作修真之寶。（頁1158）

《續西遊記》繼承原書《西遊記》第十三回開頭作者談到「心生，種種魔生；
心滅，種種魔滅」的哲學思想，而認為人生不能被機心欲望所宰制，所以《續
西遊記》的主題就在於機心的產生到泯滅所傳達的敘事理念。如《後西遊記》
第五回〈唐三藏悲世墮邪魔　如來佛欲人得真解〉曰：

　　　此時，乃唐憲宗元和十四年，那唐憲宗英明果斷，先用高崇文擒了
　　　蜀中劉闢，後又用裴度、李愬削平淮蔡，擒了吳元濟，威令復振，
　　　也算做唐代一代英主。只是聽信奸佞，既好神仙，又崇佛教。崇佛
　　　教，又不識那清靜無為、善世度民之妙理，卻只以禍福果報聚斂施
　　　財，莊嚴外相，聳惑愚民。使舉世之人希圖來世，妄想他生，不貪
　　　即嗔，卻將眼前力田行孝的正道都看得輕了。所以有識大臣、維風
　　　君子往往指斥佛法為異端，髡緇為邪道。（頁1927～1928）

藉由君王受奸佞小人的影響，使佛教受有心人誤用，進而推導出求真解的緣
由。如《西遊補》第一回〈牡丹紅鯖魚吐氣　送冤文大聖流連〉曰：

　　　原來孫大聖雖然勇鬥，卻是天性仁慈，當時棒納耳中，不覺涕流眼
　　　外，自怨自艾的道：「天天！悟空自皈佛法，收情束氣，不曾妄殺一
　　　人。今日忽然忿激，反害了不妖精、不強盜的男女五十餘人，忘卻
　　　罪孽深重哩！」走了兩步，又害怕起來，道：「老孫只想後邊地獄，
　　　早忘記了現前地獄。我前日打殺得個把妖精，師父就要念咒；殺得

〔註34〕　〔清〕徐佩珂：〈蕩寇志序〉，見高玉海：《古代小說續書序跋釋論》，頁78。

幾個強盜，師父登時趕逐。今日師父見了這一干屍首，心中惱怒，
把那話兒咒子萬一念了一百遍，堂堂堂孫大聖就弄做個剝皮猢猻
了！你道像什麼體面？」（頁 2337～2338）

《西遊補》著重挖掘孫悟空的情欲層面，逐漸去除神性而重返人性，此處描
寫人物內心想法，呈現一種「戲仿」的敘事氛圍。

又如《續金瓶梅》第一回〈普淨師超劫度冤魂　眾孽鬼投胎還宿債〉曰：

話說《金瓶梅》一百回終，內說西門慶死後，生了孝哥，與吳月娘
度日，家業凋零，群妾離散，金蓮、春梅皆因好色，不得其死。前
傳說過不題。後來宋欽宗靖康十三年間，遇著金兵大入中原，把汴
京圍了，擄掠金銀子女無算，講了和盟北去，不消一年，傾國又來。
那時山東、河北地方俱是番兵，把周守備殺了，濟南府破了。清河
縣地方去臨清不遠，富庶繁華，番兵、土賊一齊而起，那吳月娘抱
著四歲孝哥，家人走散，到了永福寺，原來西門慶舍了五十兩布施，
僧官認的月娘，暫且躲藏。僧官有些家私，不敢久住，後來也就躲
在遠山破寺去了。（頁 3）

《續金瓶梅》以戰亂背景做為世變書寫的歷史文化語境，敘寫人世離亂、因
果循環的情節結構。如《三續金瓶梅》第一回〈普靜師幻活西門　龐大姐還
魂托夢〉曰：

《金瓶梅》是一部奇書，因何只寫半身美人圖，豈不可惜？今按原
本「第一奇書」，西門慶自大宋徽宗宣和元年病故，葬至幻化孝哥，
正七年的光景。朝中將除了蔡京、童貫與高俅，又出了奸臣秦檜，
專權舞弊，私通化外，弄得天下荒荒，金兵累犯邊境，清河縣亦遭
塗炭之實。故引出千言萬語，掀簾看花、夢解三世報，返本還凶，
演一部《三續》的故事。正是：

紅樓五續甚清新，只為時人贊妙文。

余今亦較學三續，無非傀儡假中真。（頁 1）

從以上數則引文來看，明代四大奇書之續書作者關注歷史所展現的認知模
式，乃是在「取喻」書寫上，將歷史與現實融合於小說敘事當中。

續書作者感於「世變」之故，代表官方政體逐漸在戰亂政爭中走向衰微、
崩解的狀態，或個人因追求欲望而遭生命損害，致使所講求「修齊治平」的
儒家政治理想，在現實生活中被摧毀殆盡，而「世變」環境的塑造就成為個

人境遇與家國體制遭遇考驗的關鍵所在，在演義的文體／文類觀念下藉由世變書寫闡明歷史演變的重要指標，以靜恬主人〈金石緣序〉言之：

> 小說何爲而作也？曰以勸善也，以懲惡也。夫書之足以勸懲者，莫過於經史，而義理艱深，難令家喻而戶曉，反不若稗官野乘福善禍淫之理悉備，忠佞貞邪之報昭然，能使人觸目儆心，如聽晨鐘，如聞因果，其於世道人心不爲無補也。但作者先須力定主見，有起有收，回環照應，一點清眼目，做得錦簇花團，方使閱者稱奇，聽者忘倦。〔註35〕

從思想義理層面強調小說的教育作用高於經史，在小說論著中較爲少見，透過演義文體／文類的敘事建構，可以從世變書寫中寄寓「勸善懲惡」的教化目的，且必然影響並制約著小說的主題與文體的形成與演變。

由講史到演義的文體／文類演變，其義涵也已不同於宋元說話伎藝中的「按鑑演史」，以《三國演義》爲例，和講史平話相比，歷史演義重教化傾向更爲明顯，通俗小說一向爲文人所輕，通俗小說作者想要提升小說地位，就強調小說的教化功能，前述的靜恬主人甚至認爲小說地位高於經史，其實這和通俗小說大多比附史實的用意是一致的。《三國演義》「文不甚深，言不甚俗」的語言風格被後來的歷史演義所承襲，明代歷史演義小說都用淺近的文言，成爲這類的小說的文體特徵之一。馮夢龍在明代小說家中最是強調「通俗性」，在〈古今小說序〉曰：

> 大抵唐人選言，入於文心；宋人通俗，諧於里耳。天下之文心少而里耳多，則小說之資於選言者少，而資於通俗者多。試今說話人當場描寫，可喜可愕，可悲可涕，可歌可舞；再欲捉刀，再欲下拜，再欲決脰。再欲捐金；怯者勇，淫者貞，薄者敦，頑鈍者汗下。雖小頌《孝經》、《論語》，其感人未必如是之捷且深也。噫，不通俗而能之乎？〔註36〕

四大奇書之續書整體寫作較原著更朝向通俗化的方向前進，並藉由個別作者的意識形態而有更多樣的敘事表現，而由四大奇書這樣的典範之作，很快形

〔註35〕靜恬主人：〈金石緣序〉，見黃霖、韓同文選注：《中國歷代小說論著選》（上），頁436。

〔註36〕〔明〕綠天館主人：〈古今小說序〉，見黃霖、韓同文選注：《中國歷代小說論著選》（上），頁225～226。

成一類題材和表現形式的群聚效應，正呈現出古代通俗小說的「類型化」趨
向，以樓含松的看法言之：

> 「類型化」傾向的出現很大程度上和當時通俗小說的生存處境有
> 關。在通俗小說沒有正當的文學地位、而只是做爲大眾文化消費品
> 的時代，小說家要在作品中表現自己的創作個性與藝術追求是十分
> 艱難的，不僅需要卓越的才情，還需要足夠的勇氣。通俗小說在當
> 時不過是一個文化商品，嗅覺靈敏的書商們看到某一個成功的商品
> 走俏，就以贏利爲目的而刊行大量粗劣的仿製品投入市場。在這樣
> 的環境中，小說創作勢必要迎合消費需求，受書商傭請的作家（有
> 的作者本身就是書商，如熊大木）要揣摩讀者的心理，並迅速推出
> 適銷對路的產品，難免刻意模仿經典，利用現成素材，甚至抄襲搬
> 用其他作品。〔註37〕

後起的小說作品總是從模仿成名或經典作品開始，故而呈現「類型化」的創
作趨向，經由不斷的推陳出新，從失敗與成功的作品汲取經驗，以下將歸納
與分析四大奇書之續書的類型化創作。

首先，由《三國演義》的續書《續編三國志後傳》論起，在〈新刻續編
三國志引〉曰：

> 及見劉淵義子因人心思漢，乃崛起西北，敘檄歷漢之詔，遣使迎孝
> 懷帝，而兵民景從雲集，遂改稱炎漢，建都立國，重奧（興）繼絕。
> 雖建國不永，亦快人心。今是書之編，無過欲洩憤一時，取快千載，
> 以顯後關趙諸位忠民也。其思欲顯耀奇忠，非借劉漢則不能以顯揚
> 後世，以洩萬世蒼生之大憤。突會劉淵，亦借秦爲諭，以警後世奸
> 雄，不過勸懲來世，戒叱凶頑爾。〔註38〕

《續編三國志後傳》作者的初衷乃是「爲蜀漢翻案」，《三國演義》在早已形
成「擁劉反曹」思想傾向的讀者心中，又是帶有濃厚悲劇色彩的歷史演義小
說，爲改變這種悲劇結局，《續編三國志後傳》作者以「人心思漢，乃崛起西
北，敘檄歷漢之詔，遣使迎孝懷帝」的世變書寫，表達其「欲洩憤一時，取

〔註37〕 樓含松：《從「講史」到「演義」——中國古代通俗小說的歷史敘事》，（北京：
　　　　商務印書館，2008 年 7 月第 1 版），頁 2～3。
〔註38〕 〔明〕佚名：〈新刻續編三國志引〉，見高玉海：《古代小說續書序跋釋論》，
　　　　頁 6。

快千載」的敘事意圖，而《續編三國志後傳》的主題表現就是一種「世變背景下的歷史敘事與虛構」，在歷史演義文類的創作成規上，強化了虛構歷史的敘事面向。

　　在《水滸傳》的眾多續書中，《水滸後傳》體現對原著人物的銜接與發展的留意，如〈水滸後傳論略〉曰：

　　水滸，憤書也。宋鼎既遷，高賢遺老，實切於中，假宋江之縱橫，而成此書，蓋多寓言也。憤大臣之覆餗，而許宋江之忠；憤群工之陰狡，而許宋江之義；憤世風之貪，而許宋江之疏財；憤人情之悍，而許宋江之謙和；憤強鄰之啓疆，而許宋江之征遼；憤潢池之弄兵，而許宋江之滅方臘也。〔註39〕

從洩憤之書的觀點切入，由此連貫《水滸傳》、《水滸後傳》的主題思想，而由於《水滸傳》有李俊後為暹羅國王，「因想到李俊既可去外國為王，則當日兄弟豈可不去作一國之開基輔弼，使其另建一番功業，另受一番榮華」，〔註40〕故而《水滸傳》裡的中下之材，在《水滸後傳》有了翻身的機會，如蔡元放的〈水滸後傳讀法〉曰：

　　本傳雖是將《前傳》山泊殘剩諸人重加渲染，但《前傳》諸人，雖是寫出許多英雄豪傑，而論其大體，只不過是山泊為盜，即好煞亦不足為重輕。況《前傳》只於天罡諸人加意描寫，至於地煞如樂和、穆春、樊瑞等諸人，不過順帶略敘，殊為不見所長。本傳李俊既要到外國為王，而諸人都要做開基良佐，若只是平平常常，便為削色。故一個個都要為他抬高身份，寫得燦爛輝煌，十分精彩，個個建功，人人出色，將《前傳》中中下之材，都要寫作最上一等，方見天上星辰，自有高出凡人之處。〔註41〕

雖是繼承英雄傳奇的文類成規，結局卻一改水滸英雄的末路悲歌，結尾第四十回〈薦故觀燈同宴樂　賦詩演戲大團圓〉，暹羅國中望族與中土來的文武各官各自婚配，惟公孫勝、朱武、戴宗、樊瑞等以「厭棄塵勞，皈依清淨，既已修眞，不應有室」為由婉拒國主李俊好意，於此結合才子佳人題材之大團

〔註39〕　〔清〕樵餘：〈水滸後傳論略〉，見高玉海：《古代小說續書序跋釋論》，頁35。

〔註40〕　〔清〕蔡元放：〈水滸後傳讀法〉，見高玉海：《古代小說續書序跋釋論》，頁51。

〔註41〕　〔清〕蔡元放：〈水滸後傳讀法〉，見高玉海：《古代小說續書序跋釋論》，頁51。

圓結局，初步呈現合流趨勢，可視爲重寫水滸題材的小小突破，元宵節賦詩及搬演院本〈定海記〉也呈現出詩禮教化的昇平景象，每隔數年到臨安朝貢，「直到宋朝變國，方才與中國斷了往來」。而《後水滸傳》裡宋江、盧俊義托生的楊么、王摩，被置入重寫水滸題材的敘事中，取材於史實而君主觀念的淡薄較諸《水滸傳》續書更爲激進，如〈後水滸傳序〉曰：

> 如宋徽、欽二帝，無治世之材，任用奸佞，以致金人自北而南。一身尚無定位，豈有餘力及於群盜？故前之梁山，後之洞庭，皆成水滸，以聚不平之義氣。至於走險弄兵，擾亂東南半壁，則莫不正名分，指目爲強梁跋扈，盡欲蕩平。〔註42〕

清人劉廷璣《在園雜志》抨擊此書「一片邪污之談，文詞乖謬，尙狗尾之不若也」，〔註43〕這樣的負面評價，也正好凸顯其離經叛道的思想色彩，《水滸後傳》第三十四回中作者借燕青之口說出「天下者，天下之天下，非一人之天下。賢明繼世，多有杰起。起堯舜之時，不傳於子而傳而賢」，《後水滸傳》取材於南宋初年楊么領導的農民起義，內容直承《水滸傳》，在思想上更爲激進。如第四十一回〈楊么入宮諫天子　高宗因義釋楊么〉曰：

> 是以悄入臨安，私觀君臣作用。孰知在廷臣子，以退避爲得計，倡和議爲愛君；近信讒言，棄父兄於沙漠，遠忠良於朝野；日擁吳姬，涵於酒色；將西湖爲行樂之場，得染沉痾；棄社稷之重，忘君父之仇，爲君而若是耶？君有過而而諸臣盡默，爲臣而若是耶？使楊么目擊，憤懣橫胸，暗使郭凡進醫，得見陛下，直諫君非，暢快心胸，實非荊軻、聶政之比。君能悔過，遠讒去佞，近賢用能，挽回宋室，么即歸湖，作名正言順之事。（頁458）

對照楊么淡化的君臣觀念，較《水滸傳》忠君爲國的宋江，在主題思想上可說先進許多，而在第七回〈火老鴨設計散相思　花蝴蝶窮探春消息〉和第八回〈王志圖富貴賣奸瞞婿　月仙甘作妾表裡仇夫〉，寫浪蕩子黃金與淫婦王月仙偷情，用強勢與錢財逼女方父母就範，再設計男方坐牢賣妻的故事，與《水滸傳》裡的西門慶與潘金蓮因偷情謀害武大郎，導致武松殺嫂的情節有異曲

〔註42〕〔清〕彩虹橋上客：〈後水滸傳序〉，見高玉海：《古代小說續書序跋釋論》，頁66。

〔註43〕〔清〕劉廷璣：《在園雜志》卷三，收入《清代筆記小說大觀》（三）（上海：上海古籍出版社編，2007年10月），頁2197。

同工之妙，英雄傳奇滲入偷情元素已有前例可循，在英雄傳奇的類型上，《水滸傳》也與才子佳人的題材有合流之勢，這也是續書作者欲跳脫英雄傳奇敘事模式，所嘗試的努力方向，如第六回〈鐵殼臉獨劫大樹坡　揭浪蛟挈避軒轅廟〉形容王月仙的美貌：

> 鬢髮如雲，眉彎若黛。眼凝秋水澄澄，齒勻櫻桃顆顆。淡妝有夸西
> 子，濃抹可賽王嬙。體不勝衣，疑是嬌柔無骨；容多玉潤，應知白
> 潔還香。微哂蕩人魂魄，停眸足引癲狂。幾回錯認嫦娥，實信是月
> 中仙子。（頁115～116）

而在第十五回〈孫節級獄底放冤人　屠金剛陣前招女婿〉寫殷尚赤與屠俏對陣，頗具風月描寫的筆墨，但都是點到為止：

> 一個怒發佳人，仗腰間寶劍入我殼中，頃刻強人俱伏倒。一個生嗔
> 浪子，恃面前硬棍撥爾機關，霎時剎女皆嘆服。一個在地上，恨不
> 得一棍搠來，要取紅娘子半猩猩；一個在馬上，恨不得雙劍砍去，
> 逼勒罵玉郎多點點。殺到情濃，你貪我愛，攪作團併作塊，汗津津
> 早已濕透酥胸；戰至妙處，我戀你眷，疊成雙合成對，喘吁吁果是
> 難得氣接。若不是今日交鋒，烏得半百偕老？（頁204～205）

《蕩寇志》與《水滸傳》在主題思想、人物形象方面存在著模仿與變異的雙重性格，如徐佩珂在〈蕩寇志序〉所言說明之：

> 《水滸》一書，施耐庵先生以卓識大才，描寫一百八人，盡態極妍。
> 其鋪張揚厲，擬著其任俠之風；而摘奸發伏，實寫其不若之狀也。
> 然其書無人不讀，而誤解者甚夥，非細心體察，鮮不目為英雄豪傑。
> 縱有聖嘆之評騭，昧昧者終不能會其本旨。尤可怪者，羅貫中之《後
> 水滸》，全未夢見耐庵、聖嘆之用意，反以梁山之跋扈鴟張，毒痛河
> 塑，稱為真忠義，以快其談鋒。殊不知稗官吐屬，雖任其不經，而
> 於世道人心之所在，則必審之又審，而後敢筆之於書。〔註44〕

徐佩珂認為後人在《水滸傳》的主題思想上「誤讀」，其後雖有金聖嘆之腰斬水滸，但對主題的誤讀已成定局，《蕩寇志》對主題思想方面，與《水滸傳》所表達的「忠為君王恨賊臣」，只是《水滸傳》主張貪官污吏人人可殺之而「替天行道」，而《蕩寇志》卻主張，在王朝統治下的黎民百姓，不能反對朝廷、違抗官府、觸犯地主豪紳，對貪官污吏，讓皇帝去懲辦，一般群臣、百姓無

〔註44〕〔清〕徐佩珂：〈蕩寇志序〉，見高玉海：《古代小說續書序跋釋論》，頁78。

權過問，如小說第九十八回〈豹子頭慘烹高衙內　筍冠仙戲阻宋公明〉宋江
向筍冠仙表示：

> 宋江道：「弟子宋江避居水涯，恭候招安，現在替天行道，到處剷除
> 貪官污吏，爲民除害。倘得仙人傳授此書，以除殘暴，各路生民幸
> 甚。」仙人笑道：「貪官污吏干你甚事？刑賞黜陟，天子之職也。彈
> 劾奏聞，台臣之職也。廉訪糾察，司道之職也。義士現居何職，乃
> 思越俎而謀？」（頁336～337）

此仙人立論，正代表《蕩寇志》的官方統治立場，由此官方的意識形態出發，
在人物形象的塑造上，《蕩寇志》也凸顯出宋江與陳希眞兩組人馬在「尊王滅
寇」主題下敘事結構的歧異處。

　　在英雄傳奇的類型成規中，《蕩寇志》在主題思想、人物形象呈現與原書
似而不同的敘事創造，並且加入神魔幻怪小說的成分，如一百十五回〈高平
山唐猛擒神獸　秦王洞成龍捉參仙〉及一百十六回〈陳念義重取參仙血　劉
慧娘大破奔雷車〉等均可見作者善用道教仙藥、神兵利器的敘事創造。

　　《西遊記》的三本續書基本上繼承原書神魔幻怪文類的敘事成規，但是
確有不同面向的發展，《續西遊記》深化了《西遊記》「心生，種種魔生；心
滅，種種魔滅」基本命題的宗教心性理論。如第一回〈靈虛子投師學法　到
彼僧接引歸眞〉曰：

> 吾慮此經之取而去，復有不淨根因，魔孽阻撓道路，他師徒力量輕
> 微，志願如何得遂？時有菩薩聖眾齊聲答道：「我等已知此僧來時凡
> 體，磨煉成眞，仗一篤之心，信自得保全而去。倘因不淨根因，還
> 望如來始終成就。但不知不淨根因，作何究竟？成何冤孽？」如來
> 道：「諸孽根心，心淨則種種魔滅，心生則種種魔生。但看此僧眾，
> 來何意？發何心耳？」（頁1158）

《後西遊記》則是透過求眞解的過程，將儒者形象寓言化，並且朝向《西遊
記》對世俗嘲諷的一面加以發揮，如第五回〈唐三藏悲世墮邪魔　如來佛欲
人得眞解〉曰：

> 如來曰：「來之程途，汝所經歷，自然知道，不須再記。但要叮嚀那
> 求解人：求解與求經不同。求經，文字牽纏，故多生難；求解，須
> 直截痛快，不可遲疑，又添掛礙。前觀世音上長安時，我有五件法
> 寶與他。一件是錦襴袈裟，一件是九環錫杖，雖受持者免墮輪迴，

　　不遭毒害，然尚是莊嚴外飾。又有金、緊、禁三個箍兒，收服妖魔
　　未免遊術，今日俱用他不著。但有木棒一條，遇著邪魔野狐，只消
　　一喝便不敢現形。」（頁 1932～1933）

這裡點出求解與求經之異，也形成與前文本的對話語境與詮釋。又如第二十
二回〈唐長老逢迂儒絕糧　小行者假韋陀獻供〉敘述唐半偈、小行者、豬一
戒等眾人途經弦歌村：

　　桃紅帶露，沿路呈佳人之貌；柳綠含煙，滿街垂美女之腰。未睹其
　　人，先見高峻門牆；才履其地，早識坦平道路。東一條清風拂拂，
　　盡道是賢人里；西一帶淑氣溫溫，皆言是君子村。小橋流水，掩映
　　著賣酒人家；曲徑斜陽，回照著讀書門巷。歌韻悠揚，恍臨孔席；
　　弦聲斷續，疑入杏壇。（頁 2099）

透過弦歌村的敘事安排，埋下諷儒的伏筆，而弦歌村的儒者形象，也藉由續
書作者的敘事創造，構成寓言式的嘲弄。

　　〈讀西遊補雜記〉對《後西遊記》的評價不俗，「《後西遊》瀟灑飄逸，不
老婆婆一段，借外丹點化，生動異常；然小行者、小八戒未免窠臼。」〔註45〕
這裡談到不老婆婆與小行者對戰具有陰陽交合的性暗示意味，《後西遊記》屬
於第二代的取經故事，人物形象在因襲中有新意，並非一成不變，四個主要人
物與原著有繼承關係，而從原著的取真經到續書的求真解，也都有哲理上深化
之處，續書的故事情節也大都從原著的一些懸念引出，續作之因是「匪我招愆，
深憫有生之失教；是誰作俑，追尤無始之立言」，〔註46〕也就是續書作者覺得
《西遊記》裡的人物、情節尚有發揮的空間，在類型化創作成規中，《後西遊
記》在敘事結構上與原著幾乎雷同，全書分成大鬧天界、真解由來、求取真解
三大部分，與《西遊記》的三大部分，亦即大鬧天宮、取經緣起、西天取經極
為相似。《西遊補》對天子及朝臣的諷刺在《西遊記》續書中獨樹一幟，如第
六回〈半面淚痕真美死　一句蘋香楚將愁〉曰：

　　行者登時把身子一搖，仍前變做美人模樣，竟上高閣，袖中取出一
　　尺冰羅，不住的掩淚，單單露出半面，望著項羽，似怨似怒。項羽
　　大驚，慌忙跪下。行者背轉，項羽又飛趨跪在行者面前，叫：「美人，

〔註45〕〔清〕佚名：〈讀西遊補雜記〉，見高玉海：《古代小說續書序跋釋論》，頁
　　　　113。
〔註46〕〔清〕佚名：〈後西遊記序〉，見高玉海：《古代小說續書序跋釋論》，頁119。

可憐你枕席之人，聊開笑面！」行者也不作聲，項羽無奈，只得陪哭。（頁 2360）

如第七回〈秦楚之際四聲鼓　眞假美人一鏡中〉曰：

> 忽然轅門大開，只見天下的諸侯個個短了一段。俺大驚失色，暗想：「一伙英雄，爲何只剩得半截的身子？」細細兒看一看，原來他把兩膝當了他的腳板，一步一步捱上階來。右帳前拜倒幾個袞冕珠服人兒，左帳前拜倒幾個袞冕珠服人兒。（頁 2366）

除了以上所指對象的嘲諷，在小說第四回〈一竇開時迷萬鏡　物形現處我形亡〉，對科舉制度也呈現極其尖銳的針砭：

> 行者快快自退，看看日色早已夜了，便道：「此時將暗，也尋不見師父，不如把幾面鏡子細看一回，再做料理。」當時從「天字第一號」看起，只見鏡裡一人在那裡放榜。榜文上寫著：
>
> 第一名廷對秀才柳春，第二名廷對秀才烏有，第三名廷對秀才高未明。
>
> 頃刻間，便有千萬人擠擠擁擁，叫叫呼呼，齊來看榜。初時但有喧鬧之聲，繼之以哭泣之聲，繼之以怒罵之聲。（頁 2351～2352）

在神魔幻怪的類型創作的影響下，《西遊補》的敘事風格，由諷刺到荒誕的轉向值得關注，尤其對夢境的書寫，在明清章回小說的編創方式中，又特別顯示出與眾不同的創作特質，劉雪眞認爲：

> 夢境的時空可以自由轉換，除了文學題材的承接與轉化，過去、現在、未來的歷史題材，也都可以納入小說之中。小說援引知名的歷史故事或人物有其附加效果，因讀者腦中已存有先前的印象，會以史傳爲基礎來理解小說。在《西遊補》夢境中，秦始皇和驅山鐸是虛設的人與物，一直爲行者所追尋，卻始終不見蹤影，使整個故事瀰漫著飄渺的氣氛。對於秦始皇與其驅山鐸神性化，卻顯現了行者也會疲累倦息的人性的一面。其次《西遊補》扭曲《史記》的項羽形象，蘊涵強烈的諷刺意味，藉此凸顯了棄兒女私情而存家國情懷之大旨。至於行者針對秦檜的審判及對岳飛的贊揚，是以戲劇化的獎懲加強史家的論述：秦檜之與外族相通，又可繫聯於晚明時期面對外族的歷史語境，同時也反映作者對當

時社會現實的處心積慮。〔註47〕

如《西遊補》一般以荒誕夢境爲敘寫對象，並充滿哲理思辯的創作形式，在明清章回小説的敘事脈絡中，在編創方式上仍屬異數，並沒有獲得當時文人及讀者的青睞而蔚爲潮流，除了夢境的敘事架構，還有對情欲的虛妄描寫也極爲深刻，以金鑫榮之言説明之：

> 《西遊補》是以神魔小説的外形，體現諷刺小説之實的明清傑出諷刺小説。悟空歷經三界，經歷情緣、世道的變換，是神魔小説中的異類，而其對諷刺意義的抽繹，也是需要細讀才能領悟。但其諷刺的基調，卻從夢中的三界走向現實，不論對情欲的變幻、對昏庸皇帝及奸臣的諷刺，對科舉取士及士人醜態的鞭笞，都達到一個相當的高度，最後揭示的是：功名富貴，皆屬浮塵；情欲溫柔，同趨虛幻，以佛理的虛幻圓融來消解現實的骯髒醜陋，以佛性的純淨光明來透明人心的心障情魔。〔註48〕

四大奇書之續書藉由世變書寫與類型化創作建立小説敘事的藝術價值，當然這其中涉及對原著的理解與接受歷程，在理解原著與建構意義的典範轉移過程中，續書從主題、人物、思想、情節等方面對原著進行融攝與轉換的工程。

在歷史演義、英雄傳奇、神魔幻怪、人情寫實等文學類型中，可以發現續書文類的敘事成規並非墨守不變，而是在續書作者的編創嘗試中，逐漸與其他類型有合流的趨勢，經由分析得知，與才子佳人題材、哲理化、諷刺文體／文類頗有合流之勢，逐步推動小説題材的類型化及發展。

二、由個人至家國的倫理秩序

明代四大奇書自從《三國演義》問世出版以來，在小説中讓讀者看到家國一體的宗法社會結構，是形成中國傳統文化的一個重要基礎，在此社會結構中，產生以倫理道德爲核心的文化價值系統，由《三國演義》的君臣觀念，《水滸傳》的個人聚義與忠君倫理的辯證，《西遊記》的個人救贖與群體意識，以及對國家體制的隱喻，《金瓶梅》的家庭倫理與國家體制的同構關係，四大奇書透過家國體制的「演義」，讓讀者從個人、家庭到國家體制運作下，在文

〔註47〕劉雪眞：〈交織的文本記憶──《西遊補》的互文語境〉，收入《東海中文學報》第19期，2007年7月，頁111～138。

〔註48〕金鑫榮：《明清諷刺小説研究》，（南京：鳳凰出版社，2007年12月第1版），頁163～164。

學形象中的道德內蘊，體會作者的道德觀念和價值情感，從而加深對作品的認識與理解，整體論之，皆是在儒家倫理話語系統下的價值呈現，四大奇書之續書承繼原著的家國書寫，並拓展了個人至家國觀念的敘述面向，如《續編三國志後傳》第三十六回〈趙王秉政篡大位〉曰：

> 今主上雖云昏懦，無如二君之罪過，若一旦廢之，恐諸王心中不服，興兵入朝，那時恐震驚九廟，禍及百官，上懼宮闈，下殘黎庶，深有不便，乞詳思之。趙王聽言，作色而起，曰：「汝等以爲惠帝無過，弒母殺子，滅叔誅弟，夷戮功臣，世人之罪過，尚有大於此者乎？且天下者，乃吾司馬氏之天下，汝等尸祿庸臣，上無匡君救國之能，下無定亂諫主之義，前非孤家收賈午、章、謐等誅之，幾蹈呂須、產、祿之轍矣。汝輩曾無毫乎效忠之處，徒叨爵秩以諂佞爲事者也。」眾官員見趙王變色作怒，其門下奸黨又皆睜目露刃，直視荀、束三人，咸莫敢言，乃曰：「臣子不得指斥君父之過，惟大王裁之。」於是各散歸第。（頁278）

八王之亂的世變書寫是《續編三國志後傳》戮力刻畫的時代背景，此時群臣不敢上逆天顏，直言諍諫，朝政傾軋，惠帝昏庸不說，各地諸王野心勃勃想要篡奪王位，群臣噤若寒蟬。

如《水滸後傳》第二十二回〈破滄州義友重逢　困汴京奸臣遠竄〉曰：

> 時有太學生，姓陳，名束，是個忠貞之士，學貫古今，道師孔孟，遇事慷慨激昂，不避權貴。見欽宗止輦不出，遂率諸生俯伏奏道：「太祖皇帝，天縱聖神，削平禍亂，打成四百座軍州；太宗以下，列聖相承，深仁厚澤，培養元氣，故天降祥瑞，五穀豐登，人民樂業，遂成一百五十餘年至治。自王安石首變舊章，紛更新法，天下爲之凋弊，百姓至今切齒。太上皇帝任用群小，不理國事，漸至土崩瓦解。蔡京父子爲宰相二十餘年，嫉賢妒能，貪婪無厭，誤國欺君；高俅、童貫皆一介小人，攀附蔡京，致身顯爵，朋黨弄權；王黼、楊戩擾亂朝綱，擅開邊畔；梁師成結怨於北，朱勔貽禍於南——此數賊者，同流合污，敗壞國政。陛下新登寶位，宜信任賢良，遠斥奸佞，庶使宗社危而復安。請亟發玉音，將此數賊，即加顯戮，使萬民吐快，六軍歡心，則金人不戰自退矣。」（頁176）

作者藉由太學生剴切陳詞，點出國政之弊，外有金兵侵擾，內有權臣禍亂朝

綱，第二十三回〈喪三軍將材離火宅　演六甲兒戲獻神京〉欽宗竟聽信參知政事孫傅之言，誤以爲郭京作法可退金兵：

> 郭京演法七日，毫無應驗，談笑自若，說道：「非至危至急，吾師不出。」時大雨雪，旬日不霽，萬民愁嘆。金兵卻分四翼攻通津門，欽宗差內侍催郭京出兵。郭京先以收拾金資藏門，領年甲相符的七千多人出戰。金兵一擁而來，郭京見勢頭不好，連忙逃走了。金兵將那七千餘人如風捲殘雲，殺得一個罄盡，死屍填滿護龍河。金兵乘勢鼓譟登城，無人敢敵，遂把汴京陷了。這分明是「開門揖盜」，難怪別人。（頁185）

《水滸傳》的寫定者在敘事進程之初，就有意識通過「疾病瘟疫」敘事，深化北宋國祚由太平豐登轉爲失序混亂的政治情勢，〈引首〉就寫到「嘉祐三年上春間，天下瘟疫盛行，自江南直至兩京，無一處人民不染此症。天下各州各府，雪片也似申奏將來」，而在《後水滸傳》第四十一回〈楊么入宮諫天子　高宗因義釋楊么〉則寫到宋高宗因有疾出榜求醫：

> 天下至尊者，莫若君父。父有訓育之恩，君有覆載之德，則感恩德者必思圖報。然訓育不能成令名，覆載而能主萬類，兼而有之，故稱君曰天也。是以六合萬姓，莫不喜天清而愁沉晦。朕自五月朔，游幸西湖，君臣皆樂，萬姓同歡。不意回宮，忽爲二豎五內作侵，以致四肢百骸，倍增苦惱。醫士搜名方於古冊，群臣拜禱於神祇。病入膏肓，百無一效。（頁454）

醫者郭凡只用幾味寒涼清劑，便將高宗一團邪火暑毒清掃乾淨，郭凡趁機進諫道：「陛下只因醫臣無變理之才，不審輕重，不究病源，妄用君臣，[註49]以致毒火流行，身心向背，內外欠調。」承襲《水滸傳》以瘟疫爲疾病書寫的隱喻，《後水滸傳》以君主之疾隱喻「朝廷不明，天下大亂」的政治現實，頗有前後呼應之敘事意圖。《蕩寇志》第九十二回〈梁山泊書諷道子　雲陽驛盜殺侯蒙〉曰：

> 梁山泊主替天行道天魁星義士宋江，拜書於猿臂寨陳道子閣下：忠

[註49] 君臣佐使是《內經》提出的中醫藥處方原則，是對處方用藥規律的高度概括，是從眾多方劑的用藥方法、主次配伍關繫等因素中總結出來的帶有普遍意義的處方指南。原指君主、臣僚、僚佐、使者四種人分別起著不同的作用，後指中藥處方中的各味藥的不同作用。

> 義者，人生之大節；朝廷者，天下所依歸。人無強弱，反道者死；
> 國無大小，背順者亡。自然之理，無足怪者。江久耳盛名，知道子
> 為忠義之士，屢欲奉教。會道子遭高奸之迫，江使奉書不得通，飢
> 渴終莫能慰。不謂道子不以忠義為念，棄我如遺，逞其才智，雄踞
> 一方，撫祝氏之餘孽，與敝寨旗鼓相向，蠶食我青雲，毀傷我羽翼，
> 恣意橫行，豈以江為木偶耶？（頁265）

宋江受詔招安，以書信諷刺陳希真，作者如此設計用意，亟欲呈現其明褒暗
貶的反諷修辭，「他堂名忠義，日日望招安，只是羈縻眾賊之心，並非真意。」
在〈蕩寇志引言〉中作者俞萬春已稱宋江是「口裡忠義，心裡強盜」，通過「理
念先行」的預敘性架構讓讀者明白作者著書的思想傾向。第九十八回〈豹子
頭慘烹高衙內　筍冠仙戲阻宋公明〉中仙人指點宋江、吳用未來發展，口占
一律云：

> 到處干戈動鬼神，夜深人靜憶前因。
>
> 明如金鏡超三界，渡得銀河撫萬民。
>
> 遇合有緣隨世運，漁樵無限樂天真。
>
> 而今欲問前塵事，終是朝廷社稷臣。（頁337）

作者借仙人之言，扭轉《水滸傳》強調的忠義觀念為《蕩寇志》歸化的忠臣
觀念，否定聚義的正當性。在第九十四回〈司天台蔡太師失寵　魏河渡宋公
明折兵〉，陳希真回信宋江可為佐證：

> ……雖然，往訓有言：「不背所事曰忠，行而宜之曰義。」又曰：「智
> 足以欺王公，而不足以欺豚魚。」忠義足以感天地泣鬼神，而不足
> 以動盜賊之心。何則？盜賊、忠義之不相蒙，由冰炭之不相入
> 也。……。天子未嘗以征伐命公明，而公明私自發難於猿臂不為順，
> 而希真悉力拒戰不為逆也。方今宋室無東周之衰，而公明欲以匹夫
> 行威文莊穆之事，希真竊疑之。夫天下莫恥於惡其名而好其實，又
> 莫恥於無其實而竊其名。公明忠義之名滿天下，而不察殺人亡命，
> 有司所宜問，無故而欲效法黃巢。……。嘯聚而後，官兵則抗殺官
> 兵，王師則拒敵王師，華州、青州、東平、東昌，皆天子外郡，橫
> 遭焚掠。黃鉞白旄，賞功戮罪，皆朝廷王章，俱為僭用，不背所事
> 之說又安在。如是而獨自稱為忠義，希真雖愚，斷不能受公明教也。
>
> （頁285～286）

俞萬春借陳希眞之書信對宋江假忠假義之言行加以駁斥，也洩漏了小說作者寫作此書的官方意識形態。

《續西遊記》第三回中如來問三藏師徒爲何事求經？本何心而取？三藏回答「爲報皇王水土之恩，祝延聖壽而來求經」，本「至誠心」來取，悟能回答「爲報答爹娘養育恩來取」，本「老實心」來取，悟淨回答「但願師父取得經去」，本「恭敬心」而取，悟空回答「報答這蓋載照臨之恩」，本「機變心」來取，如來認爲除卻孫悟空以外俱爲正念，而致使孫悟空說出八十八種機心，有此「不淨之根」，致使小說敘事編排眾人繳還兵器，全無兵器降妖伏魔的三人，由如來派比丘僧到彼與優婆塞靈虛子暗中護送，以及賜與菩提數珠八十八顆，續書作者在開頭一至四回設定限制，同樣呈現「理念先行」的預敘性敘事結構，貫徹續書作者強烈的宗教意識形態。

《西遊記》的八十一難構成了小說整體的敘事框架，而心性的考驗則是《西遊記》敘事架構的核心動力，而《續西遊記》的八十八種機心同樣也是心性的考驗，只是《西遊記》是唐僧的一次修性之旅，而《續西遊記》換成是孫悟空的去除機心之旅，如一百回〈保皇圖萬年永固　祝帝道億載遐昌〉孫悟空識破蝠妖計謀，口念梵語經咒，使妖精現出原形：

> 那蝠妖見了要走，被行者一手揪住，念了一聲梵語經咒，頃刻妖精復了原形。劉員外見了孫悟空形狀，乃跪倒在地，道：「眞是人傳說的孫大聖不差！且問大聖從何處進我門來？怎麼口裡念了一句何語便把這妖魔捉倒？」行者道：「我當年來還論神通本事戰鬥妖魔，近日只因隨著師父求取了眞經，便是這念的乃經咒梵語，妖魔自然現形，消滅不難。員外可借一籠，待我裝了他，見我師父。」員外道：「大聖老爺既降了妖，何不撲殺了？籠去做甚？」行者道：「員外有所不知。我師父行動不欲我們傷生害命，且帶他前去，與師父發落便了！」（頁1874）

續書作者花了一百回的篇幅，解構了《西遊記》裡的孫悟空降妖伏魔的象徵意涵，深化自我修養與試煉的心性理論，考驗者由《西遊記》可視爲敘事權威的神佛特意安排的妖魔，轉變爲《續西遊記》的自然幻化的精怪，並放棄借助敘事權威的影響，這也是值得探究的課題，吳光正對《西遊記》中的《心經》寓意的闡釋認爲：

> 作者通過全知敘事指出，《心經》乃修眞的總經、作佛之法門；而唐

僧所做偈語表明，玄奘法師悟徹了《多心經》，打開了門戶，一點靈
光自透。圍繞著這一心性理念，佛道兩教的神靈在整個西天取經的
路上操控、指導著西天取經的整個隊伍。從敘事學的角度來說，神
靈對西天取經的操控、指導實際上是一種神道設教，即借助神靈的
權威來建立敘事的權威，傳達作者關於心性修練的創作命意。〔註50〕

《後西遊記》的第二代取經故事，藉由小行者、豬一戒、沙彌、大顛和尚求
取真解，演繹金錢、貪婪、虛偽、道德等現實因素對求解四眾的心性考驗，
透過神魔故事的敘事架構諷刺虛偽的道德外衣，小說開頭的第五回〈唐三藏
悲世墮邪魔　如來佛欲人得真解〉曰：

昔年弟子歷萬水千山，求取真經，送上東土，指望消愆滅罪。不期
眾生貪嗔痴詐，轉借真經妄設佛骨佛牙之名，上愚帝主，下愚臣民，
使我佛造經慈悲與弟子求經辛苦，都為狡僧騙詐之用。故孔門有識
之士，往往指為異端，豈不令佛門敗壞！望我佛慈悲，如何救度？
（頁1932）

小說一開頭就否定《西遊記》求取真經的敘事意涵，而續書作者對求解的後
續效用如何解釋？在第四十回〈開經重講　得解證盟〉給了答案：

不期穆宗晏駕，敬宗即位，不知留心內典，就有不肖僧人，附和著
烏漆禪師，高揚宗教，敗壞言僉，雖聞有智能高僧，講明性命，卻
又隱遁深山，不關世俗，所以漸流漸遠，漸失其真，這是後話不題。
（頁2318）

儘管大顛和尚師徒最後成佛，但只是個人心性的修煉與成長，只能自救而不
能度世，劉麗華指出：

看起來似乎在宣揚釋教的清靜無礙，其實緊扣著《西遊記》中提出
的「心生種種魔生，心滅種種魔滅」的思想。《後西遊記》把這一
點作了更突出的強調，認為這是行之有效的自救之法，時常在小行
者的言辭和詩評中看到有關議論。事實上，作者把偽道德的氾濫、
妄言的流行都歸於名利之欲的結果，妖邪難滅，世俗道德繼續淪
喪，沒有救治的可能，救世者可以解救的只有自己，碌碌的人群不
能辨是非、抗誘惑。所以，我們能感受到憂心忡忡的氛圍籠罩著全

〔註50〕吳光正：《神道設教：明清章回小說敘事的民族傳統》，頁55。

書。〔註51〕

《西遊補》聚焦在孫悟空的夢境，深化情欲敘事的心性理論，如第一回〈牡丹紅鯖魚吐氣　送冤文大聖流連〉孫悟空打殺一班男女，想寫篇送冤文字，以啼哭換取唐僧同情：

> 師父若見我這等啼哭，定有三分疑心，叫：「悟空，平日剛強何處去？」
> 我只說：「西方路上有妖精。」師父疑心頓然增了七分，又問我：「妖
> 精何處？叫做何名？」我只說：「妖精叫做打人精。師父若不信時，
> 只看一班男女個個做了血尸精靈。」師父聽得妖精屬害，膽戰心驚。
> 八戒道：「散了伙罷！」沙僧道：「胡亂行行。」我見他東橫西豎，
> 只得寬慰他們一句，道：「全賴靈山觀世音，妖精洞裡如今片瓦無
> 存！」（頁2338）

由《西遊記》到續書《西遊補》，敘事重心由唐僧轉移到孫悟空，由心性的修煉到情欲的虛幻皆有可觀之處，金鑫榮認為：

> 《西遊補》以夢幻的架構，對情欲的虛妄描寫得也極為深刻。在《西
> 遊記》中，唐僧四師徒能「斷情忘欲」，遠離情欲的魔障，而孫悟
> 空和唐三藏面對情欲、女色的誘惑，能堅守佛心，永保心中聖潔寧
> 靜。〔註52〕

〈西遊補答問〉對《西遊補》創作動機及情欲書寫的闡釋有以下說明：

> 問：「《西遊》不闕，何以補也？」
>
> 曰：「《西遊》之補，蓋在火焰芭蕉之後，洗心掃塔之先也。大聖計
> 調芭蕉，力過之而已矣。四萬八千年俱是情根團結，悟通大道，必
> 先空破情根；空破情根，必先走入情內；走入情內，見得世界情根
> 之虛，然後走出情外，認得道根之實。《西遊補》者，情妖也；情妖
> 者，鯖魚精也。」〔註53〕

《西遊補》對情欲的深化論述可說是「補」原著《西遊記》之缺，作者董說只是藉由《西遊記》的人物寄託自己對世變之際家國情欲的看法，蘇興認為「空破妻子兒女的私情之根，求得國家君父情思綿綿的道根之實，從此處入

〔註51〕劉麗華：〈《後西遊記》與晚明文人價值觀的變化趨勢〉，收入《絲綢之路》2009年第18期，頁56～59。

〔註52〕金鑫榮：《明清諷刺小說研究》，頁161～162。

〔註53〕〔明〕靜嘯齋主人：〈西遊補答問〉，見高玉海：《古代小說續書序跋釋論》，頁109～110。

手理解《西遊補》，其庶幾結多少年來之爭議乎？」〔註54〕可爲確論。

西湖釣叟的〈續金瓶梅集序〉對《續金瓶梅》的創作動機有以下說明：

> 《續金瓶梅》者，懲述者不達作者之意，遵今上聖明頒行《太上感
> 應篇》，以《金瓶梅》爲之注腳，本陰陽鬼神以爲經，取聲色貨利以
> 爲緯，大而君臣家國，細雨閨壺婢僕，兵火之離合，桑海之變遷，
> 生死起滅，幻入風雲，因果禪宗，寓言褻昵，於是乎諧言而非蔓，
> 理言而非腐，而其旨一歸之勸世。〔註55〕

《續金瓶梅》藉由民間宗教典籍《太上感應篇》解說作品的人物品行，欲以
宗教敘事，消解原著《金瓶梅》的情色書寫。如第二十一回〈宋宗澤單騎收
東京　張邦昌伏法赴西市〉曰：

> 只有君臣一倫，比這孝極是難的。因此，忠臣義士，到了國破君亡，
> 要舍了性命妻子替那國家出力。又有強敵在外，我兵微將寡，敵不
> 過外寇也是死；又有那奸黨在內，忌我成功，朝廷信了讒言也是死。
> 做那太平的忠臣，不過清白守法，還是易事，只有那國勢將傾，君
> 孤力弱，把這一手擎天，不惜身命，明明破著一死報國，往前做去，
> 這才是忠臣義士。所以諸葛孔明的〈出師表〉，郭子儀單騎退虜的功，
> 至今凜凜如生。也只爲鞠躬盡瘁，死而後已。自古來，史書上紀這
> 盡忠死節的能有幾人？（頁137～138）

這一回在第二十回〈李銀瓶梅花三弄　鄭玉卿一箭雙雕〉的情色書寫之後，
別有深意，更加凸顯丁耀亢個人，在面對世變之際的個人抉擇與家國認知，
張邦昌在第十九回受金人之命爲楚帝，跳過二十回到二十一回伏法，對照宗
澤的忠君，忠／奸的個人出處抉擇，讓讀者從通俗小說的對照敘事中，了解
作者對「家國寓言」寄託的寓意，在第二十回作者現身寫下「亂多治少使心
悲，一段須傾酒一卮。元末勝場王保保，宋家敗氣李師師」，更透露作者對世
變之際治亂的思考。〈三續金瓶梅小引〉對《三續金瓶梅》的創作動機有以下
說明：

> 既云「孝悌」起結，想當有「忠信」二字收局。故以目注阿堵爲基，

〔註54〕蘇興遺著，蘇鐵戈整理：〈《西遊補》中破情根與立道根剖析〉，《北方論叢》
　　　　1998年第6期，頁45～50。

〔註55〕〔清〕西湖釣叟：〈續金瓶梅集序〉，見高玉海：《古代小說續書序跋釋論》，
　　　　頁128。

說得堆雲積翠，左盤右旋，至末卷有觀見，捉得住，共成一體。以
「公」爲忠，以「禪」作信。法前文筆意，僅講快樂之事，令其事
事如意。爲「財色」說法。一可悅人耳目，引領細觀。再看「財色」
始終，是眞是假？因果報應，一絲不漏，可不愼乎！〔註56〕

第二十一回〈訪嬌娘西門迷本　包女戲屏姐正色〉在孝哥小登科中了第三名
文童，西門慶大興土木誇富，「只見房上房下、滿花園自大卷棚、翡翠軒、木
香亭、藏春塢、玩花樓、臥雲亭、燕喜堂、芙蓉亭等處，共有三十多個匠人，
鬧得滿院都是磚瓦木料、青石白灰、泥土泡花成堆」，接著與唱戲的美姐魚水
偷歡，「財欲／財色」敘事隱然成形，在第三十八回〈參吳錫大報冤仇　西大
官五十大慶〉，兒子西門孝參倒殷天錫、吳典恩，解了西門慶心頭之恨，遂生
富貴浮雲之感，故而有番體驗：

> 官人說：「咱們目今家成業就，兒女成雙，論財一世足用不了，論
> 官也做了五品，前程還有什麼不足之處？我也不小了，也當遠慮才
> 好。畢竟貪戀繁華，一旦草枯花卸，悔之晚矣。」月娘也楞了，口
> 中不言，腹內自思說：「他從不是這樣人，如何今日講起道來？」
> （頁311）

《三續金瓶梅》承續原著《金瓶梅》「財生冷熱」〔註57〕的敘事特點，作者訥
音居士借西門慶在小說結尾的醒悟，修正原書人物的結局，這也是作者欲透
過因果報應的宗教敘事給予讀者的道德教訓，張竹坡在〈竹坡閒話〉中指出
「將富貴而假者可眞，貧賤而眞者亦假。富貴熱也，熱則無不眞；貧賤冷也，
冷者無不假。不謂冷熱二字，顛倒眞假一至於此！」〔註58〕認爲《金瓶梅》「財
生眞假」敘述是因「財生冷熱」而來，通過錢財此一經濟槓桿來「演義」複

〔註56〕　〔清〕務本堂主人：〈三續金瓶梅小引〉，見高玉海：《古代小說續書序跋釋論》，
　　　　頁145。

〔註57〕　《金瓶梅詞話》第五十六回〈西門慶周濟常時節　應伯爵舉薦水秀才〉表現
　　　　出錢財在朋友、夫妻情分上的作用，節錄文字如下：那常二只是不開口，任
　　　　老婆罵的完了，輕輕把袖裡銀子摸將出來，放在桌兒上，打開瞧著道：「孔方
　　　　兄，孔方兄！我瞧你光閃閃，響噹噹的無價之寶，滿身通麻了，恨沒口水咽
　　　　你下去。你早些來時，不受這淫婦幾場合氣了。」那婦人明明看見包裡十二
　　　　三兩銀子一堆，喜的搶近前來，就想要在老公手裡奪去。常二道：「你生世要
　　　　罵漢子，見了銀子就來親近哩！我明日把銀子去買些銀子穿好，自去別處過
　　　　活，卻再不和你鬼混了。」

〔註58〕　〔清〕張竹坡：〈竹坡閒話〉，收入朱一玄編：《金瓶梅資料彙編》，（天津：南
　　　　開大學出版社，2002年6月第1版），頁416。

雜的人物倫常關係，成爲《金瓶梅》敘事的一大特點，李桂奎提出「罪色」、
「罪財」的見解可爲參照：

> 由於從「以嗜欲」而「迷財色」，到「因財色」而「成冷熱」，再到
> 「成冷熱」而「亂眞假」，不斷地發生連環反應，因而與「罪色」敘
> 述平行的傳統「罪財」敘述變成爲《金瓶梅》調控自身故事進程的
> 槓桿與動力。〔註59〕

《三續金瓶梅》結尾西門慶悟道出家，大散資財日配三姻，作者最後以「夙
緣了卻萬慮空，向善回心在卷中。二降塵寰人不識，倏然毀過便超升」做爲
續書註腳，以因果報應的宗教敘事解構原書的財欲／財色敘事。

　　總體而言，四大奇書之續書與小說敘事傳統是從接受到逐漸偏離的過
程，而由依傍史實過渡到文人獨創的書寫歷程中，與其他小說題材、因素合
流的情形也漸爲常態，顯示小說創作者在多方嘗試寫作的努力，也呈現出類
型化的創作趨勢，最後由家國體制的隱喻中，看到續書作者藉由「家國同構」
的寓言寄託以及個人心性的修養，呈現對個人、群體乃至國家治亂興衰的關
懷。

　　綠天館主人提出「史統散而小說興」〔註60〕的小說創作命題，對歷代小
說發展觀點可謂眞知灼見，魯曉鵬提出：

> 到了明清時期，大多小說敘事非常明確地將自身看成非歷史性的敘
> 述以及不折不扣的創造性活動。同時，讀者也意識到不應將小說讀
> 作有缺陷的歷史或準歷史，而應按它自己的特性來加以理解。許多
> 評論家不再要求小說應當忠實於歷史。一篇作品的眞實內容不在於
> 特定細節上與歷史吻合的程度。編織、創造和杜撰屬於這門藝術的
> 題中應有之義。〔註61〕

從明代四大奇書之續書考察，《三國演義》之續書《續編三國志後傳》承襲原
書「七實三虛」的敘述策略而逐漸朝虛構想像之再創作，其後的續書從依傍
史實到個人獨創的敘事創造中，秉持明代四大奇書一貫而下的敘事法則，從

〔註59〕 李桂奎：《元明小說敘事形態與物欲世態》，（上海：上海古籍出版社，2008
　　　　年4月第1版），頁271。
〔註60〕 〔明〕綠天館主人：〈古今小說序〉，見黃霖、韓同文選注：《中國歷代小說論
　　　　著選》（上），頁225。
〔註61〕 〔美〕魯曉鵬著，王瑋譯，馮雪峰校：《從史實性到虛構性：中國敘事詩學》，
　　　　（北京：北京大學出版社，2012年12月第1版），頁124。

歷史眞實性到小說虛構性的轉變中，四大奇書之續書呈現此一發展脈絡，而因個人創作意識審美趨向的不同，小說創作頗具實驗性格，擺盪在文學經典光環的影響與商業出版牟利的雙重壓力下，在類型化創作趨勢中，融攝不同類型、題材成爲明末清初續書編創的定勢，在承襲原書個人心性的修煉、考驗乃至家國隱喩的指涉，在審美敘事方面呈現繁花盛景的心靈圖像。

第三章　讀者視域：四大奇書之續書的閱讀反應

　　中國學術傳統的形成是歷史發展的結果，它與先秦諸子學說的興盛有密不可分的關係，古代文學中接受與解釋的思想傳統之形成亦是如此。先秦諸子學說共同面對的是關於天道、自然、國運、人性等議題，闡發自己的觀點，並對他派學說進行辯駁以證成己說，在此時期，人們一方面從事對前人的思想材料或典籍進行解釋，另一方面又將自然與社會現象作對自己的解釋對象，儘管兩者的解釋對象存在基本上的差異，但從中獲得的解釋觀念與思想卻可互為補充，鄔國平提出五個深刻影響接受學說的因素：「一、『可道、常道』與『是非、齊同』，來自道家的影響；二、『述而不作』，來自儒家的影響；三、『以意逆志』，同樣來自儒家的影響；四、『興』，古人讀《詩》乃至讀其他典籍的方法；五、外陰內陽，古代詩歌一個突出的結構現象，它給讀者自由理解作品留下了寬闊的空間。」〔註1〕更有學者提出重建中國古代接受詩學史的可能性，〔註2〕鄧新華認為：

> 以西方現代接受美學為參照，在中國傳統文化的大背景和中西文化
> 與文論對話的雙重視閾下，對中國古典文論所蘊含的豐富的有關讀
> 者文學接受反應的材料進行清理、挖掘、研究和闡發，勾勒中國古

〔註1〕鄔國平：《中國古代接受文學與理論》，（哈爾濱：黑龍江人民出版社，2005年11月第1版），頁19。

〔註2〕鄧新華：《中國古代接受詩學史》，（上海：上海人民出版社，2012年3月第1版），頁1～4。

代接受詩學發生、發展的歷史過程，揭示中國古代接受詩學獨具的
理論內容和理論特徵。〔註3〕

而在中國古代小說研究中，關於此一議題的研究，早已受到明清學者的關注，
隨著四大奇書的出現，小說評點如雨後春筍冒出，而這是在明朝中期和明清
之際文人文化的現象。在確定四大奇書版本演化年代的基礎上，浦安迪提出
「十六世紀文人小說」這一富有啟發性的概念，他的核心概念為：

> 本書的論調原來是從比較文學理論的觀點出發的，即視明清小說文
> 類為一種歸屬書香文化界的出產品，因此始終標榜著「文人小說」
> 的概念。這個看法並不否認所謂「四大奇書」各各脫胎於通俗文化
> 的民間故事、說書等現象，而只是強調這些長篇小說是經過文人撰
> 著者手裡的寫造潤色才得出一新的文體來，這個體裁除了反映明清
> 文人的美學手法、思想抱負之外，也常呈現一層潛伏在錯綜複雜的
> 字裡行間、含蘊深遠的寓意，慣用反諷的修辭法來提醒讀者要在書
> 的反面上去追尋「其中味」。〔註4〕

在書裡浦安迪也承認受到那個時代小說評點家的啟發與影響，至於是否將四
大奇書與類似作品稱為「文人小說」尚有待論證，〔註5〕至今尚無定論。本章
處理四大奇書之續書身為作者、讀者、評論者三種身份，對閱讀原書之後的
文學反應，而明清之際評點之學興起也是考察重點之一，以續書的閱讀反應
為主，小說序跋、評點的文學批評為輔，將是本章論述的方向。明清之際評
點家的「文學自覺」不是體現在正宗文體上，而是體現在頗受正統文人歧視
的新興文體，由此呈現文學品味的升降，也是頗為耐人尋味之處，尋繹出四
大奇書之續書與相關小說序跋、評論，所蘊含的文化觀念與美學意義是本章
研究重點所在，以下將從書寫情志的自我實踐、主題傳釋的變異、敘事形式
的模仿與翻案三個面向，探討四大奇書之續書的閱讀反應歷程。

〔註3〕鄧新華：《中國古代接受詩學史》，頁1。

〔註4〕〔美〕浦安迪（Andrew H. Planks）撰、沈亨壽譯：《明代小說四大奇書》，（北
京：生活・讀書・新知三聯書店，2006年9月第1版），〈作者弁言〉，頁1。

〔註5〕〔美〕商偉撰、嚴蓓雯譯：《禮與十八世紀的文化轉折：《儒林外史》研究》，
（北京：生活・讀書・新知三聯書店，2012年9月第1版），頁10。商偉認
為「這四部名著是否或在多大程度上可以被確認是文人小說，並且以理學和
心學為其主導理念，仍然是一個有待論證的問題。浦安迪的論述似乎只是證
實了晚明文人文化的悖論：他在這些小說中看到了兩種互不相容的傾向，一
方面是反諷的衝動，另一方面則是儒家的道德衝動。」

第一節　書寫情志的主體實踐

　　歷來的小說作者大多隱匿其名，此與漢代班固在《漢書・藝文志》對稗官野史的歷史定位有極大相關，《漢書・藝文志》中將「小說家」與儒家、道家、墨家等並列爲十家，同時列出具體書目與篇目，並加以簡短點評，這表明「小說家」確實爲先秦至漢代的一個客觀存在，如《漢書・藝文志》曰：

> 小說家者流，蓋出於稗官，街談巷語，道聽途說者之所造也。孔子曰：「雖小道，必有可觀者焉，致遠恐泥。是以君子弗爲也。」然亦弗滅也。閭里小知者之所及，亦使綴而不忘。如或一言可采，此亦芻蕘狂夫之議也。〔註6〕

歷代文人因受到傳統價值影響及對文字文章之尊重，於書寫行爲中往往有意無意隱沒其人之存在，無論正式經典或通俗文學之書寫，書寫者刻意使用別名代稱，或化身爲某一形式的敘事者，藉由此類表現特質而表達其人之意見或認知，如明代四大奇書的作者問題，學界迄今仍未有共識，《金瓶梅》作者更是署名「蘭陵笑笑生」，四大奇書之續書的作者考證亦未有明確一致的說法，確定者只有《蕩寇志》作者俞萬春（1794年～1849年），《水滸後傳》作者陳忱（1615年～1670年），《續金瓶梅》作者丁耀亢（1599年～1669年），至於《西遊補》作者在民初以來學界討論，多將作者指向明末清初頗負盛名的董說（1620年～1686年），少數學界持相異見解，以高洪鈞1985年發表之〈《西遊補》作者是誰？〉一文，最早明確主張董說之父——董斯張（1586～1628）實爲小說眞正作者，可謂是此類說法之重要代表研究，〔註7〕其餘續書作者多使用別名代稱，匿名與否，並不妨礙小說作者寄託個人情志於書寫活動中，許麗芳認爲：

> 由於承襲與強調發憤著述之書寫傳統，是以明清小說之撰者對於書寫基調亦多塑造悲憤怨幽之氛圍，此或僅爲傳統模式之沿襲，另一方面，亦有凸顯提昇其人其書價值意義之可能，歷代學者品評文學一再強調之價值判斷亦多呈現此種認識，如孔子之「興觀群怨」、屈

〔註6〕班固：《漢書・藝文志》（選錄），見黃霖、韓同文選注：《中國歷代小說論著選》（上），（南昌：江西人民出版社，2000年9月第3版），頁3～4。

〔註7〕高洪鈞：〈《西遊補》作者是誰？〉，《天津師大學報》，1985年第6期，頁81～84。高氏之後，大陸學者續有呼應，如王洪軍：〈董斯張：《西遊補》的作者〉，《廣州大學學報（社科版）》，2003年第2卷第8期，頁19～23；傅承洲：〈董斯張《西遊補》原本十五回考〉，《文獻季刊》，2006年第1期，頁127～130。

原之「發憤抒情」、《淮南子》之「憤於中而形於外」，司馬遷之「發
憤之所為作」，劉勰之「志思蓄憤」、「蚌痛成珠」等，皆呈現環境困
頓與作品成就之相關。〔註8〕

在四大奇書之續書相關的序跋文字，常可見其「發憤著書」的創作動機，並
藉由抒發憤懣不滿的情緒澆胸中塊壘，也在小說敘事中抒發感時憂國的歷史
意識，以下將透過分析小說文本與序跋，考察續書作者的創作心態。

一、文本與序跋所呈現的自我意識

對於續書作者在小說敘事透過書寫活動表現自己寫作的動機與心態，以
下將從小說文本、序跋等爬梳資料，以呈現小說作者的書寫意識，如〈新編
續刻三國志引〉曰：

> 客或有言曰：書固可快一時，但事蹟欠實，不無虛狂渺茫之議乎？
> 予曰：世不見傳奇戲劇乎？人間日演而不厭，內百無一真，何人悦
> 而眾豔也？但不過取悦一時，結尾有成，終始有就爾。誠所謂烏有
> 先生之烏有者哉。大抵觀是書者，宜作小說而覽，毋執正史而觀，
> 雖不能比翼奇書，亦有感追蹤《前傳》，以解世間一時之通暢，並豁
> 人世之感懷君子云。〔註9〕

透過主客對話的形式，表露出作者對小說書寫意義的看法，除了教化、輔助、
娛人的功能之外，並提出小說「百無一真」的虛構性質，這樣的小說觀念在
當時乃至以後都是十分進步的，結尾並指出小說的「自娛」功能。又如〈水
滸後傳序〉曰：

> 嗟呼！我知宋遺民之心矣。窮愁潦倒，滿腹牢騷，胸中塊磊，無酒
> 可澆，故借此殘局而著成之也。然肝腸如雪，意氣如雲，秉志忠貞，
> 不甘阿附，傲慢寓謙和，隱諷兼規正，名言成串，觸處為奇，又非
> 漫然如許伯哭世，劉四罵人而已。〔註10〕

作者陳忱身處明清易代之際，親歷故國淪喪之痛，遂絕意仕進，一心隱居，

〔註8〕 許麗芳：《傳統書寫之特質與認知：以明清小說撰者自序為考察中心》，（高雄：
高雄復文圖書出版社，2000年12月），頁58。

〔註9〕 〔明〕佚名：〈新刻續編三國志引〉，見高玉海：《古代小說續書序跋釋論》，（北
京：中國社會科學出版社，2007年5月第1版），頁6～7。

〔註10〕 〔明〕雁宕山樵：〈水滸後傳序〉，見高玉海：《古代小說續書序跋釋論》，頁
31。

曾與著名學者顧炎武、歸莊等一起組織秘密反清團體——驚隱詩社，而《水滸後傳》就是作者在晚年「窮愁潦倒，滿腹牢騷，胸中塊磊，無酒可澆，故借此殘局而著成之」的抒發亡國之痛與故國之思的「洩憤之書」，此可上承至司馬遷（前145年～前86年）「發憤著書」以成《史記》的書寫傳統。

作者在序跋中傳達個人遭際之感，所關注者爲個人自身經驗，而在〈水滸後傳序〉也提到小說具有多方面思想意涵的看法：

> 昔人云：《南華》是一部怒書，《西廂》是一部想書，《楞嚴》是一部悟書，《離騷》是一部哀書。今觀《後傳》之群雄激變而起，是得《南華》之怒；婦女之含愁斂怨，是得《西廂》之想；中原陸沉、海外流放，是得《離騷》之哀；牡蠣灘、丹霞宮之警喻，是得《楞嚴》之悟。不謂是傳而兼四大奇書之長也！〔註11〕

原著《水滸傳》代表著英雄傳奇題材小說的最高成就，但做爲續書《水滸後傳》在思想意趣上的追求，並不只是以原著爲最終目標，陳忱身爲明遺民，其感時憂國心態也投射在小說創作中，具有對時局的針砭與關懷，趙園認爲：

> 他們所拒絕的，只是「朝廷」。「遺」毋寧說是對一種「民間身份」的確認。士有關其「職志」的意識，無疑有助於遺民在另一朝代的政治格局中找到其位置。而有明一代民間政治的活躍（黨社、講學、清議、諸生干政等），也可用以解釋士於明亡之際及易代後的積極姿態。不欲放棄儒者的使命承當，堅持其所認爲的士的職志者，其於鼎革後繼續關心民生利病，以興利除弊爲己任，是順理成章的事。〔註12〕

在《水滸後傳》第九回〈混江龍賞雪受祥符　巴山蛇截湖徵重稅〉作者讚嘆范蠡舊事的詩，結尾而有所感嘆「說范蠡破吳回越之後，載了西施遨遊五湖的佳話。大凡古來有識見的英雄，功成名就，便拂衣而去，免使後來有『鳥盡弓藏，兔死狗烹』之禍」，並藉由李俊此一敘述者，表露出一種反對招安、反對享受榮華富貴的遺民心態：

> 我生長潯陽江上，專一結識江湖上好漢，因救宋公明，上了梁山，

〔註11〕〔明〕雁宕山樵：〈水滸後傳序〉，見高玉海：《古代小說續書序跋釋論》，頁31。

〔註12〕趙園：《明清之際的思想與言說》，（上海：復旦大學出版社，2010年8月第1版），頁43～44。

> 做一番事業，受著招安。東征西討，與朝廷出力，豈不知受了職，
> 榮親耀祖，享些富貴？只是奸佞滿朝，妒賢嫉能，再無好結局。幸
> 得了先見，結識幾個好兄弟，得此安身立命之所，倒也快活。只是
> 水莊雖然僻靜，終是地面卑濕，胸襟不暢。哪裡去尋一個高爽的所
> 在，蓋造房屋，方爲永居。（頁 70）

後來李俊選擇銷夏灣建造堂廈而居，一日大雪紛飛，在飲酒賞雪之際，吟出
一首詩曰：「朝臣待漏五更寒，鐵甲將軍夜渡關，山寺日高僧未起，算來名利
不如閒。」並有所慨嘆：

> 我們今日在此飲酒賞雪，真是天地間的至樂！憑你掀天的富貴也比
> 不得這般閒散！若論我李俊年力正壯，意氣未衰，哪裡不再做些事
> 業！只是古今都有盡頭，不如與兄弟們吃些酒，圖些快活罷。聞說
> 宋公明、盧員外俱被鴆死，往日忠心，付之流水。我若不見機，也
> 在數內了。（頁 71）

陳忱在小說的敘事結構中，有意從宋江因忠義而見鴆於奸黨的結局而引出教
訓，進而讓筆下人物不再重蹈覆轍，這樣的情節編排也算是與原書的英雄末
路悲歌背道而馳。

　　由原著《水滸傳》個人對群體的效忠與犧牲的「利群」的政治倫理，轉
爲《水滸後傳》裡個人重建精神家園的烏托邦，「在小說中流露出文人特有的
隱逸情結，帶有明顯的自我抒寫意味。」〔註 13〕透過一個與原著《水滸傳》
的草莽英雄生活的「中國」不同的世外桃源，避難的海島成爲水滸英雄的庇
護之所，陳忱在第十一回〈駕長風群雄圖遠略　射鯨魚一箭顯家傳〉描述眾
人初登暹羅國清水澳的景象：

> 只見山巒環繞，林木暢茂，中間廣有田地，居民都是草房，零星散
> 住。牛羊雞犬，桃李桑麻，別成世界。問土人道：「此間有多少地面？
> 屬哪州縣管的？」土人道：「方圓有百里，人家不上千數，盡靠耕田
> 打魚爲業。各處隔遠，並無所屬。我們世代居此，也不曉什麼完糧
> 納稅，只是種些棉花苧麻，做些衣服；收些米穀，做了飯食；菜蔬
> 魚蝦，家家有的，盡可過得。……」（頁 88）

〔註13〕陳才訓：〈從英雄傳奇到「洩憤之書」──論陳忱《水滸後傳》創作的主體意
　　　識〉，收入傅承洲主編：《中國古代敘事文學國際學術研討會論文集》，（北京：
　　　中央民族大學出版社，2011 年 12 月第 1 版），頁 221。

透過理想生活情境的描繪，陳忱欲藉由小說表現遺民的隱逸心態，可謂昭然
若揭，因爲「背景也可能是一個人的意志的表現。如果是一個自然背景，這
背景就可能成爲意志的投射」〔註14〕，而身處明清之際的陳忱，同樣也寄託
發憤著書的創作動機，在〈水滸後傳論略〉曰：

> 《後傳》爲洩憤之書：憤宋江之忠義，而見鴆於奸黨，故復聚餘人，
> 而救駕立功，開基創業；憤六賊之誤國，而加之以流貶誅戮；憤諸
> 貴幸之全身完害，而特表草野孤臣，重圍冒險；憤官宦之嚼民飽
> 豁，而故使其傾倒宦囊，倍償民利；憤釋道之淫奢誑誕，而有萬慶寺之
> 燒，還道村之斬也。〔註15〕

連用六個「憤」字表達作者對明末清初世變之際對現狀的不滿，也可見外在
環境的劇烈變化往往影響其人書寫態度的抉擇與反省，許麗芳認爲：

> 即藉由書寫以補足個人無法施展之抱負，或作某一程度之憾恨抒
> 發。亦由於窮約處境，致個人書寫活動得以更具自省與深度，所謂
> 「愈窮愈工」，較之得意境況之所作，尤能顯現其人之內在反思，亦
> 因此爲歷代各種文類之書寫者所遵循與模擬之思考傳統。〔註16〕

另外又如〈評刻水滸後傳序〉曰：

> 此傳之續水滸殘剩諸人，其人則猶是《前傳》之人，而其事則全非
> 《前傳》之事可同年而語矣！宋自靖康以後，奸佞盈朝，正人退位，
> 以致金人蹂躪，社稷丘墟，生靈塗炭，而此數十人者，出其仁義忠
> 信之天良，英雄豪傑之材力，誅鋤強暴，芟刈奸回，既足以快人心
> 而符天意，後之身都富貴、安享尊榮，正其材力之所應得；而開基
> 僥外，海國稱王，並非有所侵損於宋室。〔註17〕

儘管第三十九回〈丹霞宮三眞修靜業　金鑾殿四美結良姻〉加入才子佳人大
團圓結局，沖淡作者發憤著書的創作動機，但結尾仍繼承《史記》「發憤著書」

〔註14〕　〔美〕勒內・韋勒克（Rene Wellek）、奧斯丁・沃倫（Austin Warren）著，劉
　　　　　象愚、邢培明、陳聖生、李哲明譯：《文學理論》（南京：江蘇教育出版社，
　　　　　2005年8月第1版），頁260。

〔註15〕　〔清〕樵餘：〈水滸後傳論略〉，見高玉海：《古代小說續書序跋釋論》，頁
　　　　　35。

〔註16〕　許麗芳：《傳統書寫之特質與認知：以明清小說撰者自序爲考察中心》，頁
　　　　　61。

〔註17〕　〔清〕蔡元放：〈評刻水滸後傳序〉，見高玉海：《古代小說續書序跋釋論》，
　　　　　頁48～49。

的創作傳統，在小說最後一回以「司馬感懷成《史記》，一篇〈遊俠〉最流傳」
作結，在此之前李贄〈忠義水滸傳敍〉也將《水滸傳》視爲發憤之作，進而
從儒家政治倫理的闡釋立場出發：

> 太史公曰：「《說難》、《孤憤》，賢聖發憤之所作也。」由此觀之，古
> 之賢聖，不憤則不作矣。不憤而作，譬如不寒而顫，不病而呻吟也，
> 雖作何觀乎？《水滸傳》者，發憤之所作也。蓋自宋室不競，冠履
> 倒施，大賢處下，不肖處上。馴致夷狄處上，中原處下，一時君相
> 猶然處堂燕鵲，納幣稱臣，甘心屈膝於犬羊已矣。施、羅二公身在
> 元，心在宋；雖生元日，實憤宋事。是故憤二帝之北狩，則稱大破
> 遼以洩其憤；憤南渡之苟安，則稱滅方臘以洩其憤。敢問洩憤者誰
> 乎？則前日嘯聚水滸之強人也，欲不謂之忠義不可也。〔註18〕

李贄（1527 年〜1602 年）所根據者乃是司馬遷的「發憤」之作《史記》，陳
忱的《水滸後傳》同樣承襲《史記》「發憤著書」的創作傳統。青蓮室主人的
《後水滸傳》在書中寄託明亡之思，在第三十九回〈神棍合借朱潤還家　鐵
匣開遇楊么出井〉借楊么之言自剖心志：

> 楊么向來心志，以爲國家喪亡，實因主昏。主昏則奸佞生；主若不
> 昏，滿朝盡是忠良，雖有天意，亦可挽回。又思古來忠良皆遭奸佞
> 之手，不是獻讒，便是暗害，不可勝數。若是忠良共擊奸佞，即一
> 時聳動，有戮得一奸，除得一佞，而先死者，忠良血已灑滿街頭。
> 是一奸佞而害數百忠良，則忠良之冤苦，誰爲暴白？是以楊么常爲
> 古人不平。可知當初徽宗昏德，信用童、蔡、高、楊，引禍自害。
> 欽宗聽信梁、王、朱、李，竭盡庫藏，搜刮民間，終不免於喪亡。
> 今我據此湖中，實欲殺奸戮佞，爲忠良氣吐，再能使昏者能新其德，
> 才是楊么本念。（頁441）

借草澤英雄的忠良之言，寄託遺民面對無力回天的國運，而感於期待之失落，
只能寄意於筆端控訴悲怨之情，彩虹橋上客〈後水滸傳序〉也同樣呈現對現
實缺憾而欲吐之怨氣：

> 大都天心又將北眷，國運以入西山，廟堂大奸大詐，草野無法無天
> 之大事，又並橫行於世，而不知回避。當此之際，雖有賢臣能吐膽

〔註18〕〔明〕李贄：〈忠義水滸傳敍〉，見黃霖、韓同文選注：《中國歷代小說論著選》
（上），頁144。

　　竭忠，亦莫如之何矣！況妒賢嫉能，猶蠱惑不已。〔註19〕
雖寫南宋高宗之事，但確是指涉明朝末年的國運，南宋尚保有半壁江山，而
且維持一百五十二年，說「國運以入西山」並不確實，而滿清入主中原，正
所謂「天心又將北眷」，借此喻彼的用意明顯，也呈現明清小說中士德觀念的
興起與昂揚，儒家經世致用的政治主張，影響明清之際的這一批小說家，而
在《後水滸傳》裡，「志濟天下」、「積極進取」的士德觀念得到充分的反映，
可以說楊么形象寄託了作者青蓮室主人治國平天下的最高理想，《水滸後
傳》、《後水滸傳》可析探出遺民心態的複雜層面，張振亭認為：

　　　　士階層的道德思想觀念，原本是一個多元複雜的精神實體。其先賦
　　　　特質大體有三種趨向，即儒家思想、墨家思想和道家思想，由此凸
　　　　現出三種士人形象：儒士、遊俠和隱者。儒士的精神、遊俠的氣概
　　　　和隱者的智慧，是構成中國文人心態的三元素。此後歷代文人無不
　　　　受此遺風薰染，就像紅、黃、藍可以組合出各種色彩一樣，由先賢
　　　　楷模所提供的這三種精神元素，也組合出中國文人不同的心態特
　　　　徵、相異的價值取向和道德觀念。但是，無論怎樣，儒家積極入世
　　　　的精神風範無疑是歷代文人主要的精神支柱。〔註20〕

《水滸後傳》、《後水滸傳》兼具儒士、遊俠、隱者的三種士人形象，在小說
中呈現出一股文人精神，面對上修不德、官逼民反的亂世氛圍，更顯諷刺。
而清道光二十七年（1847年）俞萬春完成了小說《蕩寇志》，已不復見遺民心
態在書中的敘事安排，所續的《水滸傳》就是金聖嘆評點的七十回本，由忽
來道人〔註21〕〈蕩寇志引言〉表述作者的創作動機：

　　　　這一部書，名喚做《蕩寇志》。看官，你道這書為何而作？緣施耐庵
　　　　先生《水滸傳》，並不以宋江為忠義。眾位只須看他一路筆意，無一
　　　　字不描寫宋江的奸惡，其所以稱他忠義者，正為口裡忠義，心裡強
　　　　盜，愈形出大奸大惡也。〔註22〕

〔註19〕　〔清〕彩虹橋上客：〈後水滸傳序〉，見高玉海：《古代小說續書序跋釋論》，
　　　　　頁66～67。
〔註20〕　卞良君、李寶龍、張振亭著：《道德視角下的明清小說》，（長春：吉林大學出
　　　　　版社，2010年1月第1版），頁32。
〔註21〕　俞萬春（1794～1849）字仲華，號忽來道人，一作忽雷道人，浙江山陰（今
　　　　　紹興）人。
〔註22〕　〔清〕忽來道人：〈蕩寇志引言〉，見高玉海：《古代小說續書序跋釋論》，頁
　　　　　71。

對於俞萬春將《水滸傳》諸英雄視爲盜賊的原因，其胞弟俞龘在〈續刻蕩寇志序〉談到俞萬春父親爲官時期，俞萬春耳聞目睹清朝政府如何鎮壓黎民起義，同時也在心中對農民起義產生仇視心態，對於起義軍產生重要宣傳作用的《水滸傳》深惡痛絕，「海內升平日久，人心思亂，患氣方深。仲華獨隱然憂之，杜邪說於既作，挽狂瀾於已倒。其憂世之心，可謂深也已矣。其立說之旨，可謂正也已矣。」〔註23〕其意識形態轉爲擁護政權的「皇化文本」，高桂惠認爲：

> 咸豐年間被採納爲「官方知識」的《蕩寇志》其本身的發展自有其從「說公案」、「說鐵騎兒」的民間「奇情」式審美，到被知識份子形塑爲「憤書」的悲劇美學，再到「官方知識」的「皇化文本」，形成官方視角與民間視角一次近距離的交流（鋒？）〔註24〕

《蕩寇志》接續金聖嘆評點《水滸傳》七十回本之後，藉由考察在此之前〈第五才子書施耐庵水滸傳序三〉以瞭解金聖嘆對腰斬《水滸傳》秉持的原則及思想立場：

> 《水滸》所敘，敘一百八人，其人不出綠林，其事不出劫殺，失教喪心，誠不可訓，然而吾獨欲略其形跡，伸其神理者，蓋此書，七十回，數十萬言，可謂多矣，而舉其神理，正如《論語》之一節兩節，瀏然以清，湛然以明，軒然以輕，濯然以新。彼豈非《莊子》、《史記》之流哉！不然何以有此。如必欲奇其形跡，則夫十五國風，淫汙居半，《春秋》所書，弒奪十九，不聞惡神奸而棄禹鼎，憎檮杌而諸倚相，此理至明，亦易曉矣。〔註25〕

金聖嘆博覽群籍，好談易學，亦好講佛，常以佛教詮釋儒、道，論文喜附會禪理。他評點古書甚多，稱《莊子》、《離騷》、《史記》、《杜工部集》、《水滸傳》、《西廂記》爲「六才子書」，擬逐一批註，但僅完成後兩種，《杜詩解》未成而罹「哭廟」慘禍。將通俗小說的文學地位提昇到與儒家經典一致，凸顯《水滸傳》作者塑造人物形象的敘事能力，「《水滸》所敘，敘一百八人，

〔註23〕〔清〕俞龘：〈續刻蕩寇志序〉，見高玉海：《古代小說續書序跋釋論》，頁87。

〔註24〕高桂惠：《追蹤躡跡——中國小說的文化闡釋》，（臺北：大安出版社，2005年9月），頁122～123。

〔註25〕金人瑞：〈第五才子書施耐庵水滸傳序三〉，見黃霖、韓同文選注：《中國歷代小說論著選》（上）（修訂本）（南昌：江西人民出版社，2000年9月第3版），頁286～287。

人有其性情，人有其氣質，人有其形狀，人有其聲口。」在〈讀第五才子書法〉提出《水滸傳》勝似《史記》、「因文生事」的觀點：

> 某嘗道《水滸》勝似《史記》，人都不肯信。殊不知猛某卻不是亂說，其實《史記》是以文運事，《水滸》是因文生事。以文運事是先有事生成如此如此，卻要算計出一篇文字來，雖是史公高才，也畢竟是吃苦差事。因文生事即不然，只是順著筆性去，削高補低都繇我。〔註26〕

李贄的〈忠義水滸傳敘〉與陳忱的《水滸後傳》，金聖嘆評點的《水滸傳》七十回本與俞萬春的《蕩寇志》，代表《水滸傳》闡釋中的兩種路數，〔註27〕青蓮室主人的《後水滸傳》在思想立場上歸於李贄、陳忱以下的闡釋路數，「把鍾相、楊么起義的根源完全歸罪於朝廷的昏暗不明，致使賢能之人成妖作魔，寄寓著作者對大明王朝滅亡的歷史反思」〔註28〕，構成《水滸傳》續書在忠義敘事解讀上的歧異。

二、文本與序跋所呈現的創作動機

　　《續西遊記》作者認為《西遊記》既敘寫唐僧師徒歷經磨難往西天求取真經，但全書對佛教並不十分崇敬，有時甚至成為嘲弄的對象，如〈續西遊記序〉曰：

> 《前記》謬備謅誕滑稽之雄，大概以心降魔，設七十二種變化，以究心之用。上窮碧落，下極陰幽，三界賢聖，蒐羅幾盡，雜取丹鉛嬰姹之說，以求合乎金丹之旨，世多愛而傳之。作者猶以荒唐毀褻為憂，兼之機變太熟，擾攘日生，理舛虛無，道乖平等。繼撰是編，一歸鎚削，俾去來跟有根因，真幻等諸正覺。〔註29〕

《西遊記》的心性修煉，透過取經五聖戰勝神佛所設置的重重考驗而達成，

〔註26〕金人瑞：〈讀第五才子書法〉，見黃霖、韓同文選注：《中國歷代小說論著選》（上），頁291。

〔註27〕陳文新：〈《水滸傳》闡釋中的兩種路數——兼評李贄的政治索隱〉，收入氏著：《傳統小說與小說傳統》，（武昌：武漢大學出版社，2007年8月第2版），頁252～264。

〔註28〕張同勝：《水滸傳詮釋史論》，（濟南：齊魯書社，2009年12月第1版），頁141。

〔註29〕〔清〕真復居士：〈續西遊記序〉，見高玉海：《古代小說續書序跋釋論》，頁102。

考驗、贖罪此敘事主題，在西遊故事早期的口頭敘事已出現端倪，並透過佛道兩教性功修煉的理論架構，營造出原著《西遊記》的時空敘事，基本上《續西遊記》沿用了原書考驗、贖罪的敘事主題，但卻更加強調取經動機的「正念」與「邪念」之區別，達到「即經即心，即心即佛」的禪宗境界，《續西遊記》「全書的眞實含意，卻在於表達『明心見性』的禪教眞諦。」〔註30〕而在第一回開卷詩即指出作者的創作緣起，正是闡發續書「明心見性」的宗教意蘊：

> 圓輪如輪歲月流，個中名利等浮漚。漫勞計較分吳越，且任稱呼作馬牛。世事看來從理順，人謀怎似所天修。要知駐世長生訣，一卷西遊續案頭。西遊續記作何因，爲指人身一點眞。順去人生天地理，逆來合去佛仙身。機心滅處諸魔伏，靈覺開時道力深。試看悟空孫行者，降妖變化又更新。（頁1157）

《續西遊記》在繼承原著《西遊記》在「心生，種種魔生；心滅，種種魔滅」的基本命題下，透過小說「理念先行」的預敘性框架演繹禪宗「明心見性」的心性理論，解構孫行者降妖除魔的敘事意識，以佛教寓言結構，表述個人修行的哲理化實踐。《後西遊記》第一回〈花果山心源流後派　水簾洞小聖悟前因〉使用歌曲開頭：

> 我有一軀佛，世人皆不識，不塑亦不裝，不雕亦不刻，無一滴灰泥，無一點彩色，人畫畫不成，賊偷偷不得。體相本自然，清靜非拂拭，雖然是一軀，分身千百億。（頁1887）

與《續西遊記》同樣都是藉由禪宗「即心即佛」的觀念闡釋原書《西遊記》的主題，但不同的是，《後西遊記》採用第二代取經故事的敘事結構，在〈後西遊記序〉表達方式則「聽有聲，觀有色，雖猶然嬉笑怒罵之文章；精不思，妙不議，實已參感應圓通之道法」，〔註31〕序中所言通篇皆是佛家要旨：

> 蓋聞天何言哉，而廣長有舌，久矣嚼破虛空。心方寸耳，而芥子能容，悠然遍滿法界。造有造無，三藏靈文，繇茲演出；觀空觀色，百千妙義，如是得來。……佛心清靜，而莊嚴假相，俵入迷途；性體光明，而撲滅慧燈，錮居暗室。淨蓮出口，障作藤煙；亂棘叢心，

〔註30〕 王增斌、李衍明：〈《續西遊記》主題探奧〉，山西大學學報（哲學社會科學版）2001年10月，第24卷第5期，頁53～56。

〔註31〕 〔清〕佚名：〈後西遊記序〉，見高玉海：《古代小說續書序跋釋論》，頁120。

詫為花雨。施開妄想，首禍究及慈悲；果炫誑言，下根因之墮落。
〔註32〕

續書作者欲藉由佛法精義融入小說創作，透過求真解的取經活動，對偽裝在儒、釋、道三教的道德價值進行反諷，由「明心見性」的禪宗義理回歸個體意識的覺察。

由第四十回「開經重講　得解證蒙」的回末詩云：「前西遊後後西遊，要見心修性也修。過去再來須著眼，昔非今是願回頭。放開生死超生死，莫問緣由始自由。覺得靈文似冰雪，百千萬劫一時修。」就強調對心性的修煉，書中開頭否定取經救世的功效，結尾也否定真解度世的可能，也顯示續書作者面對書中個人「修身」與團體「齊家」、「治國」、「平天下」價值的實踐，兩者關係是分離的，只能「求諸本心」，而無法「兼善天下」，而四十回的開頭詩「文字休拘儒釋玄，但能有補即真銓。六經不礙於三藏，一書何妨又五千。遊戲現身良有以，荒唐說法妙無邊。勸君此際求真解，不證菩提也證仙。」也呼應前述自我救贖的態勢，以劉麗華的話說明之：

> 《後西遊記》所表現出來的價值觀念的變化正是文人思想覺醒的結果，他們關注自我個體，大膽批判現實，繼承著心學的精神，站在時代的高度思考社會、人生，試圖以一種清醒的姿態立於教化、名利、欲望的面前，儘管這種清醒帶著許多的無奈和失望。正是在心學的引導下，文人對傳統道德的態度由單純的信奉轉向了懷疑。〔註33〕

《後西遊記》對原書《西遊記》中西天極樂世界所代表的理想狀態是充滿疑惑，如第十四回〈金有氣填平缺陷　默無言斬斷葛藤〉缺陷大王抓了唐半偈，便要他回答一連串的疑問：

> 還是有佛還是無佛？……既是南邊無佛，為何觀世音菩薩又住在南海？……佛既清虛不染，為何《華嚴經》又盛誇其八寶莊嚴，思衣得衣，思食得食？……佛家種種異端，有什麼好處？……既行方便，若有真經，就叫孫行者、豬八戒、沙和尚三個徒弟去求未嘗不可，為何定要唐三藏歷這十萬八千里遠途，究竟為何？佛法又說慈悲，若果慈悲，就叫唐僧一路平安的往西方，為何叫他受苦？唐半偈聽

〔註32〕〔清〕佚名：〈後西遊記序〉，見高玉海：《古代小說續書序跋釋論》，頁119。
〔註33〕劉麗華：〈《後西遊記》與晚明文人價值觀的變化趨勢〉，收入《絲綢之路》2009年第18期，頁59。

了他的言語，便合眼默然全不答應。妖怪問得口乾舌枯，當不得唐半偈默不開口。（頁 2011～2012）

續書作者透過缺陷大王丟出一連串的「詰問」，而唐半偈選擇沈默以對，將釋疑的權力拋給讀者，讓讀者思考小說敘事者所揭露的諸多問題，也凸顯其敘事意圖的懷疑立場，讓讀者大眾思考求解的真正含意為何，而四十回的小說架構中，回目中有「心」者即佔了十三回，顯現作者欲藉由「心」的隱喻寄託求解的寓言結構。《西遊補》藉由孫悟空因受到鯖魚精迷惑而入夢遊歷的敘事結構，書寫勘破情欲的解讀方式，如〈西遊補答問〉曰：

問：「古本《西遊》，必先說出某妖某怪，此敘情妖，不先曉其為情妖，何也？」

曰：「此正是補《西遊》大關鍵處。情之魔人，無形無聲，不識不知，或從悲慘而入，或從逸樂而入，或一念疑搖而入，或從所見聞而入。其所入境，若不可已，若不可改，若不可忽。若一人而決不可出，知情是魔，便是出頭地步。故大聖在鯖魚肚中，不知鯖魚；跳出鯖魚之外，而知鯖魚也。且跳出鯖魚不知，頃刻而殺鯖魚者，仍是大聖。迷人悟人，非有兩人也。」〔註34〕

在〈西遊補答問〉中論述《西遊補》乃是「補」原書《西遊記》的主旨，並反覆闡明「知情是魔，便是出頭地步」以及「亂窮返本，情極見性」的道理，而〈讀西遊補雜記〉更對其他兩本續書加以評論，「《續西遊》模擬逼真，失於拘滯，添出比丘靈虛，尤為蛇足。《後西遊》瀟灑飄逸，不老婆婆一段，借外丹點化，生動異常；然小行者、小八戒未免窠臼。此於〈三調芭蕉扇〉後補出十六回之文，離奇恍惚，不可方物」〔註35〕所論評價並非客觀，但仍具有參考價值，並認為「情之在人，視其所用：正則為佛，邪則為魔」，而明清評論家對《西遊記》主旨的認定皆在「心」，如謝肇淛〈五雜組〉曰：

《西遊記》漫衍虛誕，而其縱橫變化，以猿為心之神，以豬為意之馳，其始之放縱，上天下地，莫能禁制，而歸於緊箍一咒，能使心猿馴伏，至死靡他，蓋亦求放心之喻，非浪作也。〔註36〕

<hr />

〔註34〕〔明〕靜嘯齋主人：〈西遊補答問〉，見高玉海：《古代小說續書序跋釋論》，頁 110。

〔註35〕〔清〕佚名：〈讀西遊補雜記〉，見高玉海：《古代小說續書序跋釋論》，頁 113。

〔註36〕〔明〕謝肇淛：〈五雜組〉，收入朱一玄、劉毓忱編：《西遊記資料彙編》，（天津：南開大學出版社，2002 年 12 月第 1 版），頁 315。

如尤侗〈西遊真詮序〉曰：

> 三教聖人之書，吾皆得而讀之矣。東魯之書，存心養性之學也；函關之書，修心煉性之功也；西竺之書，明心見性之旨也。此心與性，放之則彌於六合，卷之則退藏於密，其揆一也，而莫奇於佛說。〔註37〕

如張書紳〈新說西遊記總批〉曰：

> 《西遊》凡言菩薩如來處，多指心言。故求菩薩正是行有不得，則反求諸己，正是《西遊》的妙處。聖嘆不知其中之文義，反笑為《西遊》的短處，多見其不知量也。《西遊》凡如許的妙論，始終不外一心字，是一部《西遊》，即是一部《心經》。〔註38〕

《西遊補》承襲《西遊記》對心性問題的探索，亦即「心生，種種魔生；心滅，種種魔滅」，在此基礎上更開拓情欲書寫的深度，在小說第十回明崇禎回末評語曰「救心之心，心外心也。心外有心，正是妄心，如何救得真心？蓋行者迷惑情魔，心已妄矣。真心卻自明白，救妄心者，正是真心。」〔註39〕第十一回明崇禎回末評語曰「收、放心一部大主意，卻露在此處。」〔註40〕到了小說第十六回則以「範圍天地而不過」結束，此語典出《周易・繫辭上》「範圍天地之化而不過，曲成萬物而不遺」，〔註41〕而崇禎本評「結句是一部大旨」，作者認為能包舉天地，唯有一心而已，透過探討情與道的關係，《西遊補》可說是《西遊記》續書，甚至四大奇書之續書的開拓者。

　　《續金瓶梅》企圖以因果報應的觀念導正原書的情色描寫，愛日老人在〈續金瓶梅序〉談到「不善讀《金瓶梅》者，戒癡導癡，戒淫導淫。」〔註42〕而紫陽真人，即《續金瓶梅》作者是真正讀懂《金瓶梅》之人，又強調如何閱讀《續金瓶梅》六十四章，指出「善讀是書，檀那只要聞聲；不善讀是書，

〔註37〕　〔清〕尤侗：〈西遊真詮序〉，收入朱一玄、劉毓忱編：《西遊記資料彙編》，頁318。

〔註38〕　〔清〕張書紳：〈新說西遊記總批〉，收入朱一玄、劉毓忱編：《西遊記資料彙編》，頁329。

〔註39〕　李前程校著：《《西遊補》校注》，（北京：昆侖出版社，2011年1月第1版），頁166。

〔註40〕　李前程校著：《《西遊補》校注》，頁172。

〔註41〕　李學勤主編：《十三經注疏・周易正義》卷7〈繫辭上〉，（北京：北京大學出版社，1999年版），頁267。

〔註42〕　〔清〕愛日老人：〈續金瓶梅序〉，見高玉海：《古代小說續書序跋釋論》，頁125。

反怪豐幹饒舌爾。」〔註43〕從小說第六十四回〈三教同歸感應天　普世盡成極樂地〉曰：

> 這一部《續金瓶梅》替世人說法，做《太上感應篇》的注腳，就如點水蜻蜓，卻不在蜻蜓上。又如莊子濠梁上觀魚，卻意不在魚。才說因果，要看到大乘佛法，並因果亦作下乘；才說感應，要看到上聖修行，並感應也是妄想：才是百尺竿頭進一步的道力。（頁490）

作者現身說法其創作動機，小說情節在六十三回已全部結束，這樣的設計在四大奇書之續書可說絕無僅有，小說文本與評論的結合，充分顯示作者急切的「勸化」意識，並舉道教、佛教典籍為證，指出「三教俱空，因果不宜執著處」：

> 看官聽說，原來一部佛法講的因果感應，只為凡夫淫盜心勝，才將陰陽報應勸化。若論三教聖人，原無人我死生色相，渾渾淪淪，空空洞洞，無死無生，又說什麼因果？因此說，輪迴的胎、卵、濕化生，具是生前現在的色相，並三世佛菩薩也是我一念中具的全體。一切佛法禪機可已盡掃，那得個閻羅老子、鬼神地獄還來比較善惡的。（頁491～492）

從上述序跋善讀、不善讀的讀者鑑賞出發，推到續書中宗教說法，衡量悟性高低之人，所使用的策略便有所差異：

> 三教講了一個空字，並因果感應包藏在內，才知忠臣孝子、烈士貞女，當他一心成仁取義，原沒有個想到報應輪迴上才去行善的。那些賊子奸臣忘了君父，淫夫貪吏不怕鬼神，當他行惡之時，定沒有個怕那因果輪迴的，猛然退步的。總是因果二字為下根人說法。……講佛宗的，從上根人便講了個空，從下根人須講個果。到了正果，自然能空，不落禪家套棒。（頁493～494）

小說結尾談到「諸惡莫作，眾善奉行」為《續金瓶梅》的敘事意圖，得聖上「頒行《感應篇》勸善錄的教化，才消了前部《金瓶梅》亂世的淫心。」〈續金瓶梅集序〉論及通俗小說的發展源流，以及對於《金瓶梅》的閱讀理解：

> 小說始於唐、宋，廣於元，其體不一。田夫野老能與經史並傳者，大抵皆情之所留也。情生則文附焉，不論其藻與俚也。

〔註43〕〔清〕愛日老人：〈續金瓶梅序〉，見高玉海：《古代小說續書序跋釋論》，頁126。

　　《金瓶梅》舊本，言情之書也。情至則易流於敗檢而蕩性。今人觀
　　其顯，不知其隱；見其放，不知其止；喜其夸，不知其所刺。蛾油
　　自溺，鴆酒自斃，袁石公先自敘矣。作者之難於述者之晦也。〔註44〕

《續金瓶梅》作者欲經由寓言的闡釋，讓讀者眞正了解原書《金瓶梅》在情
色書寫背後所欲傳達的敘事意圖，以李志宏的話說明之：

　　《金瓶梅詞話》寫定者對於因各種人欲之貪的惡性膨脹造成政治綱
　　紀廢弛、人倫道德喪亡的事實陳述，實則預示了對於整個家國命運
　　可能因此而走向毀滅之道的深刻觀察。以今觀之，此一有關歷史盛
　　衰興亡之隱喻書寫中，無疑更在西門慶死亡結局的埋藏伏筆，並且
　　在隨後情節中以西門一家走向衰敗的歷程與大宋國祚的命運發展進
　　行綰合，在情節建構上形成密不可分的互文關係。〔註45〕

《金瓶梅》的寫定者欲藉由「家國寓言」的建構，呈現出西門慶發跡變泰的
生命史，與對政治權力、財富的無盡追求，導致違亂既有的倫理、道德價值
體系，最後「通過敘事轉向揭露個人的欲望和貪念如何成爲朝政腐敗根源的
歷史事實。」〔註46〕《續金瓶梅》表面上以因果報應、輪迴轉世爲主，又夾
雜其他敘述：「然所謂佛法，復甚不純，仍涵儒道，與神魔小說諸作家意想無
甚異，惟似較重力行，又欲無所執著，故亦頗譏當時空談三教一致及妄分三
教等差者之弊。」〔註47〕黃霖在《金瓶梅續書三種·前言》對《續金瓶梅》
的創作意識的歸納，如下所述：

　　《續金瓶梅》在描繪這幅亂世畫時，不僅僅一般地把罪孽歸結於上
　　就算了事。而是面對當今現實，胸懷亡國之痛，多方面地探究了明
　　朝亡國的歷史教訓。現在看來，作者之所以要選擇《金瓶梅》來做
　　續書，根本不是由於《金瓶梅》是一部有名的「淫書」而可以招徠
　　讀者，而是由於《金瓶梅》的續書可以順理成章地以宋金征戰的歷
　　史背景，來影射現實的明清易代。〔註48〕

〔註44〕〔清〕西湖釣叟：〈續金瓶梅集序〉，見高玉海：《古代小說續書序跋釋論》，
　　　　頁127。
〔註45〕李志宏：《「演義」──明代四大奇書敘事研究》，(台北：大安出版社，2011
　　　　年8月第1版)，頁499～500。
〔註46〕李志宏：《「演義」──明代四大奇書敘事研究》，頁497。
〔註47〕魯迅：《魯迅小說史論文集──中國小說史略及其他》(臺北：里仁書局，1992
　　　　年9月初版)，頁167。
〔註48〕〔清〕丁耀亢著，陸合、星月校點：《金瓶梅續書三種》，(濟南：齊魯書社，

訥音居士在〈三續金瓶梅自序〉對《三續金瓶梅》的創作動機做了以下說明：

> 但看《三世報》，雖係續作，因過猶不及，渺渺冪冪。查西門慶雖有武植等人命幾案，其惡在潘金蓮、王婆、陳經濟、苗青四人，罪而當誅。看西門慶、春梅，不過淫欲過度，利心太重。若至挖眼、下油鍋，三世之報，人皆以錯就錯，不肯改惡從善，故又引回數人，假捏「金」字、「屏」字、「梅」字，幻造一事。雖爲風影之續，不必分明利弊功效，續一部豔異之篇，名《三續金瓶梅》，又曰《小補奇酸志》，共四十回。補其不足，論其有餘。〔註49〕

因對《三世報》（即《隔簾花影》）結局的不滿，故而創作《三續金瓶梅》以補其缺。又如〈三續金瓶梅小引〉對創作動機的補充說明：

> 嘗聞「酒」、「色」、「財」、「氣」四大迷關，「貪」、「嗔」、「痴」、「愛」人所不免。但不思世事如夢，轉頭皆空，可發一笑也。
>
> 此書因何說起？因看列傳諸書，皆以美中不足，令人悲嘆爲能，人多懶看。余借《金瓶梅》筆法，觀其一線串珠，八面玲瓏，回回可愛，果稱奇才。寓意中雖云月被雲遮，風定慮息，雪消花謝，報應分明；但看楚岫雲生，梅花復盛，自當有一片佳言，方合妙文。〔註50〕

《金瓶梅》續書都企圖在原書情色書寫之外，寄寓作者抒發情懷、勸善懲惡的創作觀念，如《續金瓶梅》在書中傳達因果報應、天道循環的宗教說法，以及《三續金瓶梅》敘寫悔過自新便可超升善終的參悟，都在原書《金瓶梅》的主題接受下另闢宗教敘事的面向。

綜上所述，續書作者在敘事過程中除了繼承原書的主題之外，也加入自我情志的實踐，也可視爲讀者意識的強力介入，也讓我們看到文人作家逐漸擺脫原書巨大影響，建立自我敘事風格的可能，考察文本與序跋所呈現的自我意識與創作動機，可以得知續書作者欲藉由續寫前文本，或表達不滿前書結局安排，或寄託發憤著書的創作意識，或闡釋原著未竟之義，在在建構出讀者閱讀的主體性。

1988 年 8 月），頁 10。

〔註49〕 〔清〕訥音居士：〈三續金瓶梅自序〉，見高玉海：《古代小說續書序跋釋論》，頁 142～143。

〔註50〕 〔清〕務本堂主人：〈三續金瓶梅小引〉，見高玉海：《古代小說續書序跋釋論》，頁 144。

第二節　主題傳釋的變異

　　四大奇書與其續書之間，存在著承襲與創新的連結關係，無論在主題思想、人物形象、語言風格等均有相對應的敘事關係，四大奇書以通俗小說的姿態流行於當時，除了承繼通俗小說的審美規範外，在小說文體創造過程中積極融入文人的思想意趣，並且巧妙的調和雅俗的藝術思維，形成四大奇書獨特的美學風貌，而承衍之續書在吸取原著的藝術經驗與敘事模式上，各自又呈現續書群作者的不同敘事創造，可以說四大奇書背後所代表的敘事文學傳統，正是續書企圖透過「重寫」的創作過程，賦予另一番文學審美上的意義。

　　姚斯（Hans Robert Jauss）指出：「接受的審美理論不僅讓人們構想一部文學作品在其歷史的理解中呈現出來的意義和形式，而且要求人們將個別作品置於所在的『文學系列』中從文學經驗的語境上去認識歷史地位和意義。」〔註 51〕根據這樣的思路，將續書作品置於隸屬文類／文體的敘事傳統語境中，更可理解續書所應有的文學史上的創新意義與地位，而考察四大奇書之續書的文學／文化現象，可以從三方面加以觀察：「文學作品接受的相互關係的歷時性方面，同一時期文學參照構架的共時性方法以及這種構架的系列，最後是文學的內在發展與一般歷史過程之間的關係。」〔註 52〕

　　四大奇書文體敘事生成之後，其後的續書在此歷時過程中，接受並解決原書所遺留下的敘事形式及道德問題，並且再提出新的命題，續書作者在重寫過程中對「前文本」〔註 53〕原書所建構的歷史與現實展開「演義」，並將特定的思想命題融入而成為敘事再現的重要對象。四大奇書之續書作者在各自

〔註 51〕　〔德〕H.R 姚斯（Hans Robert Jauss）、〔美〕R.C 霍拉勃（Robert C. Holub）著：《接受美學與接受理論》，（瀋陽：遼寧人民出版社，1987 年 9 月第 1 版），頁 40。

〔註 52〕　〔德〕H.R 姚斯（Hans Robert Jauss）、〔美〕R.C 霍拉勃（Robert C. Holub）著：《接受美學與接受理論》，頁 40。

〔註 53〕　祝宇紅：《「故」事如何新「編」──論中國現代「重寫型」小說》，（北京：北京大學出版社，2010 年 4 月第 1 版），頁 6。「前文本」概念可細分為幾個子概念：（一）前文本，「重寫型」所參照的以前的文本。（二）前文本群，一篇「重寫型」小說至少有一個前文本，還可能有更多的前文本。所有前文本的集合，稱為前文本群。（三）直接前文本，即「重寫型」小說所直接參照的前文本。（四）重寫文本，即參照前文本創作的文本。「重寫型」小說研究就是重寫文本研究的一個重要類型。有時候，一個重寫文本的影響會大於底本，成為後世重寫主要針對的前文本。本文所謂「前文本」觀念即據此而來。

獨特的歷史文化語境對原書的「接受」與「回應」是值得探討的重點，尤其對於主題的傳釋過程產生的變異可以經由敘事話語的分析得知，面對四大奇書寫定者所創造的敘事慣例，如何透過重寫賦予新意，是在出版及傳播過程中，續書作者所面對的挑戰。筆者在此，以李漁所撰〈古本《三國志序》序〉所言：「書之奇，當從其類」〔註54〕的觀點，論述續書在奇書文體之「奇」的認知基礎上，分析續書群所反映的「奇書」意識。

一、《三國演義》及其續書虛構之差異

首先，從《三國演義》及其續書《續編三國志後傳》的主題開始討論，《續編三國志後傳》如前所述強調蜀漢正統的主題思想，章培恆、馬美信較早區分嘉靖本與毛本的思想核心，一為「仁德」，一為「正統」，〔註55〕而嘉靖本《三國志通俗演義》在第一則〈祭天地桃園結義〉曰：

> 後漢桓帝崩，靈帝即位，時年十二歲。朝廷有大將軍竇武、太傅陳蕃、司徒胡廣共相輔佐。至秋九月，中涓曹節、王輔弄權，竇武、陳蕃預謀誅之，機謀不密，反被曹節、王輔所害。中涓自此得權。

由上可知嘉靖本開頭就強調「亂自上作」的世變書寫，開篇所呈現的擬史意識並在各則敘事中完全省略「回首詩詞」又呈現耳目一新的閱讀感受，其後毛宗崗所修訂的《三國演義》成為三百年來盛行不衰的定本。第一回〈宴桃園豪傑三結義　斬黃金英雄首立功〉，由作者交代三國興起敘事緣起：

> 話說天下大勢，分久必合，合久必分。周末七國分爭，并入於秦；及秦滅之後，楚漢分爭，又并入於漢；漢朝自高祖斬白蛇而起義，一統天下，後來光武中興，傳至獻帝，遂分為三國。推其治亂之由，殆始於桓、靈二帝。桓帝禁錮善類，崇信宦官。及桓帝崩，靈帝即位，大將軍竇武、太傅陳蕃，共相輔佐。時有宦官曹節等弄權，竇武、陳蕃謀誅之，機事不密，反為所害。中涓自此愈橫。

藉由「亂自上作」的世變書寫，《三國演義》的敘事格局結合歷史與現實，「分久必合，合久必分」提出了作者自己對歷史遞嬗的觀念，也是作者創作此書的敘事框架，「不僅體現在作品的整體構思中，而且體現在作品的人物塑造與

〔註54〕〔清〕李漁：〈古本《三國志序》序〉，收入丁錫根編著：《中國歷代小說序跋集》（中），（北京：人民文學出版社，1996年7月），頁899。

〔註55〕章培恆、馬美信：《三國志通俗演義·前言》，見汪原放校點《三國志通俗演義》，（上海：上海古籍出版社，1980年4月第1版）

情節安排中。」〔註56〕徐中偉又以毛本刪去「天下者，非一人之天下，乃天下人之天下」一句，此典出自《呂氏春秋·貴公》一書，重申並特別強調毛本重視正統思想的觀念，〔註57〕毛宗崗在〈讀三國志法〉中讚揚《三國演義》「繼麟經而無愧」，作者之意「重在嚴誅亂臣賊子以自附於春秋之義」，「書中多錄誅賊之忠、紀弒君之惡」，並強調正統觀念如下曰：

> 讀《三國志》者當知有正統、閏運、僭國之別。正統者何？蜀漢是也。僭國者何？吳、魏是也。閏運者何？晉是也。魏之不得爲正統者何也？論地則以中原爲主，論理則以劉氏爲主，論地不若論理，故以正統予魏者，司馬光《通鑑》之誤也。以正統於蜀者，紫陽《綱目》之所以爲正也。……余故折衷於紫陽《綱目》，而特於《演義》中附正之。〔註58〕

胡適認爲毛本做爲最後的修訂本，「不能算是一部有文學價值的書。」〔註59〕陳翔華考證現存最早的毛評本爲康熙十八年（1679）醉畊堂大字刊本《四大奇書第一種》，〔註60〕而〈新編續刻三國志序〉序文署萬曆己酉應爲萬曆三十七年（1609），成書先後順序由此可知，亦即《續編三國志後傳》乃是以嘉靖本《三國演義》爲對話對象，而非毛本，但書中強調蜀漢正統觀念的主題思想與後出《三國演義》毛氏評改本在思想立場上相同。

　　《續編三國志後傳》透過作者的敘事虛構營造出以蜀漢正統爲尊的敘事格局，與嘉靖本《三國演義》相較已在主題思想上開始有所轉變，〈新刻續編三國志序〉也談到陳壽《三國志》六十五篇爲三國故事之始，但有「正統未明，權衡未確」之缺陷，續書作者欲彰顯《春秋》對亂臣賊子口誅筆伐之意旨，在續書卷一開頭詩即表明：

> 後主暗庸黃皓奸，譙周妄議國遭廢。須臾篡魏又伐吳，三國迭亡俱無罪。魏臣服順吳臣降，忘君事仇眞可愧。漢將懷忠盡逃避，曾無一介歸晉氏。予懷漢亡關張後，史冊不傳書不備。而今表出世人看，

〔註56〕王齊洲：《圖說四大奇書》，（海口：南方出版社，2011年7月第1版），頁73。
〔註57〕徐中偉：〈不可等量齊觀的兩部「三國」——嘉靖本與毛本「擁劉反曹」之不同〉，《文學遺產》1983年第2期。
〔註58〕毛宗崗：〈讀三國志法〉，見黃霖、韓同文選注：《中國歷代小說論著選》（上），頁342。
〔註59〕胡適：《中國章回小說考證》，（上海：上海書店，1980年2月第1版），頁389。
〔註60〕陳翔華：〈毛宗崗生平與《三國志演義》毛評本的金聖嘆序問題〉，《文獻》1989年第3期。

聊洩生平忠義氣。(頁1)

透過作者自述的創作動機,可以看出其撰述的野史意識,感懷三國蜀漢之後的事蹟史書不載,故而藉由敘事虛構的技巧,彰明蜀漢正統。在《續編三國志後傳》第一回中鄧艾夜訪孔明之墓後,孔明藉由夢兆示警於鄧艾,可視爲預示性敘述:

> 少頃,眞君出御曰:「吾即孔明耳。往時謫降人世,目擊曹瞞、馬懿
> 並無仁德,惟務奸僞,欺上惑下,竊據土宇。吾曾奏聞上帝,削其
> 國籍。劉漢二十六君,守道育民,初無失德,宜使其裔興漢復祀。
> 其餘附奸凶忍之徒,悉塡憲典,即目劉主迎降,乃保眾惜民之仁。
> 爾兵進城,若不約束,大禍旋至,可宜知改。」諭畢,命力士引還。
> 後來鄧艾忘戒縱暴,父子遭戮,鍾會亦坐誅夷,魏晉國祚不永,劉
> 氏既立,漢祀復存,皆如夢中之語。(頁3〜6)

從酉陽野史《續編三國志後傳》到《三國演義》毛氏評改本、毛宗崗〈三國志讀法〉,在擁護正統的思想上有所差異,《續編三國志後傳》點出劉漢政權的覆滅在於統治者荒淫暴虐。

《續編三國志後傳》的劉淵與歷史上的劉淵出身並不相同,劉淵(約251年〜310年),字元海,新興匈奴人(今山西忻州市北)。爲五胡十六國時代中,漢國的開國君王(後改爲前趙),劉淵是西漢冒頓單于的後代,而《續編三國志後傳》敘述北地王劉諶爲劉備後裔,因勸諫後主劉禪不得,遂將其子劉曜托付劉璩撫育而自殺,第九回〈劉璩改名投元度〉劉璩後來改名劉淵投入羌胡,其用意在棄家避仇,思圖報復,因劉備有恩於羌胡,故羌胡之人每懷漢德,作者酉陽野史透過同行者劉伯根,道出其中緣由:

> 劉伯根曰:「兆天之淵,應魚之投,祥莫幸矣。即當改名爲劉淵,字
> 元海,必有滅仇興漢之征。我昨打聽,羌胡與匈奴之地,曹魏將來
> 分做五部:左部即左國城,今在晉陽,左賢主帥姓劉名豹,乃吾蜀
> 陽泉侯也,姜都督調他撫按羌胡,黃皓用事,索豹寶物不遂,不許
> 還朝。羌人立爲匈奴部之帥,稱左賢公,乃是我漢舊臣,理合去就,
> 此去較遠。北部主帥姓郝名元度,乃涼州北境人,頗深文墨,敬賢
> 禮士,亦有中土之風。此去甚近,可以相就。」(頁69)

歷史上的劉淵本是匈奴貴族,作者酉陽野史特意將其塑造成劉備的後裔,由此可見其將劉淵起義與西晉政權的對抗,以虛構歷史的形式,改造成臥薪嘗

膽與荒淫縱恣心態的對比。

二、《水滸傳》及其續書詮釋之差異

　　《水滸傳》版本較複雜，其續書較多者有容與堂百回本和貫華堂七十回本，百回本《水滸傳》續書有《水滸後傳》和《後水滸傳》兩種，七十回本《水滸傳》續書有《蕩寇志》，袁世碩指出《水滸傳》文本構成的差異造成各構成部分意義的不同：

> 《水滸傳》這一百回小說，大體上說是敘寫梁山泊起義軍的初步形
> 成（第一回爲引子，從第二回王進被迫走關西到第四十回江州白龍
> 廟小聚義）、發展壯大（從第四十二回宋江受天書到第七十一回梁山
> 忠義堂排座次），到梁山泊全伙受招安、征遼、征方臘，從而遭到毀
> 滅的結局。……《水滸傳》的這樣三個有內在聯繫的部分，敘寫的
> 重心，表現的意旨，蘊含的思想精神，則有所轉移、變化，並不完
> 全一致，可以說是形成了音調不同的三部曲。〔註61〕

也就是說《水滸傳》的英雄傳奇敘事，存在著多元歧異的主題，造成後人解讀上各有取捨，陳文新指出由於《水滸傳》採用題材及現實政治的批判，所以造成對主題闡釋、評論的差異：

> 《水滸傳》在其漫長的故事演變和成書過程中，一方面依據盜俠的
> 題材原型展開情節，具有某種程度的寫實性；另一方面又從批判現
> 實政治的需要出發，對盜俠故事加以改造，借題發揮，賦予小說以
> 象徵意蘊。題材原型與象徵意蘊之間，並未取得完全的協調。於是，
> 在《水滸傳》的闡釋、評論中，便自然產生兩種相互區別的路數。
>
> 〔註62〕

由於版本的不同，對主題的闡釋便有所差異，李贄從梁山英雄好漢爲朝廷平定叛亂故事爲詮釋主軸，得出「忠義」說；金聖嘆則從「綠林好漢」角度出發，認爲梁山泊是盜賊，對其不遺餘力的痛斥、責罵，同時又從「豪俠」角度衷心讚美武松、李逵、魯智深等人。首先，李贄的〈忠義水滸傳序〉對主題的認定，提出忠義說：

〔註61〕袁世碩：《文學史學的明清小說研究》，（濟南：齊魯書社，1999 年 12 月第 1
　　　　版），頁 41～42。
〔註62〕陳文新：《傳統小說與小說傳統》，（武昌：武漢大學出版社，2007 年 8 月第 2
　　　　版），頁 264。

夫忠義何以歸於水滸也？其故可知也。夫水滸之眾何以一一皆忠義
也？所以致之者可知也。今夫小德役大德，小賢役大賢，理也。若
以小賢役人，而以大賢役於人，其肯甘心服役而不恥乎？是猶以小
力縛人，而使大力縛於人，其肯束手就縛而不辭乎？其勢必至驅天
下大力大賢而盡納之水滸矣。則謂水滸之眾，皆大力大賢有忠有義
之人可也，然未有忠義如宋公明者也。今觀一百單八人者，同功同
過，同死同生，其忠義之心，猶之乎宋公明也。獨宋公明者身居水
滸之中，心在朝廷之上，一意招安，專圖報國，卒至於犯大難，成
大功，服毒自縊，同死而不辭，則忠義之烈也！〔註63〕

李贄把《水滸傳》中的一百單八人不視為「盜賊」，而稱揚其「忠義」，無形
中提升《水滸傳》的文學位階，而金聖嘆批改《水滸傳》七十回本則代表另
一種敘事立場，如〈第五才子書施耐庵水滸傳回評〉第三十五回曰：

一部書中，寫一百七人最易，寫宋江最難，故讀此一部，亦讀一百
七人最易，讀宋江傳最難也。……然吾又謂：由全好之宋江而讀至
於全劣也，猶易；由全劣之宋江而寫至於全好也，實難。乃今讀其
傳，蹟其言行，抑何寸寸而求之，莫不宛然忠信篤敬君子也。篇則
無累於篇耳，節則無累於節耳，句則無累於句耳，字則無累於字耳。
雖然，誠如是者，豈將以宋江真遂為仁人君子之徒哉。史不然乎，
記漢武初未嘗有一字累漢武也。然而後之讀者莫不洞然明漢武之非
是，則是褒貶固在筆墨之外也。嗚呼！稗官亦與正史同法，豈易作
哉！豈易作哉！〔註64〕

由對宋江人物形象的刻畫，金聖嘆闡釋其多重性格，並呈現其深刻的主題思
想意義，金聖嘆、俞萬春目睹「盜賊」橫行的現實，因而對綠林好漢破壞社
會秩序特別敏感，由於百回本與七十回本主題思想的差異，進而使得後起之
續書各自選擇道德及政治立場，將《水滸傳》的不同主題發揮到淋漓盡致。

　　《水滸後傳》和《後水滸傳》在忠義主題思想上較為趨近，由於《水滸
傳》文本存在三種話語的多元敘事，造成主題思想較難明確掌握，正如袁世

〔註63〕李贄：〈忠義水滸傳敘〉，見黃霖、韓同文選注：《中國歷代小說論著選》（上），
　　　　頁144。
〔註64〕李贄：〈第五才子書施耐庵水滸傳回評〉，見黃霖、韓同文選注：《中國歷代小
　　　　說論著選》（上），頁303。

碩提出文本結構的看法：

> 它們構成了文學作品的文本特徵，對理解、闡釋作品的思想與意義
> 具有一定的規定性，不是所有的理解、闡釋都與那種文本所蘊含的
> 思想和意義相吻合，偏頗、誤解是經常發生的。對古代幾部小說名
> 著的論著中，就多有偏頗、誤解的情況，其原因便多半是由於沒有
> 把握其文本的基本特徵，沒有意識到要去認知文學作品的的文本結
> 構的基本特徵。〔註65〕

援引哈羅德‧布魯姆（Harold Bloom）「誤讀」觀念，解釋《水滸傳》文本生
成與續書之間，既影響又誤讀的關係，可以理出脈絡：

> 詩的影響——當它涉及兩位強者詩人、兩位真正的詩人時——總是
> 以對前一位詩人的誤讀而進行的。這種誤讀是一種創造性的校正，
> 實際上必然是一種誤譯。一部成果斐然的「詩的影響」的歷史——
> 亦即文藝復興以來的西方詩歌的主要傳統——乃是一部焦慮與自
> 我拯救的漫畫的歷史，是歪曲和誤解的歷史，是反常和隨心所欲的
> 修正的歷史，而沒有所有這一切，現代詩歌本身是不可能生存的。
>
> 〔註66〕

基於文學作品的共通性來說，各種文類如詩歌、小說、戲劇等均有「誤讀」
經典之作的文學現象，這樣的闡釋在具有一定水準的文學作品是具有「創造
性的轉化」，《水滸傳》及其續書同樣也存在，陳文新總結認為「在對《水滸
傳》的解讀中，或強調小說的『忠義』內涵，或強調梁山好漢的綠林本色，
或贊賞魯智深等人的俠義精神，都從某一側面揭示了《水滸傳》以及英雄傳
奇的題材特徵和價值取向。」〔註67〕《水滸後傳》與《水滸傳》在忠義主題
方面是一致的，但選擇的途徑不同，結局也因而不同，如第十回〈墨吏賠錢
受辱　豪紳斂賄傾家〉李俊受宋公明夢中詩句預示未來發展：「金鰲背上起蛟
龍，徼外山川氣象雄。罡煞算來存一半，盡朝玉闕享皇封。」李俊等英雄選
擇到暹羅國金鰲島建立海外事業，身為讀者身份的《水滸後傳》了解要跳脫
原書《水滸傳》的敘事格局，必須在主題上另闢蹊徑，在第三十回〈聚登雲

〔註65〕袁世碩：《文學史學的明清小說研究》，〈自序〉，頁4。
〔註66〕〔美〕哈羅德‧布魯姆（Harold Bloom）著，徐文博譯：《影響的焦慮——一
　　　　種詩歌理論》（南京：江蘇教育出版社，2006年2月第1版），頁31。
〔註67〕陳文新：《傳統小說與小說傳統》，（武昌：武漢大學出版社，2005年5月第1
　　　　版），頁171。

兩寨朝宗　同泛海群雄辟地〉指出眾英雄「我等寧可斬頭瀝血，死在一處，再不可散去，遭他毒手！」吸取原書《水滸傳》英雄好漢受招安，遭到奸臣設計陷害的經驗，朱武提出其疑慮及解決方法：

> 康王新立，僅有中興之望，不料原用汪伯彥、黃潛善一班奸佞之臣，以致宗留守氣憤而亡，李綱、張所貶責不用，眼見得容不得正人君子，朝廷無路可歸了！這登雲山無險阻可恃，又逼近登州，金兵不時往來，坐老營不得，須算個長便之策方好。（頁240）

在「亂自上作」的敘事命題下，《水滸後傳》作者思考如何突破困境之法，也就是到暹羅國附屬的金鰲島另立海外事業，安道全提到途經金鰲島的始末：

> 便是上年我奉旨差往高麗醫好國王，回來遇著颶風，翻了海舶，幸得李俊救起，留在金鰲島住了二十多天。那島方圓五百多里，石城堅固，五穀豐熟，人民富庶。李俊只有樂和、童威、童猛三人扶助，便成了這個基業，稱為征東元帥。又有花榮的兒子花逢春，暹羅國招為駙馬，親戚往來，錢糧兵馬，支調得動。我等若去，豈不成一個大事業？強如在中國東奔西走，受盡腌臢的氣！（頁240）

建立海外乾坤的烏托邦意象，〔註68〕可視為對原書《水滸傳》敘事困境中的解套，也呈現出既承襲原書主題，卻又與原書不同的價值取向，這也是《水滸傳》文本闡釋的突出之處。《後水滸傳》在「忠君」觀念上較《水滸傳》、《水滸後傳》弱了許多，首先，在第一回〈燕小乙訪舊事暗傷心　羅真人指新魔重出世〉，燕青提出質疑宋江一生功過的敘事命題：

> 忽又想到：「我今一死，亦有何難。但死得不明不白，未免九泉飲恨。怎能得一高人，問明我哥哥這一死，還是水泊中造惡過多，理該一死；卻還是改邪歸正，又出死力，功足償罪，不幸遭奸人之害，含冤負屈而死耶？若能說個明白，便死也死得快活。只苦當今之世，沒個高人可問，卻將奈何？」（頁63）

《後水滸傳》質疑原書在忠君／聚義倫理間的遊移立場，所以採取弱化忠君觀念，並進而在小說敘事進程強化聚義正當性的政治立場，在小說第一回中，續書作者藉由羅真人「天道循環」、「氣數劫運」的思想，花了極大篇幅論述「宋、盧眾兄弟雖死於奸人之手，實劫運尚未曾消完。今始知奸人雖弄權肆

〔註68〕高桂惠：《追蹤躡跡——中國小說的文化闡釋》，（臺北：大安出版社，2005年9月），頁35。

惡於而今，終必改頭換面，受惡報於異日」的思想命題，透過「妖魔轉世」的敘事結構，重寫「替天行道」的忠義意涵，在三十九回〈神棍合借朱潤還家　鐵匣開遇楊么出井〉，借楊么之口提出因果循環的後設敘事：

> 可知當初徽宗昏德，信用童、蔡、高、楊，引禍自害。欽宗聽信梁、王、朱、李，竭盡庫藏，搜刮民間，終不免於喪亡。今我據此湖中，實欲殺奸戮佞，為忠良氣吐，再能使昏者能新其德，才是楊么本念。前日所殺賀、董、王、夏四奸人，只算得公私兩盡，於楊么心志，實不曾行於萬一。（頁 441）

續書作者欲使「昏者能新其德」的政治主張，在第四十回〈楊么勇聞朝政心傷　宋高宗遇天中作樂〉的敘事安排中獲得初步檢視：

> 內臣開道，殿尉跟隨。文官隊裡，濟濟鏘鏘；武將班中，威威赫赫。鑾輿旗仗，掩日月之光；節鉞白旄，展皇家之盛。樂奏鈞天，聲聞數里，偕樂者各欣然相告，願王萬歲千秋；音出鄭聲，靡傳遠近，獨樂者俱蹙額傳言，望主日亡時喪。（頁 451）

審視小說文本所存在的「鄭、衛之聲」，加之帝王面對世變之際「侈靡相尚」的逸樂，故而推展出第四十一回楊么入宮進諫天子的敘事進程，並達成弱化「尊君」思想的敘事意圖：

> 高宗先前突見，即舉寶劍欲砍。忽見下拜稱臣，便就住手。忽又見說是楊么，便又欲砍；欲聽得他這段敢諫忠言，不避誅戮，不勝驚喜道：「朕已過矣，孰謂楊么盜賊！具此忠君愛國之念，誠當今勇義之士，行千古不敢行之事。若此見殺成仁，是得令名矣。昔武侯七縱七擒，今放汝歸湖，朕當遣人征討。」（頁 458）

續書作者營造出「君臣相得」的敘事氛圍，並努力去除楊么被視為「盜賊」的惡名，經由皇權的認可與正名，賦予小說文本忠義觀的「政治性正確」內涵，楊么勸諫高宗誅秦檜未果，在第四十一回馬霫趕入秦檜家殺人放火，第四十二回高宗「忽見秦檜到來，哭得悲傷，訴得哀慘，又陳自己功勳，高宗還不動心。及聽見他說出陛下江山悉在檜手，若不急剿楊么，金人絕不允和，高宗只好允其所請。」遣聞人成討伐失敗，最後楊么自立忠義堂，高宗遂命岳飛征討楊么，孫述宇在《水滸傳：怎樣的強盜書》的其中一個主題即在探討《水滸傳》與岳飛的關係，〔註69〕而在《後水滸傳》第四十四回〈袁軍師

〔註69〕孫述宇：《水滸傳：怎樣的強盜書》，（上海：上海古籍出版社，2011 年 3 月第

錦囊遺妙計　岳少保決算大驚人〉高宗思及「楊么驍勇，非岳飛不能制之」，
即遣岳飛征討楊么，岳飛僅出現在小說最後兩回，而在第四十五回〈岳少保
收服么摩　眾星宿各安躔次〉岳飛一番正義凜然的剴切陳辭更加深化忠義觀
念：

> 不意邇來國步多艱，奸頑梗化，金人乘釁而入，分裂土壤，二帝蒙
> 塵。苟具人心，苟存烈膽，無不向北悲號，廓清宇內，是以忠臣義
> 士擁立新君。新君賢而且明，寤寐求治，卑官菲食，芻蕘必採，一
> 枝不遺；忠良迭起，任賢是用。（頁494）

這兩回讓岳飛登場，正顯示續書作者認同其彰顯的忠義精神，也呼應孫述宇
對《水滸傳》與岳飛關係的看法，在《後水滸傳》英雄敘事中首次被書寫出
來，可以說楊么的忠義精神與岳飛是一脈相承，但對尊君的態度上，楊么明
顯弱化許多，除此之外，《後水滸傳》對招安問題的反思也是值得留意的突出
表現，在第二十七回〈不約同大鬧開封府　義氣合齊上白雲山〉敘述眾好漢
大鬧開封府救出楊么，在宴席上觸景傷情，說出「不料眾兄弟力救殺出，若
比較起來，實不亞當時梁山好漢劫救宋江。」由此帶出兄弟間的一段對話：

> 只見王摩忽立起身，向楊么問道：「方才哥哥說出梁山泊好漢劫救宋
> 江。只這宋江，哥哥可學他麼？可說俺兄弟曉得。」楊么也立起身，
> 說道：「宋江的仗義疏財，結識兄弟，便可學得；宋江的懦弱沒主見，
> 帶累兄弟遭人謀害，便不可學他。」王摩聽得大快，忙來扶定楊么，
> 說道：「俺王摩向來笑宋江沒用。向日有言在先，若有人與王摩意見
> 相同，就拜他做白雲山寨主。前日聽得哥哥面貌相同，許多好處，
> 只不知哥哥主意可與王摩相同。故此方才只分賓主，還要慢慢商量。
> 不期哥哥恰提出著劫救宋江來比較。他們俱被宋江害得零落，自己
> 也被人謀死。今日俺弟兄們救哥哥出來，恰與他一般模樣。你若學
> 了宋江，將你做了寨主，豈不將俺弟兄也要被你害得零落？豈不又
> 是一場笑話？」（頁322～323）

小說中宋江托生爲楊么，盧俊義托生爲王摩，而成爲新一代的起義軍領袖人
物，若只是義氣相結，最後受國家招安，難保不會重蹈覆轍，這段陳述可視
爲續書作者對原書招安問題的反思與修正，也呈現楊么的反抗精神的確強過
宋江，在期待高宗「摘奸發伏」的希望落空後，楊么放棄接受招安共同抗金

1版），〈自序〉，頁1。

的嘗試，雖然最終被岳飛征剿，集體遁入軒轅井化爲黑氣，卻也表明他們對朝廷的絕望，對招安不再奢望的失意心態，第四十五回提出「但恐奸人在位，將來少保亦自不能保全，焉能庇我眾人？」可爲確證。《蕩寇志》的思想立場，承襲金聖嘆批改《水滸傳》七十回本，將宋江等人視爲綠林盜賊，古月老人的〈蕩寇志序〉以讀者多未理解施耐庵的寫作旨趣，於是俞萬春《蕩寇志》應運而生，並以爲金聖嘆腰斬《水滸傳》仍有美中不足之處：

> 獨不解夫羅貫中者，以僞爲眞，縱奸辱國，殃諸梨棗，狗尾續貂，遂令天下後世，將信將疑，誤爲事實，是誠施耐庵之罪人，名教中之敗類也。嗣因聖嘆出，不憚煩言，逐層剔刷，第詐僞之情形雖顯，而奸徒之結束未詳。世有好談事故而務求其究竟者，終覺遊移鮮據。余山居年暮，每言及此，常抱不平。庚戌冬，故友仲華之嗣君伯龍來，出其先人《蕩寇志》遺稿，余夙知仲華之有是書也，特未嘗索觀耳。今一見之，覺其發微摘伏，符合耐庵，……〔註70〕

《蕩寇志》的主題在「尊王滅寇」，〔註71〕透過陳希眞父女與雲天彪爲主的官兵合作，成爲「蕩寇」的兩股主要勢力，陳希眞父女受到「官逼」卻不「民反」是值得觀察的敘事脈絡，第九十回〈陳道子草創猿臂寨　雲天彪征討清眞山〉在俞萬春胞弟俞龘的〈續刻蕩寇志序〉也談到俞萬春父親與起義軍交戰於猿臂寨的事實，〔註72〕並寫進小說《蕩寇志》之中，成爲陳希眞對靠梁山義軍的根據地，「又於青雲山頂，建蓋一座萬歲亭，供奉大宋皇帝牌位，朔望率領眾頭領朝賀。凡議大事，必到萬歲亭上。」可視爲服膺皇權的表現，並挖掘銀苗，還有石青、青銅等礦產，又有陶土可供燒製瓷器，使猿臂寨在經濟上得以自給自足而有餘，招撫流民，四方無業飢民多來歸附，並與官兵保持合作關係，續書作者努力將猿臂寨「去盜賊化」，作者從八十三回到九十回花了極大篇幅，致力將猿臂寨此一綠林標誌轉型，在一百一回〈猿臂寨報國興師　蒙陰縣合兵大戰〉，可視爲轉型成功的契機：

> 雲龍道：「此際倒有一巧事，一舉兩得。」天彪問何事，雲龍道：「陳道子身在猿臂，心在王家，只因奸臣間阻，而本身又無尺寸之功。

〔註70〕　〔清〕古月老人：〈蕩寇志序〉，見高玉海：《古代小說續書序跋釋論》，頁74。
〔註71〕　張同勝：《《水滸傳》詮釋史論》，頁143。
〔註72〕　〔清〕俞龘：〈續刻蕩寇志序〉，見高玉海：《古代小說續書序跋釋論》，頁87～88。原文爲「先大夫乃於其未集之先，調所部兵馬及三江協標下弁兵，會獵於鹿鳴關外之猿臂寨。」

> 此番救蒙陰，爹爹何不寫封書，邀他同來協助。一則陳氏父女智勇
> 雙全，此去定可集事，二則陳道子救得蒙陰，就是王家出力之人，
> 而高俅得命，必然深感道子，前仇可釋矣，爹爹以為如何。」（頁
> 358）

在此將猿臂寨正式合法化而收編於皇權之下，也正是《蕩寇志》寫作的敘事
意圖所在，而較《後水滸傳》樂觀的是對君主的期待成真，在第一百十一回
〈陳義士獻馘歸誠　宋天子誅奸斥佞〉，宋天子將蔡京、時遷綁赴市曹正法：

> 天子啟匣一看，裡面除陷害忠賢，鬻賣官爵，私通關節等信不計外，
> 卻有梁山書信七封。天子閱了一遍，大怒道：「這奸賊竟如此昧心。」
> 便將書信發下三法司，教蔡京質對。蔡京一見此信，便無別話，但
> 叩頭在地道：「蔡京該死，請皇上正法。」三法司擬罪已定，即日奏
> 聞。至第三日，天子降旨，將蔡京與時遷一體綁赴市曹。東京城內
> 外民人無不稱快。（頁 473）

俞萬春在此表現對奸臣的痛恨，也表明己身的政治立場，這與他身經農民起
義戰事的洗禮有極大關聯，俞蠡的〈續刻蕩寇志序〉對於胞兄俞萬春如何耳
聞目睹清廷如何鎮壓農民起義，以及在起義軍中具有重要宣傳作用的《水滸
傳》，如何深惡痛絕有詳細的描述：

> 嘉慶中葉，黎民滋事，先大夫奉檄馳辦，兵不及發，挺身往前。至
> 珠崖城下，時已昏黑。黎眾執火持械，如燭龍萬丈，由山谷間蜿蜒
> 而下。城內外居民，哭聲不絕。先大夫下令曰：「毋恐！盡出爾炮械
> 燭炬，張施於女墻上下。」霎時星斗爛陳，雷霆驟至，震耳駭目，
> 而火光之蜿蜒於山谷間者，屹然而止。乃斂得實情，激於營弁之苛
> 索，遣人諭之曰：「大兵至矣，深知爾輩苦情，不忍遽加以戮，其聽
> 我諭。」單騎入賊，賊不敢動。執二人歸，訊之，皆漢人，以《水
> 滸》傳奇煽惑於眾，適有苛索之事，遂成斯變，於是殲厥渠魁，而
> 以歲歉，飢民鼓噪具報，乃寢其事。〔註73〕

從文獻角度觀之，俞蠡的〈續刻蕩寇志序〉，的確可以當作俞萬春創作《蕩寇
志》過程的輔助資料，從金批《水滸傳》七十回本到續書《蕩寇志》，主題的
深化與變異，呈現一個不斷演變的過程，馮仲平認為：

> 小說正是通過具體的形象描寫，寄託和表現作家的審美理想。而在

〔註73〕〔清〕俞蠡：〈續刻蕩寇志序〉，見高玉海：《古代小說續書序跋釋論》，頁87。

　　小說傳播的過程中，勢必參入多種複雜的因素。史書有史家之視界，
　　小說有小說家之視界，評點有評點者之視界。因此可以認為，小說
　　的主題內容是一個不斷疊加和變異的過程，亦即創作者和批評者多
　　重視野相互融合的結果。這個過程仍將繼續下去，解釋具有無限的
　　可能性。嚴格索求作品、作者本義，企圖獲得一勞永逸的結論，乃
　　是一種不切實際的幻想。若從後來接受美學、解構主義的觀點看，
　　則更是如此。〔註74〕

《水滸傳》眾英雄的命運顯然是悲劇性的，而續書企圖從明君、猛將、忠臣、
義士扭轉原書的悲劇性結局，而小說敘事所呈現的理想圖式實際上只是創作
意識中的虛幻意象，在現實生活中不曾真實發生或存在，但續書作者前仆後
繼創作出理想化的人物形象。

三、《西遊記》及其續書心性修煉的闡釋

　　《西遊記》的版本問題極為複雜，〔註75〕在此以世德堂百回本為討論底
本，而版本問題並不在本文討論的範圍，浦安迪認為「一百回的篇幅，即我認
為是這類文體的基本形式，乃是所有『西遊』版本的不變特點。這件事本身並
不說明太多問題，因為所有後來的版本都是以世德堂本為底本的。」〔註76〕在
主題寓意的解讀上，很多明清的評論家都贊同《西遊記》應當做為一部寓言來
讀，清代的劉廷璣認為「《西遊》為證道之書，丘長春借說金丹奧旨，以心猿
意馬為根本，而五眾以配五行，平空結構，是一蜃樓海市耳。此中妙理，可意
會而不可言傳，所謂語言文字僅得其形似者也。」〔註77〕張書紳從儒家立場闡
釋《西遊記》的寫作主題：

　　　今《西遊記》，是把《大學》誠意正心、克己明德之要，竭力備細，
　　　寫了一盡，明顯易見，確然可據，不過借取經一事，以寓其意耳。

〔註74〕　馮仲平：〈金聖嘆《水滸傳》評點的理論價值〉，收入氏等著：《中國古代小說
　　　　　理論名家研究》，（桂林：廣西師範大學出版社，2010年2月第1版），頁32。
〔註75〕　關於版本方面的討論可參閱竺洪波著：《四百年《西遊記》學術史》，（上海：
　　　　　復旦大學出版社，2006年12月第1版），〈異軍突起的《西遊記》版本研究〉，
　　　　　頁275～285。
〔註76〕　〔美〕浦安迪（Andrew H. Planks）撰、沈亨壽譯：《明代小說四大奇書》，頁
　　　　　183。
〔註77〕　〔清〕劉廷璣：《在園雜志》卷二，收入《清代筆記小說大觀》（三）（上海：
　　　　　上海古籍出版社編，2007年10月），頁2172。

亦何有於仙佛之事哉？〔註78〕

其後又重新強調儒家的思想立場，並指出小說寓意的重要性：

《西遊》一書，自始至終，皆言誠意正心之要，明新至善之學，並無半字涉於仙佛邪淫之事。上追洙泗之餘風，下本程朱之正派，而筆墨實在《左傳》、《南華》之上。言近而指遠者，《西遊》之謂也。

世僅以奇書目之，烏足以盡此書之美也？〔註79〕

張書紳在摒除道佛二教影響、捍衛儒家正統立場的詮釋理路，可以說極有見地，並擴及理學的詮釋，認為「《西遊》是把理學演成魔傳，又由魔傳演成文章。」而浦安迪認為「張書紳企圖把小說中所有涉及『心學』術語的地方都看作是表述了『四書』概念的代詞未免有點牽強附會。」〔註80〕「如果我不太拘泥他的教條式的詮釋運用，張的見解也許相當符合小說的思想基礎」〔註81〕，明清評論家企圖以道教內丹學或三教教義去闡釋《西遊記》的寓言結構，因而成為批評的主流，殆無疑義。

　　筆者查考清代評論家持「三教一源」思想有何廷椿〈通易西遊正旨序〉〔註82〕、張含章〈西遊正旨後跋〉〔註83〕、劉一明〈西遊原旨序〉〔註84〕及〈西遊原旨讀法〉〔註85〕、瞿家鏊〈重刊西遊原旨序〉〔註86〕、馮陽貴〈西遊原旨跋〉〔註87〕等，可見《西遊記》寓意在清代採取「三教一源」的說法

〔註78〕〔清〕張書紳：〈新說西遊記總批〉，收入朱一玄、劉毓忱編：《西遊記資料彙編》，（天津：南開大學出版社，2002年12月第1版），頁323～324。

〔註79〕〔清〕張書紳：〈新說西遊記總批〉，收入朱一玄、劉毓忱編：《西遊記資料彙編》，頁328。

〔註80〕〔美〕浦安迪（Andrew H. Planks）撰、沈亨壽譯：《明代小說四大奇書》，頁210～211。

〔註81〕〔美〕浦安迪（Andrew H. Planks）撰、沈亨壽譯：《明代小說四大奇書》，頁208。

〔註82〕〔清〕何廷椿：〈通易西遊正旨序〉，收入朱一玄、劉毓忱編：《西遊記資料彙編》，頁336。

〔註83〕〔清〕張含章：〈西遊正旨後跋〉，收入朱一玄、劉毓忱編：《西遊記資料彙編》，頁339。

〔註84〕〔清〕劉一明：〈西遊原旨序〉，收入朱一玄、劉毓忱編：《西遊記資料彙編》，頁342。

〔註85〕〔清〕劉一明：〈西遊原旨讀法〉，收入朱一玄、劉毓忱編：《西遊記資料彙編》，頁344。

〔註86〕〔清〕瞿家鏊：〈重刊西遊原旨序〉，收入朱一玄、劉毓忱編：《西遊記資料彙編》，頁353。

〔註87〕〔清〕馮陽貴：〈西遊原旨跋〉，收入朱一玄、劉毓忱編：《西遊記資料彙編》，

相當盛行，故筆者認爲《西遊記》主題乃是在三教一源的寓言架構下，將取經過程轉化爲修心、修身的「心路歷程」。基於以上的認知，再由《西遊記》續書的文本或序跋考察其創作主題，便可得知原書所傳達的訊息，在續書當中各自得到何種傳承與差異之處，《續西遊記》續演唐玄奘師徒取經後返回東土之事，第一回菩薩聖眾憂取經眾人「倘因不淨根因，還望如來始終成就」埋下伏筆，在第三回〈唐三藏禮佛求經　孫行者機心生怪〉即安排三位徒弟入靜受心魔干擾：

> 只因他這一種精細，動了一宗魔頭。總是他日間向靈虛子夸逞名姓來歷這宗根因，就於靜而未靜之中，現出許多怪孽——忽然如昔日鬧天宮的景象，鬧地獄的情景；黃風怪又猙獰現形，紅孩兒復猖狂作橫，牛魔王從前又弄神通，金翅雕轉到鴟張作耗……金箍棒這時難撑難打，筋斗雲此會偏拙偏遲。性子暴躁起來，大叫一聲：「師父呵，你在哪裡？」三藏正在靜中，被行者喊叫一聲，便出了定道：「悟空，我在道者靜室中打坐哩，叫我怎的？」……那八戒、沙僧也喊叫「師父」起來，……靈虛子笑道：「眞乃不淨根因。師父們若要上靈山禮佛取經，還需洗心滌慮。」（頁 1172）

顯然續書作者在小說中對取經眾人採取高道德標準，尤其對孫悟空的「機心生怪」更成爲敘事主軸，由此敷衍成一百回的敘事架構，演繹「種種因生，則種種怪生」的敘事命題，在與原書對照下，孫悟空從《西遊記》裡唐僧的精神導師，屬於「權威敘事者」的角色定位，〔註88〕退位成「被啓蒙」的敘事者，西天取經後，兵器在靈山繳庫，換了三條禪杖，因孫悟空八十八種機心之變，如來賜八十八顆菩提數珠子、木魚梆子，並派比丘僧到彼與優婆塞靈虛子二人暗中護送眞經回東土，種種弱化孫悟空武力的敘事安排，換得第九十九回〈滅機心復還平等　借寶象乘載眞經〉中，孫悟空因不還丹元老道相借的葫蘆，童兒念動咒語，行者腰間葫蘆如火燒而痛不可忍，唐僧告誡悟空「只因你好使機心，十萬八千里路越走越遠，越遇妖魔！」行者拿起樹葉變了一個小葫蘆，唐僧聽得行者耳邊悄語，便點頭道：「徒弟，這個不爲機心，乃是蕩魔老道一種平等功德。」比丘僧與靈虛子說出護經本意：

頁 357。

〔註88〕吳光正：《神道設教：明清章回小說敘事的民族傳統》，（武昌：武漢大學出版社，2012 年 5 月第 1 版），頁 107。

卻說比丘僧與靈虛子道：「自我變了士人提省唐僧師徒，無非只要唐
僧始終不改變了至誠，保護了眞經到於東土，把行者機變心腸消滅
了不使，自然妖孽不生，我兩個完全了保護功果，好復如來旨意。
我也知妖精設計捉弄取經僧人，且不去保護。只這起妖魔偷藏了他
們禪杖，免的八戒們動打鬥之心，以惹妖魔，故此遠遠看著。只見
行著將計就計，騙妖精的車子推經擔。」（頁 1863）

孫悟空在一次次與妖魔鬥法、鬥智的過程中，逐漸滅了機變心腸，而這也正
是續書作者將「機變之心」的主題思想，置入《續西遊記》的用意所在，眞
復居士的〈續西遊記序〉引《莊子・至樂》說明：

中士不悟，實生機心，夫機何昉乎？《南華》有云：「萬物皆出於機，
入於機。」機也者，抉造化之藏，奪五行之秀，持之極微，發之極
險。故曰：「天發殺機，移星易宿；地發殺機，龍蛇起陸；人發殺機，
天翻地覆。」又曰：「心生於物，死於物，機在目。」言貴愼用也。
〔註89〕

這篇序跋談到「夫機者，魔與佛之關捩也。」可以做爲解釋作者爲何大費周
章以「機變之心」的主題思想，重寫孫悟空的人物形象，這意味續書作者認
爲這是成佛抑或成魔的關鍵因素，而原書《西遊記》並沒有闡釋這樣的觀點，
甚至是有違佛理，眞復居士引用道教經典來闡釋佛理，顯見其「以莊解佛」
的格義精神，在宋明以後的理學融合三教之說的思潮影響下，在小說安排的
標目都能看到這些特殊的關聯，如「正念」、「意正」、「誠心」、「禪心」、「明
心」、「正道」等，其實都是反映了自我修養此一正統觀念。《西遊補》在主題
思想、人物形象、語言風格等方面，均開展出與原書不同的敘事風貌，靜嘯
齋主人的〈西遊補答問〉歸結寫作主旨爲儒家立場：

問：《西遊》舊本，妖魔百萬，不過欲剖唐僧而俎其肉；子補《西遊》，
而鯖魚獨迷大聖，何也？

曰：「孟子曰：『學問之道無他，求其放心而已矣。』」〔註90〕

〈西遊補答問〉以《孟子》名言點出創作主旨，可以推敲出統攝道佛眞諦仍

〔註89〕 〔清〕眞復居士：〈續西遊記序〉，見高玉海：《古代小說續書序跋釋論》，頁
101～102。
〔註90〕 〔清〕靜嘯齋主人：〈西遊補答問〉，見高玉海：《古代小說續書序跋釋論》，
頁110。

以儒家爲依歸的想法，《西遊補》闡明「補」《西遊記》之關在「悟通大道，
必先空破情根；空破情根，必先走入情內；走入情內，見得世界情根之虛，
然後走入情外，認得道根之實。」〔註91〕孫悟空在幻境中歷經思、恧、正、
懼、喜、寤六夢的試煉，藉由夢境的敘事框架，寄託作者悟情返道的人生體
悟，〈讀西遊補雜記〉對《西遊補》主題的闡釋，有以下的論述：

> 情根未絕，妄相猶存，命竟何如？不堪回首！始而悲，繼而哭，既
> 而疑，終而亂，道味世味，交戰於中；大憤大悲，莫知所適。於此
> 真實用力，然後憬然真悟，幻境皆空。非幻亦空，始是立腳之處。
> 虛空主人一偈：「悟空不悟空，悟幻不悟幻。」正爲將悟人對病發藥。
> 蓋能悟幻，始能悟空。然但能悟幻，而未悟空，則其悟仍幻。用力
> 有虛實，見道有深淺，此悟空悟幻之分也。〔註92〕

筆者贊同〈讀西遊補雜記〉對個人之「悟」的看法，《西遊補》延續原書《西
遊記》集中敘事焦點在個人心性修養層面的強調，不同於《續西遊記》對「機
變心腸」的偏重，《西遊補》對「悟情」有著佛教真諦的哲理色彩，並且融攝
三教真諦或典故，在書中第十六回行者以「心短是佛，時短是魔」回應《西
遊記》取經歷程對心性問題的探討。在第四回〈一寶開時迷萬鏡　物形現處
我形亡〉讓行者進入萬鏡樓台，亦即幻境：

> 小月王造成萬鏡樓台，有一鏡子，管一世界，一草一木，一動一靜，
> 多入鏡中，隨心看去，應目而來，故此樓名叫做「三千大千世界」。
> 行者轉一念時，正要問他唐天子消息，辨出新唐真假，忽見黑林中
> 走出一個老婆婆，三兩個筋斗，把劉伯欽推進，再不出來。（頁2351）

三千大千世界乃是佛教說明世界組織的觀念，借用這樣的觀念建構小說裡的
幻境結構，到了第十二回〈關雎殿唐僧墮淚　撥琵琶季女彈詞〉，盲女彈唱〈西
遊談〉不僅反指《西遊記》內容，結尾並點出行者陷落鯖魚幻境：

> 人參樹拔哀猿叫，白骨夫人立茂林。金公別去僧成虎，恰好牛哀第
> 二人。蓮花玉洞懸長夜，素鹿山前揖壽星。唐僧翻舞狂風裡，御弟
> 沉淪黑水中。道釋不須頻鬥擊，敗血玄黃一樣空。金金不克心神旺，
> 水水相逢長老窮。兩個心兒天地暗，一雙猴聖騙觀音。芭蕉殺盡山

〔註91〕〔清〕靜嘯齋主人：〈西遊補答問〉，見高玉海：《古代小說續書序跋釋論》，
　　　　頁110。
〔註92〕〔清〕佚名：〈讀西遊補雜記〉，見高玉海：《古代小說續書序跋釋論》，頁114。

　　　　坡火，綠楊解馬去行行。萬鏡樓中遲日夜，不知那一日見天尊！（頁
　　　　2395）

盲女彈唱的故事至此與小說正在敘述的故事情境合而爲一，敘事時空的巧妙
安排構成這部小說奇特之處，正如高辛勇所說：「《西遊補》一書之所以獨特，
主要在於其技巧手法的創新與對敘事屬性潛能的著意利用與發揮。可惜這種
精神在中國傳統後繼無人，致令現代敘事技巧的發展與進步專美於西方。」
〔註93〕《西遊補》對於小說整體的敘事結構在於「實境」、「幻境」的交相運
用，除了第一回和結尾第十六回爲相對實境之外，其餘十四回都是處於幻
境，在文本中置入各種敘事命題，呈現現實與虛幻交錯的敘事氛圍，如第十
回〈萬鏡台行者重歸　葛藟宮行者自救〉，行者之眞身化爲老人之角色：

　　　　行者方才得脫，便唱個大喏，問：「翁老姓甚名誰？我見佛祖的時節，
　　　　也要替你注個大功勞。」老人道：「大聖，吾叫孫悟空。」行者道：
　　　　「我也叫做孫悟空，你又叫做孫悟空！一個功勞簿上，如何卻有兩
　　　　個孫悟空！你且說平日做些甚麼勾當來，等我記些事實罷了。」老
　　　　人道：「若問我的勾當，也怕煞人哩！五百年前要奪天宮坐坐，玉帝
　　　　封我弼馬溫做做。齊天大聖是我，五行山下苦一苦。苦一苦，苦得
　　　　一個唐僧來從正果。西天路上有災危，偶在青青世界躲。」行者大
　　　　怒，道：「你這六耳彌猴潑賊！又來耍我嗎？看棒！」耳中取出金箍
　　　　棒，望前打下。老人拂袖而走，喝一聲道：「正叫做『自家人救自家
　　　　人』。可惜你以不眞爲眞，眞爲不眞！」突然一道金光飛入眼中，老
　　　　人模樣即時不見。行者方才醒悟是自己眞神出現，慌忙又唱一個大
　　　　喏，拜謝自家。（頁2386）

崇禎本回評「救心之心，心外心也。心外有心，正是妄心，如何救得眞心？
蓋行者迷惑情魔，心已妄矣。眞心卻自明白，救妄心者，正是眞心。」〔註94〕
此段情節正是《孟子》「求其放心」之主題銓解，最後第十六回行者被虛空主
人從幻境中喚醒，打殺鯖魚精幻化的小和尚悟青，方才走出幻境。《後西遊記》
藉由第二代的求取眞解，融攝三教眞諦，寄託虛僞、貪婪、金錢、道德對人

〔註93〕高辛勇：《形名學與敘事理論——結構主義的小說分析法》，（臺北：聯經出版
　　　　事業公司，1987年11月），頁214。
〔註94〕李前程校著：《《西遊補》校注》，（北京：崑崙出版社，2011年1月第1版），
　　　　頁166。

性的試煉，三藏眞經無法度脫東土眾生，乃因造孽深重，而眞解是否度世，在結尾第四十回也給出否定的答案，也呈現出續書作者對求取眞解的功效，抱持懷疑甚至否定的思想立場，由第五回〈唐三藏悲世墮邪魔 如來佛欲人得眞解〉敘述花果山又生石猴孫小聖，進而埋下求取眞解之伏筆：

> 唐三藏大驚道：「自我佛慈悲造了大乘妙法眞經，命我歷萬水千山求取到中國，宣揚善果，以正空門。經今已是二百餘年，自應人天膏化，無聲無臭，不識不知。爲何令此頑石不點頭而又生心？若使世愆不盡，未免歸罪於佛法無靈，豈不辜負昔年功行！」孫大聖道：「傳經固我佛之慈悲，墮落自眾生之孽障，世間種種不消，故天地心心相續。」唐三藏道：「迷人失路，蓋緣指點差池；白雪成冰，終是洪爐不旺。我與你莫貪極樂，須念沈淪，且上長安一探眞經度世的消息何如？」（頁 1927）

之後舉出唐僧坐化法門寺，遺有佛骨、佛牙情事，講經法師諱「無中」，道號「生有」等情節點出眞經度世的理想幻滅，論及生有和尚講解《法華經》的程序：

> 講完，又敘述餘文道：「要知前世因，今生受者是；要知來世因，今生作者是。佛經中千言萬語，總要人爲善修行。人世上爲禍爲福，皆自做自取。如何叫做爲善？布施乃爲善之根；如何叫做修行？信佛乃修行之本。若有善男信女，誠能布施信佛，自能爲官爲宰，多福多壽；今之貧窮禍夭，皆不知信佛布施之過也。況六親眷屬總是冤愆，富貴功名如同泡影。大眾急宜猛省，無常迅速，莫待臨時手忙腳亂。」（頁 1930）

原書《西遊記》欲藉由眞經度世的理想無法實現，佛法的傳播漸入末流之勢，由此小說的預設伏筆，進而取得《後西遊記》求取眞解的「合理性」，如此的敘事安排可謂富有創意，小說在第六回〈匡君失賢臣遭貶 名佛教高僧出山〉，由韓愈上疏唐憲宗請毀佛骨事爲開端：

> 今聞陛下令群僧迎佛骨於鳳翔，御樓以觀，昇入大內，又令諸寺迭迎供養。臣雖至愚，必知陛下不惑於佛，作此崇奉，以祈福祥也。直以年豐人樂，狥人之心，爲京都士庶設詭異之觀，戲玩之具耳。安有聖明若此，而肯信此等事哉。然百姓愚冥，易惑難曉，苟見陛下如此，將謂眞心事佛，皆云天子大聖，猶一心敬信，百姓何人，

> 豈合更惜身命？焚頂燒指，百十爲群；解衣散錢，自朝至暮；轉相
> 仿效，惟恐後時；老少奔波，棄其業次。若不即加禁過，更歷諸寺，
> 必有斷臂臠身以爲供奉者，傷風敗俗，傳笑四方，非細事也。（頁
> 1937～1938）

小說幾乎是抄錄韓愈〈諫迎佛骨表〉，唐憲宗元和十四年（西元 819 年），三
十年一開的鳳翔法門寺護國眞身塔內的一節釋迦牟尼佛指骨，在功德使奏
請，憲宗敕迎的情況下，被送往京城以迎福納祥，原本只是佛界三十年一次
的盛事，卻因爲韓愈這篇諫表，使得此事成爲佛教史有名的公案，可見續書
作者有意藉韓愈諫迎佛骨之事，點出小說主題，唐三藏與孫悟空對此事，認
爲「韓愈此表，轉是求眞解之機」：

> 且說唐三藏問知此事，與孫悟空說道：「我佛萬善之門，不過要救世
> 度人，實與孔子道德仁義相表裡，何嘗定在施捨？又何嘗有甚佛骨
> 轟傳天下，使舉國奔走若狂？今日韓愈這一道佛骨表文，雖天子不
> 聽，遭貶而去，然言言有理，垂之史策，豈非梁武之後，又是我佛
> 門一重罪案。」（頁 1939）

融合韓愈諫迎佛骨的史事於小說，可見續書作者獨特的藝術用心，韓愈被貶
潮州後在淨因庵巧遇大顛和尚，對韓愈上疏諫迎佛骨事甚表認同：

> 大顛聽了道：「大人此表，不獨爲朝廷立名教，實爲佛門掃邪魔矣！
> 今雖未聽，而千秋之後，使焚修不復侵政治之權者，必大人此表之
> 力也！」韓愈道：「此表之爲功爲罪，俱可勿論，只可惜徒首泥足耕
> 種之米麥，風餐水宿商販之資財，不孝養父母，惠愛宗支，俱擲於
> 無父無母不耕不織之口腹，以妄希不可知之福，豈不愚哉！」大顛
> 道：「大人慈悲之心，可謂至矣！但墮落者深，一時提拔不起，沈迷
> 者久，一時叫喚不醒。枉費大人之力。」（頁 1941）

之後大顛道：「言出於心，心即是佛，豈敢誑言？」正式點出「心即是佛」的
小說主題，而早在第一回〈花果山心源流後派 水簾洞小聖悟前因〉起首歌，
即暗含主旨：「我有一軀佛，世人皆不識，不塑也不裝，不雕也不刻，無一滴
灰泥，無一點彩色，人畫畫不成，賊偷偷不得。體相本自然，清淨非拂拭，
雖然是一軀，分身千百億。」謎底就是禪宗的格言：即心即佛。禪宗觀點認
爲佛心或佛性其實就在人的內心。第三十九回〈到靈山有無見佛 得眞解來
去隨心〉，小行者變法耍弄豬一戒，笑和尚現身請眾人見如來，豬一戒與笑和

尚間的對話，引出「心即是佛」的主題思想：

> 豬一戒忙上前一把扯住道：「你且不要走，我被人要怕了，你須說個
> 明白，我方跟你去。這靈山乃萬佛之地，爲何一個也沒有？」笑和
> 尚笑嘻嘻說道：「你豈不聞萬佛皆空？」豬一戒想想道：「這也罷了！
> 怎麼一個佛地容我師兄變做世尊捉弄我？」笑和尚又笑嘻嘻說道：
> 「也不是捉弄你，這叫做心即是佛，你哪裡曉得！」唐半偈言下有
> 悟，便要隨行，豬一戒又攔住道：「師父，還有話說，這是靈山不見
> 佛，卻到哪裡去見佛？」那笑和尚又笑嘻嘻說道：「你豈不聞俗語說，
> 除了靈山別有佛，不要遲疑，快跟我來！」（頁 2305）

寄託深刻寓意於嬉笑怒罵之中，正是《後西遊記》獨特的敘事風格，其表達
方式亦即「聽有聲，觀有色，雖猶然嬉笑怒罵之文章；精不思，妙不議，實
已參感應圓通之道法」，〔註95〕續書採用原著「嬉笑怒罵」的調侃、幽默、荒
誕的方式表達作者將「心即是佛」深刻化的主題思想。

四、《金瓶梅》及其續書之道德色彩

　　《金瓶梅》主要有兩大版本系統，三種類型，一是「詞話本」系統，即
《新刻金瓶梅詞話》，二是「崇禎本」系統，即《新刻繡像批評金瓶梅》，第
三種類型是張評本，即《張竹坡批評第一奇書金瓶梅》，屬崇禎本系統，又與
崇禎本不同。〔註96〕本文討論以《新刻金瓶梅詞話》爲討論中心，乃是丁耀
亢在〈續金瓶梅後集凡例〉有「小說類有詩詞，《前集》名爲《詞話》，多用
舊曲，今因題附以新詞，參入正論，較之他作，頗多佳句，不至有套腐鄙俚
之病」，〔註97〕關於《金瓶梅詞話》創作動機，欣欣子、廿公、東吳弄珠客的
說法相近，欣欣子對「誨淫」的批評相當在意：

> 吾友笑笑生爲此，愛罄平日所蘊者，著斯傳，凡一百回。其中語句
> 新奇，膾炙人口，無非明人倫，戒淫奔，分淑慝，化善惡，知盛衰
> 消長之機，取報應輪迴之事，如在目前，始終如脈絡貫通，如萬系

〔註95〕〔清〕佚名：〈後西遊記序〉，見高玉海：《古代小說續書序跋釋論》，頁 120。
〔註96〕閻昭典、王汝梅、孫言誠、趙炳南校點：《新刻繡像批評金瓶梅》（會校本‧
　　　　重訂版），（香港：三聯書店有限公司，2011 年 10 月香港重訂版），〈前言〉，
　　　　頁 1～2。
〔註97〕〔清〕丁耀亢：〈續金瓶梅後集凡例〉，見高玉海：《古代小說續書序跋釋論》，
　　　　頁 133。

迎風而不亂，使觀者庶幾可以一哂而忘憂也。其中未免語涉俚俗，
氣含脂粉。余則曰：不然。《關雎》之作，樂而不淫，哀而不傷。富
與貴，人知所慕也，鮮有不至於淫者。哀與怨，人之所惡也，鮮有
不至於傷者。〔註98〕

欣欣子企圖對《金瓶梅詞話》為「淫書」的說法解套，而另以一套道德說法
回應對小說的評價，廿公也對淫書的評價予以反駁：

《金瓶梅傳》，為世廟時一巨公寓言，蓋有所刺也。然曲盡人間醜態，
其亦先師不刪《鄭》、《衛》之旨乎。中間處處埋伏因果，作者亦大
慈悲矣。不知者竟目為淫書，不惟不知作者之旨也，並亦冤卻流行
者之心矣。特為白之。〔註99〕

廿公更進一步提出將《金瓶梅詞話》視為一「寓言」的見解，並認為小說文
本存在「鄭衛之聲」的情色書寫，是作者在敘事創作上的編排，而東吳弄珠
客在〈金瓶梅序〉開頭即直言：「《金瓶梅》，穢書也。」但接著就強調：「然
作者亦自有意，蓋為世戒，非為世勸也。」可見在廿公、東吳弄珠客那時，《金
瓶梅詞話》已被視為「淫書」，東吳弄珠客總結幾位主要人物結局，以為世人
警戒：

蓋金蓮以奸死，瓶兒以孽死，春梅以淫死，較諸婦為更慘耳。借西
門慶以描寫盡世之大淨，應伯爵以描畫世之小丑，諸淫婦以描畫世
之醜婆淨婆，令人讀之汗下。蓋為世戒，非為世勸也。余嘗曰：「讀
《金瓶梅》而生憐憫心者，菩薩也；生畏懼心者，君子也；生歡喜
心者，小人也；生效法心者，乃禽獸耳。」〔註100〕

東吳弄珠客在序中仍然對淫書的說法加以批駁，而《金瓶梅》最重要的評論
家張竹坡，則是將《金瓶梅》地位提昇到四大奇書之首，並建立一套《金瓶
梅》詮釋的理論系統，他的〈竹坡閒話〉、〈金瓶梅寓意說〉、〈苦孝說〉、〈第
一奇書非淫書論〉、〈批評第一奇書金瓶梅讀法〉以及為每一回所寫的回評，
努力去除《金瓶梅》的「淫書」標記，〈竹坡閒話〉提出「人情冷熱」的倫理
敘事命題，頗有人生體悟之哲理：

〔註98〕 〔明〕欣欣子：《金瓶梅詞話序》，收入朱一玄主編：《金瓶梅資料彙編》，（天
　　　　津：南開大學出版社，2002年6月第1版），頁176。

〔註99〕 〔明〕廿公：《金瓶梅跋》，收入朱一玄主編：《金瓶梅資料彙編》，頁177。

〔註100〕 〔明〕弄珠客：《金瓶梅序》，收入朱一玄主編：《金瓶梅資料彙編》，頁178。

富貴，熱也，熱則無不眞。貧賤，冷也，冷者無不假。不謂冷熱二
字，顚倒眞假一至於此！然而冷熱亦無定矣，今日冷而明日熱，則
今日眞者假，而明日假者眞矣；今日熱而明日冷，則今日之眞者，
悉爲明日之假者矣。悲夫！本以嗜欲故，遂迷財色；因財色故，遂
成冷熱；因冷熱故，遂亂眞假。因彼之假者，欲肆其趨承，使我之
眞者，皆遭其荼毒，所以此書獨罪財色也。〔註101〕

張竹坡最早提出「罪財」觀念，他認爲錢財是冷熱之本、眞假之源，在《金
瓶梅》的奇／淫之辨外，可謂識見獨特將錢財此一敘事要素凸顯出來，在〈竹
坡閒話〉除了提出罪財觀點外，還有復仇說，即：「寓復仇之義於百回微言之
中，誰謂刀筆之利，不殺人於千古哉！此所以有《金瓶梅》也。」〔註102〕而
且欲以〈苦孝說〉轉化《金瓶梅》的「淫書」說，「則《金瓶梅》當名之曰奇
酸誌苦孝說。」〔註103〕而在〈第一奇書非淫書論〉則結合《詩經》風教之義，
嘗試爲《金瓶梅》去除情色書寫的評價：

今夫《金瓶梅》一書，作者亦是將〈褰裳〉、〈風雨〉、〈蘀兮〉、〈子
衿〉諸詩細爲摹仿耳。夫微言之，而文人知儆；顯言之，而流俗皆
知。不意世之看者，不以爲懲勸之韋絃，反以爲行樂之符節，所以
目爲淫書，不知淫者自見其爲淫耳。〔註104〕

張竹坡〈第一奇書非淫書論〉在行文中激烈抨擊當時社會視《金瓶梅》爲淫
書的這批人，強調書中勸懲之義，即：「我的《金瓶梅》上洗淫亂而存孝弟，
變帳簿以作文章。」而審視《金瓶梅》中存在「鄭、衛之聲」的情色書寫，
究竟傳達出寫定者何種敘述意圖和思想意旨？則應回到明代中後期貪戀淫色
的社會情境，予以考察，如魯迅所說：

成化時，方士李孜、僧繼曉已以獻房中術驟貴，至嘉靖間而陶仲文
以進紅鉛得倖於世宗，官至特進光祿大夫柱國少師少傅少保李簿上
書恭敬伯。於是頹風漸及士流，都御史盛端明、布政使參議顧可學
皆以進士起家，而俱藉「秋石方」致大位。瞬息顯榮，世俗所企羨，

〔註101〕〔清〕張竹坡：〈竹坡閒話〉，收入黃霖主編：《金瓶梅資料彙編》，（北京：中
　　　　華書局，1987年3月第1版），頁56～57。
〔註102〕〔清〕張竹坡：〈竹坡閒話〉，收入黃霖主編：《金瓶梅資料彙編》，頁58。
〔註103〕〔清〕張竹坡：〈苦孝說〉，收入黃霖主編：《金瓶梅資料彙編》，頁64。
〔註104〕〔清〕張竹坡：〈第一奇書非淫書論〉，收入黃霖主編：《金瓶梅資料彙編》，
　　　　頁64。

> 徼幸者多竭智力以求奇方，世間乃漸不以縱談閨幃方藥之事為恥。
> 風氣既變，並及文林，故自方士進用以來，方藥盛，妖心興，而小
> 說多神魔之談，且每敍牀笫之事也。〔註105〕

魯迅以「世情書」定位《金瓶梅》的小說類型，民國以來「世情小說」、「人情小說」即由魯迅的觀點推衍而起，結合世變書寫背景的考察，可以發現《金瓶梅》的情色書寫，是寫定者「有意為之」的歷史寓言闡釋，李志宏認為：

> 如果說《金瓶梅詞話》寫定者有意在小說敘事進程中，將各種偷情
> 事件的情色書寫與新興商人發跡變泰的家庭興衰史互為綰合聯繫，
> 從中探求家國歷史興衰的根本緣由；那麼正顯示了在情色書寫中，
> 男女關係和家國政治的內在矛盾所反映的各種權力關係，將成為解
> 讀《金瓶梅詞話》主題寓意時的重要參考依據。〔註106〕

筆者認為聯結男女關係與家國政治兩者的關鍵性因素，乃是張竹坡在〈竹坡閒話〉所提出「獨罪財色」的觀點，小說中的情色書寫，只是西門慶這個商人生活的一個面向，在背後操縱的乃是「錢財」，在著重描寫西門慶與潘金蓮等人的「偷情」敘述之外，其實更應留意因貪戀金錢權勢，所衍生的諸多「縱情財色之貪欲」所反映的物欲世態，基於這樣的主題認知來看《金瓶梅》續書，《續金瓶梅》第一回〈普淨師超劫度冤魂　眾孽鬼投胎還宿債〉，開頭接續《金瓶梅》最後一回，而續書作者以說書人現身說法：

> 單表這《金瓶梅》一部小說，原是替世人說法，畫出那貪色圖財、
> 縱欲喪身、宣淫現報的一幅行樂圖。說這人生機巧心術，只為貪圖
> 財色，猛上心來，就毒殺平人，奸娶他的美婦，暗得他的家私，好
> 不利害，白手起家，倚才仗勢，得官生子，食的是珍羞，穿的是錦
> 繡，門客逢迎，婢妾歌舞，攀高接貴，交結權門，花園田宅，極盡
> 一時之盛。（頁2）

《續金瓶梅》對《金瓶梅》主題可謂了解透徹，同樣點出小說中「財色」所引發的種種禍患，而《金瓶梅》「反做了導欲宣淫話本」，在財色問題上，徐朔方指出：

〔註105〕魯迅：《魯迅小說史論文集——中國小說史略及其他》（臺北：里仁書局，1992
年9月初版），頁165。
〔註106〕李志宏：《「演義」——明代四大奇書敘事研究》，（台北：大安出版社，2011
年8月第1版），頁470。

內心深處激動著西門慶的絕不是愛情而是情欲。他的情欲有時為女
色而點燃，有時為錢財而熾烈。潘金蓮在他身上引起的色欲，可以
強烈到使他殺人犯罪而不顧，但是當他同孟玉樓的上千兩現金，三
二百筒三梭布以及其他等等陪嫁相比時卻黯然失色了。孟玉樓進門
之後，即她的陪嫁的所有權正式移轉之後，潘金蓮的肉體才又顯得
風流旖旎，把孟玉樓比下去了。當問題不牽涉到錢財時，西門慶的
情欲似乎只限於女色，可是一涉及錢財時，女色就只能退避三舍了。
不重才貌而重色欲，錢財又在色欲之上。〔註107〕

在致力爬梳《金瓶梅》情色書寫所隱含的歷史闡釋寓言的同時，往往忽略「錢
財」此一具支撐力的敘事槓桿，在小說敘事中所扮演的關鍵性因素，李桂奎
認為：

在與「罪色」意識平行的傳統「罪財」意識的影響下，《金瓶梅》舞
弄起「錢財」這把兼具「萬能」與「萬惡」性能的雙刃劍，來調控
小說的故事進程，並分別推出了「迷財」的禍患故事、「冷熱」的倫
常故事以及「真假」的悲喜故事等敘述類型。〔註108〕

藉由「財色」的敘事框架演繹一則家國同構的歷史寓言，但因背負「淫書」
的負面評價，《續金瓶梅》反而結合《太上感應篇》的宗教說法，透過「無字
解」的道德詮釋，企圖透過續書書寫，擺脫淫書的罵名。如第六十四回〈三
教同歸感應天　普世盡成極樂地〉曰：

今日講《金瓶梅》的感應結果，忽講入道學，豈不笑為迂腐？不知
這《金瓶梅》講了六十四回，從色字入門，就是太極圖中一點陰精。
犯了貪淫盜殺，就是個死機。到了廉淨寡欲，就是個生路。生處不
在長生，只此尋常日用逍遙自在，不得罪於天地鬼神，自然享那清
靜之福，說甚麼成佛成仙，死也不在輪迴。只此黑心爛肚，不是謀
財害人，就是貪淫媚己。（頁489～490）

《續金瓶梅》透過因果報應的敘事命題，六十四回開頭或引佛經，或引詩詞，
或說典故，無非都是藉著佛道真諦，消解原書《金瓶梅》的情色書寫，而最

〔註107〕徐朔方：〈論《金瓶梅》〉，收入氏著《小說考信編》，（上海：上海古籍出版社，
1997年10月第1版），頁220～221。

〔註108〕李桂奎：《元明小說敘事形態與物欲世態》，（上海：上海古籍出版社，2008
年4月第1版），頁252。

後回歸到儒家倫理道德觀念，如第二十九回〈董玉嬌明月一帆風　鄭玉卿吹簫千里夢〉所說：

> 許旌陽祖師見弟子大道將成，不知何人可傳真丹，將爐中煉丹的炭化做美婦十餘人，夜間遍試弟子，無一人不被點污。至今江西有一地名炭婦鎮，可見一點情根，原是難破的。《大學》講正心誠意，開頭首一章就講了個如好好色，從色字說起，才到了自慊的地位。可見色字是個誠意之根，仙凡聖賢這一念是假不得的。即如倩女離魂、尾生同死，才滿得個誠字，與忠臣孝子的力量一樣滿足，只分了邪正兩途。因此講理學的不可把色字抹倒。（頁 190～191）

從情欲轉化為正心誠意的試煉的意義層面來看，的確具有儒家義理的詮釋，但這段評論放在小說作品，倒是顯得其說理的學究氣太過，而將原書《金瓶梅》西門慶、潘金蓮等人托生來世以說明因果報應，也是具有勸誡世人的創作旨意。如在第三十一回〈汴河橋清明遇舊　法華庵金玉同鄰〉，續書作者以說書人現身敘說：

> 如不說明來生報應，這點淫心如何冰冷得！如今又要說起二人托生來世因緣，有多少美處，有多少不美處，如不妝點的活現，人不肯看，如妝點的活現，使人動起火來，又說我續《金瓶梅》的依舊導欲宣淫，不是借世說法了。只得熱一回，冷一回，著看官癢一陣，酸一陣，才見的筆端的造化丹青，變幻無定。（頁 205）

續書作者考慮讀者的閱讀反應，必須要兼顧小說的市場性及「因果報應」的敘事命題，勢必對小說的敘事架構予以調整，丁耀亢在小說開頭即置入「由色入空」的預敘性框架，到了第六十四回結尾提出「諸惡莫作，眾善奉行」的寫作主旨：

> 當日唐憲宗長慶年間，杭州刺史白居易訪西湖鳥巢禪師問道：「禪師坐在百尺松枝鳥巢之上，所居太險，何不下來上座？」禪師說：「太守所居尤險。」白公說：「平生腳踏實地，有何險處？」師曰：「薪火相煎，識性不停，生死相續，豈非險處？」白公請問佛法，師曰：「諸惡莫作，眾善奉行。」……我今講一部《續金瓶梅》，也外不過此八字，以憑世人參解，了了得今上聖明，頒行《感應篇》勸善錄的教化，才消了前部《金瓶梅》亂世的淫心。（頁 494）

筆者以為《金瓶梅》的主題思想在「縱情財色之貪欲所反映的物欲世態」，而

《續金瓶梅》以《太上感應篇》的因果報應爲指導思想，努力去除烙印在原書《金瓶梅》的「淫書」印記，其敘事策略是以《太上感應篇》無字解予以道德化，轉化情欲爲正心誠意之試煉義，相較於張竹坡的〈苦孝說〉企圖扭轉《金瓶梅》的「淫書」論，相同之處皆是透過儒家倫理思想予以道德化，相異處在《續金瓶梅》宗教說法色彩濃厚，而張竹坡〈苦孝說〉充滿儒家孝悌觀念。《三續金瓶梅》較《續金瓶梅》及其刪改本《隔簾花影》在思想立場上寬容許多，作者訥音居士在〈三續金瓶梅〉說明敘事進程乃是由「幻」入「空」，不同於《續金瓶梅》的由「色」入「空」：

> 自「幻」字起，「空」字結。文法雖准，舊本一切穢言污語，盡皆刪去。不過循情察理，發洩世態炎涼，消遣時恨，令人回頭是岸，轉禍爲福。讀者不有淫書續淫詞論。若錯看了題目，不惟失去本來面目，而更辜負了作者之心。須觀其如何針鋒相對，曲折成文；如何因果報應，釀成奇酸。〔註109〕

《三續金瓶梅》書寫西門慶死後七年還陽重生，與吳月娘、龐春梅等團圓，又續娶幾個女子爲妾，重新過著荒淫無度、花天酒地的生活，與《金瓶梅》、《續金瓶梅》不同在於結局，西門慶五十大壽良心發現，棄惡從善、散盡家財出家當和尚去了，務本堂主人以爲「世人多被『財色』所惑，貪嗔迷戀，果不迂乎！若能於錦繡場中回首，打破迷關，修心種德，改邪歸正，雖不能超凡，亦可保身，豈不快哉！」〔註110〕同樣也點出《金瓶梅》的「財色」敘事命題，並認爲西門慶、龐春梅不過「淫欲過度，利心太重」，卻受「三世之報」，續作的原因乃是改寫續書《隔簾花影》的果報結局，這是在四大奇書之續書群中最爲特殊的對話現象。小說第一回〈普靜師幻活西門　龐大姐還魂托夢〉小玉夢中在地府見一文官呈上「三世報」冊籍，聽聞西門慶、陳敬濟、李瓶兒等人判決而驚醒：

> 西門慶一名，罪當挖眼、宮刑，三世了案。陳敬濟一名，罪當割舌、碓搗，三世了案。李瓶兒一名，事屬有因，罪當杖斃守寡，三世了案。孝哥改名了空，爲僧，吳月姐爲尼，母子分離，十年現報了案。

〔註109〕〔清〕訥音居士：〈三續金瓶梅自序〉，見高玉海：《古代小說續書序跋釋論》，頁143。

〔註110〕〔清〕務本堂主人：〈三續金瓶梅小引〉，見高玉海：《古代小說續書序跋釋論》，頁145。

（頁 2～3）

普靜禪師因「西門慶原有善根，還有一段夙緣未了。」，而「出家人慈悲為本，方便為門，將他救回陽世，次了宿債。」，至於死後七年仍能還陽的原因乃是「因他生前服過梵僧的藥，乃壯陽仙丹，雖氣絕身亡，藥性仍在。慢說七年，就是七十年，亦不能壞。故陰魂入竅，復舊如初。」西門慶還陽的敘事安排底定後，重新經歷富貴榮華的日子，最終普靜禪師度化西門慶。在第三十三回〈普靜師途中點化　眾親友團拜接風〉，禪師拿了《參同契》、《悟真篇》兩本道書給西門慶，埋下日後參悟的伏筆：

> 禪師從桌上取來說：「即此書，請看。」官人接來一看，一部寫著《參同契》，一部寫著《悟真篇》。展開看時，兩部都是道書，官人道：「此書何用？」長老道：「你哪裡曉得此書玄妙。因你塵緣將滿，尚有清福，貧僧送你悟去，少不了長生之體，若不醒悟，到那時恐有性命之憂，限你五年限，後會有期。不留坐了，看誤了正事。」（頁 262～263）

這裡值得注意的地方，在於普靜禪師拿了兩本道教典籍送給西門慶，非常令人玩味，為何不是佛教經典？筆者認為這顯示佛道思想合流的趨勢，在考察小說文化上具有思想上的意義，而在第三十八回〈參吳錫大報冤仇　西大官五十大慶〉，其子西門孝上參殷天錫橫行霸道、搶虜婦女，吳典恩動用私刑、貪職受賄，天子將兩人革職發配充軍，西門慶解了心頭之恨：

> 想到二人的苦楚說：「名利二字，依似浮雲，看他們即是樣子，就是妻財子祿，更不是長久之計。眼看著熱火烘烘，不知將來是何結果。」
> 想到此處，不由得心灰意懶，忽然想起普靜禪師賜的書，總未得看，叫文珮取了來，放在桌上，點了一炷香。（頁 311）

《三續金瓶梅》戮力將「一切穢言污語盡皆刪去」，與原書《金瓶梅》直白露骨的情色書寫相較，顯得文雅、含蓄，呈現一種性描寫語言的「雅化」風格，由敘寫西門慶還陽後發跡變泰的生命史，最終毅然醒悟的敘事進程，大致掌握原書《金瓶梅》對錢財色欲的追求所呈現的人性變貌，同樣與《續金瓶梅》具有濃厚的因果報應色彩，而呈現天道循環的果報觀可以解釋為修正原書《金瓶梅》被讀者大眾視為淫書，所不得不採取的敘事策略。

　　針對四大奇書及其續書之間的主題傳釋已如上述，基於讀者視域的閱讀觀點來看，透過考察原書與續書間的主題比較，除了可以了解續書作者對原

書主題的體認之外，還可藉此得知續書所欲表達的續衍思維為何的問題意識，經由分析得知《三國演義》及其續書的主題為相承關係，《水滸傳》及其續書的主題岐出為忠義／盜賊的敘事認知，乃是因為青蓮室主人與陳忱的遺民心態以及俞萬春身經農民起義，仇視盜賊的心態所造成詮釋路徑上的誤差，《西遊記》及其續書的主題思想皆在心性修煉的哲理意涵予以深化及拓寬，並援引佛、道宗教話語強化心性理論，最後的《金瓶梅》及其續書在情色書寫及因果報應之間呈現拉鋸之勢，因書寫題材在物欲世態的財色議題上，自然在作者命意與世俗眼光中扞格不入，也間接凸顯讀者審美意識的高下落差，故而在《金瓶梅》續書充斥濃厚的道德色彩，劉勇強對續書現象的看法指出：

> 如果與小說原著相比，大量續、仿、改、擴之作的出現，從總體上意味著小說原創性的降低。因為對一個小說家來說，在前人的基礎上創作，畢竟比匠心獨運的想像來得容易些。但是，如果從傳播的角度看，則續、仿、改、擴之作既是原著的一種延伸，也是續、仿、改、擴之作的作者對依附性價值的一種判斷和實踐。〔註111〕

故而由四大奇書及其續書主題考察得知，逐漸回歸世俗也形成一種創作的趨勢，奇書文體中的文人精神在續書中仍可察覺，而名著成功之後所帶來的龐大商業利益，也驅使著續書作者在題材的選擇方面逐漸多元，而朝著更通俗（適俗）的方向邁進。

第三節　敘事形式的模仿與翻案

　　四大奇書及其續書在小說敘事的技巧上各有承傳，而續書創作除了可找出吸收原書的藝術法則外，又富含文人作家個人意識的傾注，研究四大奇書與續書之間敘事活動的交流是具有重大意義的，浦安迪（Andrew H. Planks）認為「『修辭』（rhetoric），中文有時稱『修辭法』，一般理解為語言學意義上的修辭，即與語法相對應的修辭。但在西方諸語言中，包括在英語中，『rhetoric』更含有美學上的創造意義，是敘事的核心功能之一。」〔註112〕「敘述層上，

〔註111〕劉勇強：《中國古代小說史敘論》，（北京：北京大學出版社，2007 年 10 月第 1 版），頁 489～490。

〔註112〕〔美〕浦安迪（Andrew H. Planks）：《中國敘事學》（Chinese Narrative），（北京：北京大學出版社，1996 年 3 月第 1 版），頁 98。

小說的敘事修辭手段也就是小說文體的功能手段，其效果取決於小說家對各種文體規則的創造性運用與靈活調度。」〔註113〕經由考察續書的創作表現，究竟是透過何種審美表現方式表達對原書旨趣或細部的改造，四大奇書之續書以前文本某一種版本為對話對象，產生諸如幽默、諷刺、抒情，以及暗示、象徵、隱喻等審美效果，由此可知續書作者以模仿或轉化原書語言為手段，藉由原書語境為敘述氛圍，透過對原書吸收轉化的接受歷程，針對原書文本的「不定點」、「空白」敘事結構加以補充、銜接、創造性詮釋，其實也可視為對原書進行文學／文化上的「翻譯」，袁新的詮釋可為參考：

> 在這一發現性活動中，讀者的知識儲備、生活閱歷、價值觀念、審美經驗等決定著他從文本語言中發現的多寡、深淺。而讀者的「先結構」，亦稱「前理解」，既各不相同，也都有各自的侷限性，這就導致每一個語言接受者個人的解讀經驗是有限的，個體之間也存在著較大的差異性。即使同一個讀者，也會因個人的「知識圖式」的變化、時空的變化等，對同一文本的解讀出現差異。〔註114〕

續書作者的個人才情是影響小說敘事是否引人入勝的主要因素之一，在分析小說回目、套語、習用語，以及小說呈現的文體風格時會加入這一部份討論，但首先要從話本小說形塑的「說話」情境說起。

在中國古典小說的語境塑造上，說話人的角色在小說敘事中經常出現，而此種修辭策略所造成的效果，以及對中國古典小說修辭傳統的影響，王德威認為「中國古典白話小說的主要特徵之一，可能是其不斷運用說話人的虛擬修辭策略（simulated rhetoric of the storyteller）。」〔註115〕而這樣的虛擬情境使得中國古典小說產生「似真」的修辭效果，並成為主要的敘事法則，這是從宋元話本形成，經由明清擬話本和明清章回小說的繼承與發展的敘事脈絡，到了清末民初，在外來小說衝擊下，「說話人」逐漸退位的演進歷程，王德威認為「說話人」的角色，在小說敘事中具有「似真」的策略：

> 「說話人」並不是在「一」個作品中佔據存在地位的一個獨立人格，而是先於作品而存在，且經常被中國古典小說作家所召喚使用的一

〔註113〕徐岱：《小說敘事學》，（北京：商務印書館，2010 年 6 月第 1 版），頁 331。
〔註114〕袁新：《文學翻譯審美問題研究》，（北京：中國社會科學出版社，2011 年 1月第 1 版），頁 197。
〔註115〕王德威：《想像中國的方法：歷史‧小說‧敘事》，（北京：生活‧讀書‧新知三聯書店，1998 年 9 月北京第 1 版），頁 80。

種敘事成規。因此，由說話所引起的模擬式眞實效果應被視爲一更
廣泛的「似眞」策略之部分，塡補虛構與眞實世界間的裂縫，達成
一部作品所謂「眞實的動機」（realistic movtivation）。換句話說，說
話人的聲音增添某一作品的說服性。〔註116〕

由於植根於歷史文化語境的「互文性」關係，說話人的聲音「其源頭正是世
俗經驗和知識的總和。」〔註117〕考察說話人在小說敘事所營造的修辭效果，
可從回目、套語及所引領的韻文、詩詞、對句和習用語等，以及透過「言語」
與「書志」所構築的修辭模式，將是本節探討的主要面向，筆者認爲回目的
設置、說話人敘述、修辭模式都可以包含在「敘事形式」此一概念架構下加
以討論，以便於命題的開展。

一、回目的設置

　　中國古典小說回目的發展到明代四大奇書得到定型，而《三國演義》的
回目在當時還沒有到達定型成熟的階段，但是對於章回小說文體的奠基具有
重大意義，到了《水滸傳》、《西遊記》的出版，才眞正樹立章回小說敘事文
類／文體的範式，毛宗崗對《三國演義》的評改同樣也呈現在原本回目的改
動，他在評改《三國演義》前擬了十條凡例，說明評改的理由與所做工作，
第五條說「俗本題綱，參差不對，錯亂無章，又於一回之外，分上下兩截。
今悉體作者之意而聯貫之，每回必以二語對偶爲題，務取精工，以快悅者之
目。」〔註118〕「對偶」回目在當時已是常例，故毛宗崗對回目的改動也是順
勢而爲。從現存版本來看，嘉靖本不僅是《三國演義》中最早，甚至也是章
回小說中的完整存本，嘉靖本的標目爲整齊的七字，而到了《續編三國志後
傳》也同樣承襲單句七字的回目。

　　黃誠之刻大滌余人序本《忠義水滸傳》、萬曆十七年（1589）天都外臣序
刻本（康熙五年補刻本）及萬曆三十八年（1610）容與堂刻本是水滸故事的
集大成者，也是最精善的本子，其回目也在此最後定型，而《水滸傳》的標
準回目定型於容與堂本，而續書《後水滸傳》、《水滸後傳》、《蕩寇志》在回

〔註116〕王德威：《想像中國的方法：歷史・小說・敘事》，頁82。
〔註117〕郭洪雷：《中國小說修辭模式的嬗變——從宋元話本到五四小說》，（上海：上
　　　　海三聯書店，2008年4月第1版），頁66。
〔註118〕陳曦鐘、宋祥瑞、魯玉川輯校：《三國演義會評本》，（北京：北京大學出版社，
　　　　1986年），〈前言〉，頁20。

目上與原書都是對偶回目。

《西遊記》現存最早刊本世德堂本，爲五至八言的對偶回目，其後的續書《續西遊記》、《後西遊記》、《西遊補》等作品，皆由《西遊記》變幻而來，回目亦和《西遊記》極爲類似，《續西遊記》及《西遊補》已全部演化爲七言回目，《後西遊記》卻從四言到八言均有，這在形式上就很像《西遊記》，而其「心猿求意馬　東土論西天」、「掃清六賊　殺盡三尸」之類，也算是模仿的維妙維肖。

《水滸傳》回目的定型成熟影響許多作品，其中最重要的，就是同爲四大奇書之一的《金瓶梅》，其存世版本大致可分爲詞話本與繡像本，與《水滸傳》關係較密切的便是詞話本《金瓶梅》，小說的前六回大量抄入《水滸傳》百回繁本第二十三至二十七回的文字，除了內容上的承襲，回目上也有所借鏡，較爲特殊的情況是，詞話本《金瓶梅》現存共一百對回目，目錄中卻有十七對回目上下字數不等，可見作者在編排回目時並沒有齊整上下字數的意識，其後的續書《續金瓶梅》已改爲上下字數一致的對偶回目，並每回之前根據《太上感應篇》列上條目，如第一回前列上「廣仁品」，第二回前列上「廣慧品」，六十四回總共列上六十四個，雜揉道德說教的回目置入小說敘事當中而成爲相當奇特的文體特徵，而訥音居士的《三續金瓶梅》已呈現七言回目的對偶設置，由此可知，七言對偶回目爲章回小說作家一般通行的定型意識。

二、說話人敘述方式

在中國古典小說中，作者通過文本遺留有「說話人」的敘事痕跡，總是虛擬一個「看官」的聽眾角色，「說話人可以源源不斷地將其修辭技巧施於其上。」〔註119〕王德威的「說話人的虛擬修辭策略」觀點有助於本文的論述，而魯迅根據宋代市井雜伎藝，其中有「說話」，執業者就叫「說話人」：

> 宋都汴，民物康阜，遊樂之事甚多，市井間有雜伎藝，其中有「說話」，執此業者曰「說話人」。說話人又有專家，孟元老（《東京夢華錄》五）嘗舉其目，曰小說，曰合生，曰說諢話，曰說三分，曰說五代史。南渡以後，此風未改，……灌園耐得翁（《都城紀勝》）述臨安盛事，亦謂說話有四家，曰小說，曰說經說參，曰說史，曰合生，而分小說爲三類，即「一者銀字兒，如煙粉靈怪傳奇；說公案；

〔註119〕王德威：《想像中國的方法：歷史・小說・敘事》，頁87。

> 皆是撲拳提棒趕棒及發跡變泰之事；說鐵騎兒，謂士馬金鼓之事」
> 是也。〔註120〕

中國古典小說中的「說話人」聲口根據故事類型的不同而有相異的敘事呈現，如《金瓶梅》及其續書《續金瓶梅》、《三續金瓶梅》等小說中對於情色書寫的情節，作者藉由說話人的全知視野及修辭策略，呈現了兩種目的：

> 一方面說話人豁達老練，實事求是的聲音允許他們以一種詳細卻又
> 漠不關己的超然態度敘述一些風月細節；另一方面，憑著權威式的
> 認知語氣和先驗的社會／文化意念，說話人即使在敘述最露骨的場
> 面時仍暗示我們，他的用意無非是帶領我們相信，他的故事是在更
> 廣大的道德內省下有感而發。〔註121〕

這樣的敘事表現形成「反諷」的修辭效果，而《續金瓶梅》及《三續金瓶梅》在小說文本、序跋中不斷呼籲「聽眾」去體會在情色書寫下更為深刻的道德反省，而非只是把小說當「淫書」閱讀，郭洪雷認為王德威對說話虛擬修辭策略的分析，具有兩方面的啟示：

> 一、在小說寫作中，不管運用的是「講述」還是「展示」，只要能夠
> 營建起和諧的修辭情境，就能夠取得完滿的修辭效果；二、在一定
> 的歷史時期，在一定的社會文化語境中，閱讀行為本身意味著一種
> 「契約」關係的建立，隨著社會文化語境的變化，必然影響小說的
> 創作，這時，從小說文本的內部和外部就會產生新的「力量」，最終
> 顛覆舊的「契約」，建立一種新的、有著不同社會文化內涵的「契約」
> 關係。〔註122〕

在小說敘事中，說話人與看官之間存在一定的默契，構成一種虛擬的說書情境，直至晚清仍被普遍用為敘事的基本模式之一。

　　嘉靖本《三國演義》分十卷二百四十則，則目為單句，以六言為主，間有七言、八言，如第一則〈祭天地桃園結義〉，第三則〈安喜縣張飛鞭督郵〉，第八則〈曹操謀殺董卓〉等。卷首有一首從「一從混濁分天地」敘至「萬古流傳三國志」的歷代歌，各卷首均標明本卷敘事時間的起訖年限。開頭無套語，少見後來章回小說常用的「卻說」、「話說」之類引頭語詞，結尾多以簡

〔註120〕魯迅：《魯迅小說史論文集──中國小說史略及其他》，頁95。
〔註121〕王德威：《想像中國的方法：歷史・小說・敘事》，頁89。
〔註122〕郭洪雷：《中國小說修辭模式的嬗變──從宋元話本到五四小說》，頁66～67。

短的問句結束，較爲隨意，如「怎麼取勝」、「性命如何」、「此人是誰」、「畢竟是誰」之類，全書很少見到後期章回小說常見的說書人聲口，引導讀者閱讀的是貫穿全書的史官聲口，高儒《百川書志》卷六總結《三國演義》的敘事藝術曰：

> 《三國志通俗演義》二百四卷。晉平陽侯陳壽史傳，明羅本貫中編
> 次。據正史，採小說，證文辭，通好尚，非俗非虛，易觀易入，非
> 史氏蒼古之文，去瞽傳詼諧之氣，陳敘百年，該括萬事。〔註123〕

《三國演義》以其擬史的敘事範式奠定長篇章回演義的寫作成規，欲達成「庶幾乎史」的敘事效果，而在續書《續編三國志後傳》在開頭就使用「卻說」、「且說」之類的套語，使用極爲頻繁，結尾多引詩贊成爲慣例，而全書也少見說書人聲口，史官聲口較爲常見，比較特別的是，在小說敘事中穿插史書記載，如第九回〈劉璩改名投元度〉述及北地主帥郝元度「乃涼州北境人，頗深文墨，敬賢禮士，亦有中土之風。此去甚近，可以相就」，後面引《晉史》有關郝元度的記載：

> 按《晉史》：郝元度字中立，祖貫西涼人士，幼習詩書，及長，善能
> 騎射，極有勇力，乃棄文從武。因與鄰里構爭，揮拳打死人命，逃
> 羌中投入北部，北部大人敬其才，令贊軍務。後因魏朝調遣北部征
> 討遼西、陰山諸處，與胡兵極戰，中箭而亡。

綜觀全書，在小說中屢見插敘史事成爲敘事常規，這在歷史演義小說的文體特徵是非常特殊的現象。

據魯迅考證現存《水滸傳》所知者有六本，最重要有四：一曰一百十五回本《忠義水滸傳》。前署「東原羅貫中編輯」，明崇禎末與《三國演義》合刻爲《英雄譜》，單行本未見。二曰一百回本《忠義水滸傳》。前署「錢塘施耐菴的本，羅貫中編次」（《百川書志》六）。即明嘉靖時武定侯郭勛家所傳之本，「前有汪太函序，托名天都外臣者」（《野穫編》五）。今未見，別有本亦一百回，有李贄序及批點，殆即出郭氏本，而改題爲「施耐菴集撰，羅貫中纂脩」。三曰一百二十回本《忠義水滸傳全書》。亦題「施耐菴集撰，羅貫中纂修」，與李贄序百回本同。首有楚人楊定見序，自云事李卓吾，因袁無涯之請而刻此傳。四曰七十回本《水滸傳》。正傳七十回楔子一回，實七十一回，

〔註123〕〔明〕高儒《百川書志》，收入朱一玄、劉毓忱主編：《三國演義資料彙編》，（天津：南開大學出版社，2003年6月第1版），頁202。

有原序一篇，題「東都施耐菴撰」，爲金人瑞字聖嘆所傳，自云得古本，止七十回，於宋江受天書之後，即以盧俊義夢全夥被縛於張叔夜終，而指招安以下爲羅貫中續成，斥爲「惡札」。〔註124〕《水滸傳》一百二十回本開頭套語固定爲「話說」，結尾亦有詩詞，套語爲「畢竟……且聽下回分解」，經由觀察得知，開頭結尾形式固定，顯見寫定者已有此類文體的創作意識，全書以說書人聲口主導，但這些並非《水滸傳》原本，有學者根據前人記載得知《水滸傳》原本前有「致語」或「楔子」，其形式多爲駢文或韻文，可用於說唱，各回皆有引頭詩詞，同樣保存了較爲明顯的宋元話本特徵。〔註125〕

　　《後水滸傳》全書爲七言到九言的對偶回目，開頭有「話說」套語，結尾有「不知後事如何，且聽下回分解」語句，已定型成固定格式，書中詩詞韻文不多，寫景狀物與議論抒情皆以韻語出之。

　　《水滸後傳》全書爲六言到八言的對偶回目，除了第一回引首詩之外，其他回皆無，開頭有「話說」、「卻說」套語，結尾是「不知……何如，且聽下回分解」、「畢竟……，且聽下回分解」、「不知後事如何，且聽下回分解」語句，比較特別的是，「陳忱在《水滸後傳》中以飽含詩意的筆觸寫景造境，顯示出頗具文人特色的審美情趣。」〔註126〕如第十四回〈安太醫遭讒避蹟　聞參謀高隱留賓〉寫安道全逃亡途中所見：

> 又過一二里，望見一座村坊，官道旁有一所莊房，門前兩三株古木，屋背後枕著山岡，左邊一條小石橋，滿澗的水澌。有一老梅橫過澗來，尚未有花。一群寒雀啄著蕊兒，見人來一哄飛去。裡邊走出了三個小童，抱著書包散學。隨後有個人出來關門，高巾道袍，骨格清奇。（頁110）

又如第二十二回〈破滄州義友重逢　圍汴京奸臣遠竄〉，透過楊林之眼敘寫燕青所居之地：

> 立在橋上看，那一帶清溪潺潺不絕，靠著山岡，松林深密，有十餘家人家，都是草房。門前幾樹垂楊，一陣慈鴉在樹梢上呀呀的噪，

〔註124〕魯迅：《魯迅小說史論文集——中國小說史略及其他》，頁125～130。

〔註125〕劉曉軍：《章回小說文體研究》，（上海：華東師範大學出版社，2011年3月第1版），頁118。

〔註126〕陳才訓：〈從英雄傳奇到「洩憤之書」——論陳忱《水滸後傳》創作的主體意識〉，收入傅承洲主編：《中國古代敘事文學國際學術研討會論文集》，（北京：中央民族大學出版社，2011年12月第1版），頁223。

溪光映著晚霞，半天紅紫。下得橋來，人家有鎖著的，有緊閉的，
通不見有個人影；到村盡處，一帶土墻，竹扉虛掩。楊林挨身進去，
庭內花竹紛披，草堂上垂著湘簾，紫泥塗壁，香几上小爐內裊出柏
子清煙。上面掛一幅丹青，紙窗木榻，別有一種情況。（頁 174）

陳忱以文人作家獨特的審美眼光抒發自我情志，這在中國小說續書的書寫傳統中更顯得獨樹一幟。

《蕩寇志》全書爲七言到八言的對偶回目，全書不見引首詩詞，每回開頭套語多爲「話說」、「卻說」，結尾是「不知……，且聽下回分解」、「畢竟……，且聽下回分解」等語句。

《西遊記》版本甚多，一般認爲萬曆二十年（1592 年）世德堂刊本《西遊記》最接近吳承恩原本。小說分回標目，回目爲聯句，以七言居多，間有四言、五言或八言。各回開頭多以「話表」、「卻說」等詞語引出敘事，結尾多以「畢竟……如何，且聽下回分解」套語，已成格套。多引首詩詞，部分還以詩詞結束。文中大量使用詩詞韻文，所佔比例極高。沒有明顯的說書人口吻，但隨處可見的詩詞韻文似乎也可用來說唱。

《續西遊記》回目爲七言聯句，對仗較工整。各回開頭大多有「話表」引出所敘故事，結尾有「且聽下回分解」語句，已定型成格套。

《西遊補》分回標目，標明回數，回目爲七言對句，較爲工整。開頭結尾極少說書套語，中間亦少見詩詞韻文形式，屬於已逐漸擺脫話本小說影響的章回小說。

《後西遊記》分回標目，回目爲四言到八言對句，引首多詩詞，中間常見詩詞韻文形式，結尾多「不知……，且聽下回分解」語句，有些則無，如第三、六回。

《金瓶梅詞話》回目以七言聯句爲主，間有八言，第七十一、七十二、八十五回回目字數不對稱，而到繡像本《金瓶梅》已改進回目字數不對稱的問題，《金瓶梅詞話》開頭多引首詩詞，各回開頭多以「話說」、「卻說」等詞語引出敘事，結尾有「畢竟未知後來如何，且聽下回分解」說書套語，中間多詩詞韻文形式，全書多說書人口吻。

《續金瓶梅》回目以七言聯句爲主，間有八言，引首多詩詞，全書以說書人口吻爲主，有時開頭針對詩詞典故或《太上感應篇》加以解說，開頭多「單說」、「話表」等詞語引出敘事，中間多詩詞韻文形式，值得注意的是對

於續作緣起花了極大篇幅說明，強調讀者誤解《金瓶梅》的創作本意，「反做了導欲宣淫話本」，「把這做書的一片苦心變成拔舌大獄」，開頭大多先列《太上感應篇》條文，再敘本回故事。

《三續金瓶梅》的回目已定型爲七言聯句，除了第一回開頭引詩爲證之外，其餘各回都以「閒詩不錄」、「荒言莫敘」省略開頭詩，中間詩詞韻文形式漸少，結尾仍有「畢竟後文如何，且看下回分解」的說書套語。從四大奇書之續書運用說用說書人聲口營造出「似眞」的說書情境，在此以王德威的觀察來說明：

> 只要說書情境成爲似眞的常規，中國古典小說企圖以說話人的存在統領全局，控制意義的假設即可成立。另一方面，似乎傳統說話人及作者都體會到，故事臨場感的產生往往得力於在主線「事件」之上穿插許多無關緊要的「非事件」(non-events)。因此，所有的語言姿態、聲音回響、誇大、論斷、瑣碎的指涉、抒情的描寫、敘事格式等通常被視爲阻礙作品時序流通的技巧，反變成一個功能性的意符，達到了藉說話情境造成時間留滯的效果。〔註127〕

續書作者藉由說書人聲口的話語形式向讀者傳達臨場感的敘事策略上，往往召喚讀者進入虛擬說書情境中，並且樂此不疲，讀者接受這種和說書人溝通的模擬狀況後，除了接受語言傳達狀況的有效性，也分享了說書人所感覺到的眞實「視野」，說話情境一旦建立，就能保證作品的意義感的產生。

三、修辭模式

由章回小說所營造的說話人虛擬修辭來審視四大奇書之續書，經由前述的分析可知，說話情境是作者與讀者在閱讀活動所建立起來的敘事成規，藉由這樣的文體形式，即能保證小說敘事意義的產生與傳達，本節在探討四大奇書所建立的敘事範式如何影響續書的修辭模式，而經由續書作者在文本中，邀請讀者參與小說敘事的動態過程中，透過回目設置、說話人的敘述方式等文體形式的考察，得出章回小說營造似眞的說書情境，乃是作者與讀者間的閱讀契約，一旦接受這種虛擬修辭情境所遵循的原則，小說中道德或寓言式的教誨均爲同樣可理解或眞實的，如忽來道人〈蕩寇志引言〉曰：

> 莫道小說閒書，不關緊要，須知越是小說閒書，越發傳播得快，茶

〔註127〕王德威：《想像中國的方法：歷史‧小說‧敘事》，頁90～91。

坊酒肆，燈前月下，人人喜說，個個愛聽。他這部書既以刊刻行世，在下亦不能禁止他。因想當年宋江，並沒有受招安、平方臘的話，只有被張叔夜擒拿正法一句話。如今他既妄造僞言，抹殺正事。我亦何妨提明眞事，破他僞言，使天下後世深明盜賊忠義之辨，絲毫不容假借。況夢中既受囑於眞靈，燈下更難已於筆墨。看官須知：這部書乃是結耐庵之《前水滸傳》，與《後水滸》絕無交涉也。本意已明，請看正傳。〔註128〕

續書作者透過接續原書結局，進而傳達個人重寫的創作動機，想要藉由書寫手段扭轉讀者接受續書的意識形態並非易事，故而續書作者竭力在文本或序跋不斷闡明創作主旨，因爲小說作者明白讀者熟悉這一套說書人套語所形構的說話情境，邀請讀者進入說話情境後，再經由「言語」與「書志」的修辭模式讓讀者了解小說作者創作的旨趣爲何，以郭洪雷對「言語」修辭模式的界定說明：

> 所謂「言語」修辭模式，是指基於古代通俗小說表演、說唱傳統，在小說文本中虛擬、模仿表演、說唱的在場性、可視性和空間性爲主的修辭模式。這一模式往往能夠在「故事」之外，營造出「說話人」與聽眾間的交流空間，並通過程式化、套語、習用語、韻文等手段，將「說話伎藝」中存在的外部修辭情境攝取到小說文本之中。〔註129〕

而對於中國古典小說中的「書志」修辭模式則主要在史官文化與史傳文學影響下而形成，郭洪雷有以下的界定：

> 中國古典小說的「書志」修辭模式，在對時間中事件、人物及其行爲的敘述中，利用歷史書寫的規範來達成它的修辭效果，並且它更爲注重通過利用歷史書寫的評價體系來經營小說的內部修辭情境。在這一模式中，人們往往能夠清晰地把捉到修辭主體的存在。〔註130〕

在《小說修辭學》中，韋恩・布斯（Wayne Booth）將「微觀修辭」稱爲「小說之中的修辭」，將「宏觀修辭」稱爲「做爲修辭的小說」，他在第二版的跋

〔註128〕〔清〕忽來道人〈蕩寇志引言〉，見高玉海：《古代小說續書序跋釋論》，頁71。
〔註129〕郭洪雷著：《中國小說修辭模式的嬗變——從宋元話本到五四小說》，頁42。
〔註130〕郭洪雷：《中國小說修辭模式的嬗變——從宋元話本到五四小說》，頁43。

文寫道：

> 對於兩種意義上的修辭的區分貫穿全書，但也沒有一直保持著這種
> 區分：小說中之修辭，即公開的可辨認的手法（最極端的形式便是
> 作家的評論），與做為修辭的小說，即「廣義的修辭整部作品的修辭
> 方面都被視作完整的交流活動。」即使對這種區分非常尊重，也不
> 需要改寫任何章節或將全書分為兩部書。讀者在遇到一個論辯或例
> 證的時候，只要看看它是屬於技巧問題（修辭慣例）還是屬於被看
> 作修辭性的講故事的藝術就可以了。〔註 131〕

修辭模式的探討主要從宏觀修辭的角度切入，針對為了某一修辭目的和效果
而運用各種具體修辭手段所進行的整體交流活動。

　　《三國演義》的續書《續編三國志後傳》作者藉由鄧艾夜訪孔明墓產生
的夢兆，說明「劉漢二十六君，守道育民，初無失德，宜使其裔興漢復祀」
之意識形態。在第一回〈後主降英雄避亂〉作者借李裕之口，道出晉文公流
亡各地，到最後受眾人輔佐，成為春秋五霸之一的史實：

> 裕置酒相款，席間嘆息曰：「余先君在日，每嘗戮力王室，為國忘家。
> 後因失事被譴，厥志不遂。見諸葛丞相人亡，傷念不已，竟成疾而
> 逝。今吾輩目擊國破主辱，不能繼述先君之忠，以匡救王室，何用
> 生為？」眾皆感悼，無不泣下數行淚。惟王彌撫掌大笑而起曰：「夫
> 否泰運也，榮辱數也，何足悲哉？況天生吾才，必有所用。昔晉文
> 避難出奔，賢士雲從，卒復霸業。吾輩才雖不及古人，然有志者事
> 竟成，安知他年建立，出於晉文公下乎？諸君何用作楚囚之對泣
> 耶？」（頁 11）

作者酉陽野史經由史實的借鑑，在第一回開頭就已經將蜀漢正統延續的敘事
命題與晉文公「尊王攘夷」巧妙的結合，而使全書呈現出譬喻修辭的歷史連
結效果，如此也取得敘事意圖上的合理性，故而呈現出「書志」修辭模式的
擬史性。

　　《後水滸傳》在水滸英雄兩大統領宋江、盧俊義被奸臣所害，透過天道
循環的因果架構，採取續書常用「轉世托生」的敘事結構，延續忠義精神的
歷史辯證，如第一回〈燕小乙訪舊事暗傷心　羅真人指新魔重出世〉，作者藉

〔註 131〕〔美〕韋恩・布斯（Wayne Booth）撰，傅禮軍譯：《小說修辭學》，（桂林：
　　　　廣西人民出版社，1987 年 2 月），頁 424。

老者之口對水滸英雄功過的評價：

> 老者道：「老兄有所不知。這班好漢，論他嘯聚行藏，自然是一伙大盜；若推原其心，他眾豪傑不是遭權貴之殃，就是受奸人之害。實俱含冤負屈，無處可伸，故激怒而至於此。所以這宋大王雖為盜魁，卻心存忠義，所坐之堂，亦以『忠義』為名。又立兩竿旗，上寫『替天行道』，只誅贓官污吏，絕不擾害良民。所以我們鄰近百姓，甚是安堵。不期後來奸臣設計，知戰不勝，遂降敕招安。這宋大王陷身水泊，原非其志，一聞招安，滿心歡喜，以為改邪歸正，可以報效朝廷，以補前過。雖有心腹再三勸他，他只不聽，故受了招安，歸順朝廷，因將梁山泊一個虎狼之穴，弄做一個漁牧樵釣之場。所以我與樵友在此嘆息。」（頁61）

《後水滸傳》基本上對原書水滸英雄的結局是同情的詮釋角度，選擇將盜賊與忠義並置的映襯修辭格局，而兩者對立上的矛盾賦予歷來《水滸傳》續書詮釋思想立場上的對話空間，作者在盜賊與忠義的辯證關係上顯然偏向認同其忠義精神的發揚，而將問題癥結轉化為奸臣惑上亂下，並藉由老者之口所營造的說話情境，呈現「言語」修辭模式的通俗性。

陳忱的《水滸後傳》創造了「金鰲島」這樣的海外基地，給予水滸英雄的中原困境另覓出路，在第十回〈墨吏賠錢受辱　豪紳斂賄傾家〉描述地方劣紳丁自燮與呂太守聯手欺壓太湖漁民，而李俊、費保、狄成被呂太守所擒，要三千兩銀子才釋放，李俊後來被救之後，當晚夢回梁山泊忠義堂，宋公明送了四句詩暗示在金鰲島另起爐灶，開啟李俊別尋海外事業的契機：

> 「我想起來，昨夜算計不通，終不然困守此地。宋公明顯聖，說『徼外山川氣象雄』，必然使我們到海外去別尋事業。」李俊道：「正合我意。前日在縹緲峰賞雪，見一聲霹靂，飛下一塊火，尋看時，得一石板，也有四個字，是一樣的，至今供在神堂內。」叫取來與樂和看了，道：「我當初聽得說書的講一個虯髯公，因太原有了真主，難以爭衡，去做了扶餘國王。這個我也不敢望。但海中多有荒島，兄弟們都是服水性的，不如出海再作區處，不要在這裡與那班小人計較了。」（頁83）

第九回李俊同弟兄賞雪時，天際一個霹靂落下的石板，正是宋江字樣，即：「替天行道，久存忠義。金鰲背上，別有天地。」藉上天顯異及夢兆在敘事過程

造成預示及轉折的修辭效果，在《水滸後傳》第四十回〈薦故觀燈同宴樂 賦詩演戲大團圓〉結尾暹羅國王點了戲目上的《定海記》，正是虬髯公在扶餘國封王故事，與第十回前後呼應，而當時李俊被擒與此時賞燈的敘事時間皆為元宵，就可以說是作者「有意為之」的伏筆了，這裡呈現「言語」修辭模式的預敘性。

《蕩寇志》一反兩本續書延續忠義精神的同情視角，而從金聖嘆七十回本的思想基礎續起，從「尊王滅寇」的角度看待宋江等賊寇偽托忠義的虛假面貌，當然這與作者俞萬春身經農民起義的生活背景相關，所以《蕩寇志》對皇權擁護的意識形態非常明確，在一百一回〈猿臂寨報國興師 蒙陰縣合兵大戰〉陳希真率領的猿臂寨與官軍合作，其契機之轉變乃高俅在蒙陰被困，寫信請雲天彪救援，其子雲龍建議寫信商請陳希真馳援以成就兩全其美之計，其信曰：

> 只因太尉高公，領軍剿賊，被困蒙陰。蓋太尉出師之際，正梁山東
> 去之時也。設彼時乘其不備，先復曹州，原可一鼓而擒，再追巨寇。
> 乃竟計不出此，直抵蒙陰，以致賊勢猖狂，官軍竭蹶。現在攻圍甚
> 急，危險非常，遣人星夜來前，哀號求救。弟因事關君國，分所難
> 辭，已命小兒雲龍，帶兵前去。惟是梁山勢猛，太尉事危，使非助
> 以神兵，旦夕恐難奏效。因思道子勇能蓋世，才智超倫，一到蒙陰，
> 重圍立釋。用敢片言勸駕，諒不我辭。務即會合天兵，匡扶王室。
> 兼且高公舊誼，從此修盟。既輸力於天家，復用情於舊好。公私兩
> 得，傾耳捷音。（頁 359～360）

而小說安排陳希真在第八十三回夜奔猿臂寨，經過第八十四回苟桓三讓猿臂寨，陳希真遙望東京朝拜，說道：「微臣今日在此暫避冤仇，區區之心實不敢忘陛下也。」凸顯君臣倫理的位階觀念，正是作者俞萬春塑造主角陳希真不同於宋江等賊寇之處，到第九十回陳希真草創猿臂寨，用了七回的敘事進程進行「轉型」的修辭目的，而到一百一回的報國興師，在在呈現官／寇的映襯修辭效果，構成「言語」修辭模式的政治性。

《續西遊記》在取經故事的敘事架構上，可謂逆向操作，藉由護經東土之舉，演繹「即經即心，即心即佛」之理，袪除內心的魔障而同證大道，由於章回小說開頭慣用理念先行的預敘性架構，《續西遊記》同樣也不例外。第一回〈靈虛子投師學法 到彼僧接引歸真〉靈虛子假變老漢、童兒，卻仍被

到彼僧識破，進而引出「棄假歸眞」之理，構成映襯修辭的篇章效果：

> 「若人了悟得作用出來，天地也不知，鬼神也不測。若師兄的變化，
> 不過是因人心而設詐爲幻，你能自知，人得而知；你能自愚，人不
> 得而愚。小僧從眞處尋眞，師兄自從假處露假矣。依小僧之言，師
> 兄淨洗往日之假，丞歸此日之眞；放著正路不由，卻走邪魔歪道？」
> 靈虛子答道：「師兄未來，小道只說這變化奇妙，瞞盡世人。誰知師
> 兄一來看破，我自覺此說不能迷昧至人，習之無益，今願棄假歸眞，
> 仍赴靈山勝會，懺悔前愆，消除罪孽。」（頁 1162～1163）

小說修辭透過八十八種機心所衍生的魔難考驗取經人的心志是否純正，呈現
出「言語」修辭模式的宗教性。

《後西遊記》同樣在取經故事的敘事結構上模仿原書的人物出身，頗有
仿效之意，小聖孫履眞透過定心、養氣的修身歷程，以及花果山無漏洞七七
四十九日，得了心中眞師傳授，悟出「原來自己心性中原有眞師，特人不知
求耳」之理，無師自通習成七十二般變化，第三回小聖孫履眞降龍王、伏猛
虎，下地府查出判官崔珏竄改萬國帝王天祿總簿，唐太宗多添了二十年歲數，
故而小聖孫履眞建議憲宗享國三十五年，享年六十三歲，改爲享國十五年，
享年四十三歲，崔判官私延太宗之壽，罰作方士獻丹藥與憲宗，乃因「近日
皇帝多好神仙，愛行房術」，語含針砭之意，第四十回論及唐憲宗在元和十四
年，遣大顚和尚往西天求眞解：

> 卻說唐憲宗，自元和十四年唐玄奘佛師顯聖封經，特遣大顚詣西天
> 求解後，生有和尚雖承恩寵，然無經可講，也覺漸漸淡了，各寺院
> 的佛事也漸漸減了，四方的施捨也漸漸少了。生有法師原是個熱鬧
> 中人，一旦冷落，滿心只懷恨大顚，又恐怕他求解成功，朝廷寵幸，
> 欲要痛加毀謗，又因憲宗親見封經顯靈，浮言不入，煎熬個幾時就
> 抑鬱死了。憲宗皇帝既沒有生有，又望大顚不來，無人議論佛法，
> 就被一個方士叫做柳泌誘哄他好仙，一旦服了金丹，忽然暴崩在中
> 和殿上。（頁 2311～2312）

小聖孫履眞下地府判案的因果在第四十回得到呼應，也隱然透露作者對於宗
教是否對人心能產生移風易俗的效用抱持懷疑甚至否定的態度，也使得全書
充滿諷刺的修辭效果，構成「言語」修辭情境的批判性。

《西遊補》以十六回篇幅論述「引入情魔，由情入妄，妄極歸空」之理，

而藉由情緣夢幻的敘事結構述說「情在於人，視其所用，正則爲佛，邪則爲魔」之理，第一回〈牡丹紅鯖魚吐氣　送冤文大聖流連〉因唐僧與孫悟空辯說牡丹紅不紅的問題，唐僧說了一偈，即：「牡丹不紅，徒弟心紅。牡丹花落盡，正與未開同」，此爲入魔之始：

> 偈兒說罷，馬走百步，方才見牡丹樹下立著數百眷紅女，簇擁一團在那裡採野花，結草卦，抱女攜兒，打情罵俏。忽然見了東來和尚，盡把袖兒掩口，嘻嘻而笑。長老胸中疑惑，便叫：「悟空，我們另覓枯徑去罷。如此青青春野，恐一班孌童弱女又不免惹事纏人。」行者道：「師父，我一向有句話要對你說，恐怕一時衝撞，不敢便講。」（頁 2336）

《西遊補》專注在情與道關係的探究，從小說中反映了晚明日益高漲的「情教」思想，馮夢龍的〈情史敘〉則論以六經與情教之關係，並擴及人倫：

> 《六經》皆情教也。《易》尊夫婦，《詩》首〈關雎〉，《書》序嬪虞之文，《禮》謹聘奔之別，《春秋》於姬姜之際詳然言之，豈非以情始於男女？凡民之所必開者，聖人亦因而導之，俾勿作於涼，於是流注於君臣父子兄弟朋友之間，而汪然有餘乎！異端之學，欲人鰥曠，以求清靜，其究不至無君父不止，情之功效亦可知已。
> 〔註 132〕

從《西遊補》全書觀之，董說以由色入空的敘事脈絡，論情欲之虛、道根之實，以孫悟空進入鯖魚幻境爲「悟情」之試煉，透過三藏、項羽、風流天子情欲之魔的揭示，既有諷世之意，也達到勸誡的修辭目的，全書以象徵修辭打造的奇幻語境，構成「言語」修辭模式的哲理性。

　　《續金瓶梅》開篇以說書人口吻敘述創作緣起，並採極大篇幅將《金瓶梅》的創作意旨與閱讀反應予以說明，作者丁耀亢以《太上感應篇》無字解的用意乃在「勸善懲惡」，以這樣的理念貫串全書，每一回開頭總有佛經、引首詩詞，通常包含勸懲之典故，又結合《太上感應篇》的因果循環思想，如第二回〈欺主奴謀劫寡婦財　枉法贓遺累孤兒禍〉曰：

> 詩曰：

〔註 132〕〔明〕馮夢龍：〈情史敘〉，見黃霖編，羅書華撰：《中國歷代小說批評史料匯編校釋》，（南昌：百花洲文藝出版社，2009 年 10 月第 1 版），頁 268～269。

禍福無門人自招，隨形寫影詎能逃！

心頑似鐵爐難化，欲熾如油火亦燒。

何待陰曹煩記錄，本來明鏡察秋毫。

兒孫不是悠悠者，多為千門積德高。

這首詩單表《太上感應篇》起首四句，說是禍福無門，唯人自招；善惡之報，如影隨形。似這老頭巾的俗談，誰不厭聽？那輕薄少年、風流才子聽此講道學的話，不覺大笑而去，何如看《金瓶梅》發興有趣？總因不肯體貼前賢，輕輕看過，到了榮華失意，或遭逢奇禍、身經離亂，略一回頭，才覺聰明機巧無用，歸在天理路上來才覺長久，可以保的身，傳的後。今日講《金瓶梅》一案，因何說此？只因西門慶淫奢太過，身亡家破，妻子流離，在眼前，也又一個西門大官出來照樣學他，豈不可怕？（頁7〜8）

全書六十四回皆以這種道德說教式的修辭智慧闡釋，丁耀亢在《續金瓶梅》突出說話人聲口的用意，在於藉由佛典、道家典籍、詩詞韻文所傳達的俗世道德觀念，幫助讀者更能掌握閱讀《金瓶梅》的情色書寫背後所應體悟的人生命題，而非起而效尤的貪欲淫念，在教化為先的修辭目的主導下，《續金瓶梅》展現「言語」修辭模式的道德思維。

《三續金瓶梅》採取由幻入空的敘事筆法，更進一步「雅化」情色語言，少了《續金瓶梅》的宗教說法，卻也延續因果報應的「財色」命題，以說書人口吻敘述情色場面，如第四回西門慶與四房葛翠屏成親，「他二人乾柴烈火，旱苗得雨，顛鸞倒鳳，魚水和諧，夫妻恩愛，不必細說。」第五回描寫西門慶與春梅、楚雲的性愛場面，「楚雲就要跑，官人揪住，一手拉著春梅，叫玉香關門出去。不容分說，拉上床去，點著燈，一場風雨。楚雲故作嬌痴。官人叫春娘按著，曲盡魚飛之樂，又把春娘推倒，鳳友鸞交，大作一回。直狂至五更，才雲收霧散，睡到天明。」其餘各回的性愛場面，多如上述，作者訥音居士真正做到在〈三續金瓶梅自序〉所說「舊本一切穢言污語，盡皆刪去」的修辭目的，而節慶、生日也是書中著重描寫的時間刻度，《金瓶梅》的生日占了全書三分之一的篇幅，《三續金瓶梅》也承繼原書的時間書寫，如第十回寫道八月十五日是月娘生日，第十四回寫道正月二十一日是孝哥生日，第十五回寫道三月十九日是黃羞花生日，第十六回寫道六月初六是馮金寶生日，藉此帶出人物際遇以及情節發展，呈現「言語」修辭模式的時間性。

　　總體而言，四大奇書之續書在書寫自我情志的抒情意義上，承襲發憤著書的史學傳統，並且由於身處明末清初世變之際的遺民作者融入「感時憂國」的激憤情懷，在小說文本及序跋無不強調對時局的感懷與個人精神家園的重建，而從四大奇書與續書主題在傳釋過程的變異觀之，主題內容呈現相承、歧出、深化、拉鋸等文學詮釋關係，創作者與批評者視野相互交錯，影響與誤讀成為續書創作的瓶頸與契機。

　　從敘事形式的角度考察，續書七言對偶回目的設置代表章回小說成熟期的文體特徵，續書沿用虛擬說書情境來保證作者與讀者閱讀契約的有效性，藉由言語、書志修辭模式的考察，可以發現續書創作所產生的修辭效果，對原書的重寫與翻案具有推波助瀾的作用，深化「勸善懲惡」、「娛樂教化」的小說觀念。

　　從閱讀活動的觀點來看，在四大奇書之續書以「讀者」身份對經典加以評論、詮釋及模仿，直接或間接擴大讀者與明清時期通俗小說的創作與傳播效應，〔註133〕除了現實讀者，續書做為文本的「讀者」、「作者」、「評論者」三位一體的特殊身份，構成整個文學交流過程，「閱讀行為（這是一切真正的批評思維的歸宿）意味著兩個意識的霞合，即讀者的意識和作者的意識的重合。」〔註134〕而陳大康提出明清通俗小說的發展在由作者、書坊主、評論者、讀者以及統治階級的文化政策五者共同作用下的研究模型，〔註135〕提供筆者審視四大奇書之續書閱讀反應的理論視野，在明末清初文化轉型的世變之際，續書小說話語的眾聲喧嘩，呈現一種新的批評範式的建立。

　　喬治・布萊（Geoges・Poulet，1902～1990）指出：「批評是一種思想行為的模仿性重複，它不依賴於一種心血來潮的衝動。在自我的內心深處重新開始一位作家或哲學家的『我思』，就是重新發現他的感覺和思維的方式，看一看這種方式如何產生，如何形成，碰到何種障礙；就是重新發現一個人從自我意識開始組織起來的生命所具有的意義。」〔註136〕四大奇書之續書透過

〔註133〕參蔡亞平：《讀者與明清時期通俗小說創作、傳播的關係研究》，（廣州：暨南大學出版社，2013年3月第1版），第八章〈讀者與明清時期通俗小說續書〉，頁239～262。

〔註134〕〔比利時〕喬治・布萊（Geoges・Poulet）撰，郭宏安譯：《批評意識》，（南昌：百花洲文藝出版社，2010年5月2版），頁3。

〔註135〕陳大康：《明代小說史》，（上海：上海文藝出版社，2000年10月第1版），〈導言〉，頁1～23。

〔註136〕〔比利時〕喬治・布萊（Geoges・Poulet）撰，郭宏安譯：《批評意識》，見

重寫追摹經典，融入個人情志、主題體會、文體規範，構成文學／文化空間
中創作與閱讀兩類互補的活動，呈現兩者不斷的追憶軌跡。

郭宏安《〈批評意識〉述要》，頁 6。

第四章　世俗歸趣：四大奇書之續書的
儒家本位與宗教意識

　　明清章回小說帶有大量宗教描寫其實是爲作者的藝術構思和思想立場的傳達而服務，明代四大奇書的文本中或多或少藉助宗教描寫做爲勸懲教化的敘事手段，如《水滸傳》的天罡地煞謫凡和九天玄女下天書、《西遊記》中的佛道神靈及其在取經之路預先設定的考驗安排、《金瓶梅》中的吳神仙、普靜禪師等人及其從事的宗教救贖活動，均可見作者藉由佛道經典、神話傳說、宗教人物在小說敘事對讀者大眾進行教化與警悟的文化意義，這些具有思想啓蒙意義的天界神靈及得道高僧、術士，在小說文本中佔有關鍵地位，往往在小說主角遭遇試煉考驗之際扮演「權威敘事者」的角色，爲小說主角指引迷津、度化開脫，進而達到思想啓蒙的敘事效用。

　　本文時間聚焦在明末清初的世變之際，在這風起雲湧的時代變動中，小說反映了當時文人面對世變的獨特思維與省思，四大奇書的問世及出版，象徵小說文體／文類藝術形式臻於頂峰的文化意義，「明清章回小說作家運用宗教手段進行藝術構思時，不僅成功地將有關素材組織在一個較爲宏大的敘述框架中，而且通過做爲敘事權威的宗教人物成功地將人物命運、情節走向及創作意圖傳達給了讀者」，〔註1〕考察四大奇書之續書中儒家、釋道二教的敘事傳統和敘事要素，可以了解續書作者驅遣運用意所在，並且在小說敘事中扮演何種敘事功能，四大奇書採取宗教手段的用意，究竟在編創過程中給予其

〔註1〕吳光正：《神道設教：明清章回小說敘事的民族傳統》，（武昌：武漢大學出版
　　　社，2012年5月第1版），頁26。

後的續書何種借鏡？續書作者在承襲原書的宗教敘事框架的過程中，是否在自我心性修養的意義上有所突破與建樹？《西遊記》樹立了神魔幻怪的敘事範式，也是透過宗教手法寄託心性試煉的哲理意涵，以魯迅對神魔小說的認定來說：

> 且歷來三教之爭，都無解決，互相容受，乃曰「同源」，所謂義利邪正善惡是非真妄諸端，皆淆而又析之，統於二元，雖無專名，謂之神魔，蓋可賅括矣。其在小說，則明初之《平妖傳》已開其先，而繼起之作尤夥。凡所敷敘，又非宋以來道士造作之談，但為人民閭巷間意，蕪雜淺陋，率無可觀。然其力之及於人心者甚大，又或有文人起而結集潤色之，則亦為鴻篇鉅製之胚胎也。〔註2〕

儒家與釋道二教的原始思想素材，經由文人的巧思編創而達到小說修辭的目的，黃子平把這種片斷性進入文學敘事，又「淆而析之」的民間信仰文化資源，稱為「小說中的宗教修辭」，並舉《西遊記》為例：

> 以《西遊記》為例，最令人嘆為觀止的便是儒釋道三教的這許多片斷，被歪曲、戲仿、挪用、並置，而又居然相安無事地渾然於一體。宗教文化中的形象、儀式、神話情節、命題，被抽離了與其原始教義上下文的具體聯繫，靈活而多變地納入文學作品自成一體的敘述世界之中，以服從小說所希望達到的敘述效果。〔註3〕

《西遊記》的寫定者顯然具有不凡的文學組織能力，將儒家與釋道二教素材經由編創過程融入小說敘事，所以小說作者實具有以宗教為修辭手段的創作意識，而儒家思想是否為宗教問題，歷來學者有不同看法，筆者以為，儒教的說法，主要指儒家的學說，就其性質而言，不應理解為宗教，而是一種政治倫理思想，郭豫適認為「宗教本身有許多特點，其中最突出最重要的一個本質特點，就是承認並且信仰神，認為宇宙萬物由他創造和主宰，人類對此莫可奈何。」〔註4〕筆者認同這樣的觀點。

　　故而探討儒教與明清章回小說的關係，實際意涵乃為儒家思想或儒學與

〔註2〕魯迅：《魯迅小說史論文集——中國小說史略及其他》（臺北：里仁書局，1992年9月初版），頁135。

〔註3〕黃子平：〈「革命歷史小說」中的宗教修辭〉，收入氏編：《中國小說與宗教》，（香港：中華書局有限公司，1998年8月初版），頁329。

〔註4〕郭豫適：〈論儒教是否為宗教及中國古代小說與宗教的關係〉，收入黃子平主編：《中國小說與宗教》，頁204。

明清章回小說的關係，以往較偏重宋明理學或心學與古代小說關係之探究，
〔註5〕近年則有李生龍《儒家文化與中國古代文學》、劉相雨《儒學與中國古
代小說關係論稿》〔註6〕等專書，前者全面論述各朝代儒家思想與文學關係
之探究，後者則是聚焦在儒學與歷史演義、英雄俠義、家庭、神怪、才子佳
人等小說類型間的關係，而小說作者對佛教、道教思想的援引與轉化，其藝
術成就的高下乃是繫於作家本身的才情，藉由郭豫適的話來說：

> 在古代小說中，宗教思想的引入是複雜的，其所產生的作用或正或
> 負，由此而導致的對小說思想藝術成就是否有提高或損害，主要決
> 定於小說家的思想認識、感情態度和藝術創造能力的高低。〔註7〕

本章節欲經由探究四大奇書之續書運用宗教修辭在交代人物命運、情節走
向、創作意圖方面所呈現的敘述效果，分別透過儒家思想所建構的政權倫理
及佛教、道教的轉世、嫡派、還陽、夢境、度脫等敘事框架，欲呈現續書作
者運用宗教書寫所達成的「道德教化」的敘事風貌，並體現小說敘事「世俗
性」的文化意義。

第一節　在儒家倫理與宗教話語之間

　　《三國演義》奠定明清歷史演義小說的敘事範式，該作品成書於元末明
初，但是直到明代嘉靖年間才開始刊刻出版，現在大多數學者認為，嘉靖元
年刊本《三國志通俗演義》為該書最早刊本，庸愚子的〈三國志通俗演義序〉
和修髯子的〈三國志通俗演義引〉被發現在最早的《三國演義》刊本中，對
文本的解讀具有不可忽視的文學意義，舉庸愚子〈三國志通俗演義序〉為例
說明：

> 書成，士君子之好事者，爭相謄錄，以便觀覽。則三國之盛衰治亂，
> 人物之出處臧否，一開卷，千百載之事豁然於心胸矣。其間亦未免
> 一二過與不及，俯而就之，欲觀者有所進益焉。予謂頌其詩，讀其

〔註5〕關於此方面著作可參考劉相雨：《儒學與中國古代小說關係論稿》，（北京：中
　　　國社會科學出版社，2010年10月第1版），〈緒論〉，頁1。（包括書後附錄之
　　　參考書目）

〔註6〕

〔註7〕郭豫適：〈論儒教是否為宗教及中國古代小說與宗教的關係〉，收入黃子平主
　　　編：《中國小說與宗教》，頁209。

書，不識其人，可乎？讀書例曰：若讀至古人忠處，便思自己忠與不忠，孝處，便思自己孝與不孝。至於善惡可否，皆當如此，方是有益。若只讀過而不身體力行，又未爲讀書也。〔註8〕

《三國演義》據史演義，對三國之治亂、人物之臧否別有用心，並且寓含儒家的政治理想及道德倫理思維，對讀者大眾產生移風易俗之社會作用，小說身處文學邊緣地位，藉由小說家強調小說與史書的關係，目的爲依附史書而提升自身的文學位階，修髯子的〈三國志通俗演義引〉更提出創作歷史演義小說須「羽翼信史」的創作法則：

子之不我誣也，是可謂羽翼信史而不爲者矣。簡帙浩瀚，善本甚艱請壽諸梓，公之四方，可乎？余不揣謭劣，原作者之意，綴俚語四十韻於卷端，庶幾歌詠而有所得歟。於戲，牛溲馬勃，良醫所診，孰爲稗官小說，不足爲世道重輕哉！〔註9〕

歷史演義強調「羽翼信史」的編創信念，小說家藉由史書記載寄託自身「勸善懲惡」的教化意識，而小說中的歷史再現「明顯存在虛構成份或神話的情節結構時，這種歷史就不再是純粹的歷史而成爲一種雜交的文類」，〔註10〕因此，海登・懷特（Hayden White）對歷史敘事的看法可爲參考：

歷史敘事不僅是有關歷史事件和進程的模型，而且也是一些隱喻陳述，因而暗示了歷史事件和進程與故事類型之間的相似關係，我們習慣上就是用這些故事類型來賦予我們的生活事件以文化意義的。從純形式的角度來看，歷史敘事不僅是對其所報導事件的一種複製，而且也是一種複雜的象徵系統，它指引我們在我們的文學傳統中找到有關那些事件結構的一種像標。〔註11〕

歷史演義挪用史實，透過敘事創造，呈現出續書作者特殊的編創意識，筆者從中發現小說敘事中，以儒家爲本位的思想立場，藉由小說宗教修辭的觀照，

〔註8〕庸愚子：〈三國志通俗演義序〉，見黃霖、韓同文選注：《中國歷代小說論著選》（上），（南昌：江西人民出版社，2000年9月第3版），頁108。

〔註9〕修髯子：〈三國志通俗演義引〉，見黃霖、韓同文選注：《中國歷代小說論著選》（上），頁115。

〔註10〕〔美〕海登・懷特（Hayden White）：〈做爲文學製品的歷史文本〉，見氏著，董立河譯：《話語的轉義——文化批評論集》，（鄭州：大象出版社，2011年1月第1版），頁90。

〔註11〕〔美〕海登・懷特（Hayden White）：〈做爲文學製品的歷史文本〉，見氏著，董立河譯：《話語的轉義——文化批評論集》，頁95～96。

更能凸顯其思想的底蘊，筆者認爲，小說作者就如一個博學家，巧妙運使佛道宗教素材，卻不必有多深刻的認知。

一、《三國演義》續書的政治興替

《續編三國志後傳》第二回〈二賢合計誅鄧艾〉諸葛宣於聞衛瓘欲誅戮蜀臣，乃毅然直入魏軍營遊說：

> 「前者鍾、鄧二公既談笑以定西州，曾不於此時勞來百姓，撫恤瘡痍，乃各妄行私志，肆意貪殘以取滅籍，蓋由量之淺薄耳！今將軍坐收震世之功，不安綏其臣民，乃欲誅滅蜀臣之家，此則人民驚駭，各懷疑懼之心，翕然叛亂，吾恐禍生不測矣，竊爲將軍危之。古之聖君賢相，但以德服人之心，安有降而復誅，以及無辜乎！語曰：不妄殺人者能君人，湯武之師也。」瓘曰：「吾安有是心？皆人之妄言也。以先生曠世之材，下教不佞，敢不從命乎？」乃急出安民之榜，張掛於市，民心始安。瓘欲留宣于計議別事，而宣于已去，瓘遣人遍訪求之，竟不得其蹤跡矣。（頁20）

諸葛宣於透過借鑑歷史事件的遊說，成功解除蜀臣被誅戮之危機，在此「民心之向背」的歷史評價成爲扭轉情勢的重點，而儒家「以德服人」治國理念的伸張，便成爲歷史隱喻的敘事理念，第三回〈晉武帝興兵伐吳〉，杜預上表議請晉武帝伐吳，「念茲伐吳之舉，十有八九之利，實無一二之害矣，何得又言姑待來秋？」而張華也勸進武帝，「今陛下聖明神武，國富兵強，吳主淫虐，誅殺賢能，若往討之，可不勞而定，何用疑焉？」而吳主孫皓酷虐荒淫之行，致使晉武帝擁有俱足弔民伐罪的正當理由：

> 武帝尚猶豫，探得吳主孫皓酷虐過甚，無辜誅戮大臣，荒游畋獵，幸華里，載其后妃、宮女千餘人西上，遇大雪，凍甚，兵士飢役死者無算，皆憤怨曰：「若遇敵至，便當倒戈矣。」丞相萬或見眾心不樂，與將軍劉平等諫之，吳主怒，乃毅或并戮留平及散騎王侍王蕃。大司農樓玄又好言祥瑞，幸者竟進，侍中韋昭以爲皆民間奸僞，虛誕禍上之言，皓又誅昭。復遣宦者入市，強取民商貨物，眾不平者訟之於司市官陳聲，陳聲不知，執宦者繩之，吳主皓怒，乃執陳聲，燒鋸斷其首，投肢體於四望亭。御弟孫備諫爭之，皓又殺備，并誅其五子。以湘東太守張咏乃陳聲之親，嫌其頌冤，坐以西上之日不

> 出算緡錢犒軍，斬之。有會稽太守車浚，因郡中旱，上言求賑貸，
> 吳主以爲沽恩，執斬之。尚書熊睦上諫，亦幷被殺。一日會宴，將
> 中書令張尚等數臣子以刀鐶撞殺之，身無完肌，人皆慟之。中書令
> 賀劭患中風不能言語，皓疑其詐，鋸斷其頭，徙其子賀循幷家屬等
> 於臨海。置立黃門郎十人爲糾過之官，宴罷之時，各令奏群下闕失，
> 或剝人面皮，或鑿人眼目，刑爛法酷，朝野不安，上下離心。（頁
> 22～23）

續書作者以極大篇幅描寫吳主孫皓的荒淫無道，正是塑造「世變」之際，國
家體制面臨崩解的時空情境，透過「朝野不安，上下離心」的情節編排，讓
讀者從中認同小說第一回所說：「漢高之興，能變秦律，立法三章，天下歸心，
隨滅秦楚。雖然厄於強臣佞戚，光武卒能繼述，垂統綿長，不亦宜乎！」的
敘事理念，第四回〈王渾王浚大爭功〉，描寫晉武帝在滅吳之後，訪求江南遺
臣，而諸葛靚深匿逃避，不肯接受武帝徵召，自命爲亡國之臣，武帝欲授靚
侍中之職被拒：

> 靚不得已，乃出拜，俯首涕泣曰：「臣父得罪於先帝，避禍江東，實
> 受吳祿。今家國俱亡，前既背於魏，今復負於吳，有伍員吹簫之恥，
> 無豫讓吞炭之風，思見聖顏，實懷慚愧，是以深逃避耳！」帝曰：「今
> 吳、魏俱亡，天下已歸一家，幸勿以爲意。」即面授靚爲侍中之職。
> 靚不肯受，再拜固辭，乞歸鄉里。帝優容之，以全其忠。於是散裝
> 歸鄉，終身不游晉市，席亦不向晉而坐，偃仰甘貧，後數年終於家。
> （頁 33）

《續編三國志後傳》對諸葛靚「忠臣不事二君」形象的塑造，凸顯儒家理想
的君臣關係，第五回〈郴嶺吳將敗晉兵〉吳主孫皓被俘後，廣州太守陸晏、
建平太守吾彥各守吳節，以兵拒守，晉武帝遂命歸命侯孫皓修書招降，因此
眾臣、守將，一同入洛，拜見故主，共歸於晉，晉武帝與吾彥的一段對話，
呈現續書作者對國家治亂興衰的歷史見解：

> 武帝因問吾彥曰：「吳國何以卒至於亡？抑由爲君之不仁也，爲臣之
> 不智也？」彥對曰：「吳主英俊，宰輔賢明。」帝笑曰：「如卿所言，
> 宜乎無亡矣。」彥曰：「天祿永終，歷數改易，非人力所能爲也。」
> 帝善其言。（頁 43）

第五回結尾吾彥所謂「天祿永終」典出《論語・堯曰》，陳壽《三國志》也曾

援引，《三國演義》嘉靖本也曾出現類似說法，此為象徵儒家天道循環的政治神話，故吳國滅亡的天命非人力所能改變，「歷數改易」也非歸於西晉，作者在此可謂預留伏筆，第六回〈晉武帝大封宗室〉在平定吳、蜀之後，晉武帝欲封藩諸王，劉頌上疏曰：

> 切念陛下之待諸親王，法制素寬，氣驕性佚，今一朝封出，使之各掌重兵，聖意所以為藩衛國家，識者將以為遺彼禍患也。夫驕弊貴在當時，而杜患當於未萌。恫惟陛下為社稷計，列土分茅，以崇恩例，事則盛矣。亦宜審量勢機，以弘內忧。設使藩王率義效職，其力足以維持畿京，戴翊王室，固為可尚。若其包藏奸險，專恣橫暴，非流毒萬姓，則貽禍藩鄰，又國家之大蠹也。臣愚冒干天聽，分封當遵令典，兵柄實非所宜，伏望大開今日之聰，預慎異時之漸。陛下不以臣言為當，宜與賢達之士籌之，如果臣言為妄，請就誅戮以謝諸王，不勝惶恐待罪之至。（頁44）

作者酉陽野史在第六回開頭以「劉頌之諫」進行預告，此一預敘性的敘事架構揭示「八王之亂」的亂象由大封宗室開始，透過敘述者指陳時弊的情節編排，置入作者的歷史思維及政治期望，晉武帝的政治做為即為「四海困窮，天祿永終」的最佳寫照，第六回寫到諸王受封，「點選兵馬，帶領所擇將吏，擇日赴任而去」的壯盛軍容：

> 有識者見其兵馬之盛，皆背地沉吟嘆息曰：「晉室亂階，其在此舉中起矣。即欲封建藩室，何當使其自揀將佐，選擇兵衛，以握外權乎？雖然不致為亂，而諸侯自相謀奪，所在不免者也。枝葉一催，根本亦難獨立，豈不危歟？奈何不聽劉頌之諫，惜哉言也！」（頁47）

作者從第五回結尾晉武帝與吾彥的對話、第六回開頭劉頌的上表勸諫、有識之士的感嘆，暗示了西晉王朝亂象的開端，也充滿小說作者「感時憂國」的歷史意識。第七回〈陶璜郭欽諫撤兵〉開頭描寫晉武帝大封宗室，此時「內無吳蜀東西之憂，外無南北邊防之患，天下承平，甲兵不用」，與劉毅的對話初現荒淫生活：

> 一日，宴諸進臣，歡飲樂甚，顧謂劉毅曰：「卿素有直名，汝以朕之為君，可比漢之何帝？」毅對曰：「似桓、靈二帝。」武帝曰：「朕何乃至於此耶？」毅曰：「桓、靈之時，賣官錢入官庫，今陛下賣官錢入私門，以此言之，殆不如也。」武帝意雖不悅，然能容人，乃

強作大笑曰：「桓、靈之時未嘗得聞此言，今朕有此直臣，固勝之矣。」
回宮轉思劉毅之言爲忠，復賜毅金二十斤，以旌直臣。毅糾彈豪貴，
無所避忌，人皆憚之。武帝末年，荒於酒色，庸才執政，變亂交作，
終其身四海安寧者，以帝能容諫，臣子得以盡其言故也。（頁48）

晉武帝被劉毅喻爲漢朝桓、靈二帝，甚至不如，反映正統儒家的歷史評價，
高下立判，小說做爲一種歷史再現的形式，在此修辭情境中，隱約傳達續書
作者對西晉武帝的批判與反諷，以儒家經世觀點視之，晉武帝雖擁有君王氣
度，但不具開國君王的高瞻遠慮，如「罷減各處藩鎮守兵之數」、「不逐胡虜
出境，留郡守之兵」等，導致「後來五胡亂華，致傾晉室」，歸結西晉滅亡的
歷史教訓，即：「不思遠猷貽謀之計，不納邊臣之諫故耳。」晉武帝既罷數十
萬守兵，海宇升平，君臣宴飲作樂，遠賢臣，親小人，晉武帝「自好奢華，
臣下習以成風，肆行無忌」，小說前七回從蜀漢後主降晉、晉武帝伐吳到大封
宗室到勸諫武帝撤兵，呈現「亂世無道」的世變情境，傳達「四海困窮，天
祿永終」的儒家政治神話，隱含「歷數改易，非人力所能爲」的政治寓言旨
意。

　　小說第十五回〈諸葛宣於別徐光〉談到徐光與諸葛宣於結識，諸葛宣於
卦卜玄妙，與其「談論古今興廢之事」，「二人又講究歷數，悉皆契合，心知
非凡」，文曰：

家人怪而訝之，光曰：「此非汝輩所能知者。詳觀數子，皆有將相之
材，異日必當發蹟，故與相結。吾知晉朝世事紛更，中原不久將亂，
北地當有興者，吾儕佐之，斯輩其先著鞭矣。欲昌吾門，匪由此乎？」
衆咸哂其爲迂，光待之愈厚。（頁113～114）

作者經由敘事者預告中原將亂，群雄並起之敘事格局即將形成，蜀中汲桑與
小主趙勒爲躲避晉兵盤查，往關外躲避，途經古廟遇晉兵，危急之際有一老
丈解圍，並持酒飯解飢，文曰：

桑見其任俠過甚，觀其形貌，蒼顏古色，鶴髮仙標，拜問鄉貫姓名，
老人曰：「吾修眞道者，名通玄子，久忘姓名，頗知風鑒，適見二君
有難，故亟來此相援，特以符使驅假鹿一群，賺散晉兵，解此一厄，
今後可以無凶險矣。這小郎君，魚龍起於髮際，伏犀貫於囟門，上
四九即當大貴，今週尚在陽九數中，宜往西北而行，可逢旺，獲免
游軍之擾。」（頁120）

老者在續書作者的敘事編排下以「先知」敘事者出場，並以相術描寫趙勒的「異相」，並指示其趨吉避凶之法，第十六回〈趙石勒上黨聚義〉描寫汲桑、趙勒逃難至石大夫家，以夢兆顯其出身之不凡：

> 忽值石大夫晝寢，夢出莊游玩，見羊群之中有大小二虎相對吃物，
> 覓疑是噬他之羊，又恐虎看見趕來，乃躲於僻處，窺其動靜。頃而
> 祥光燁燁，小虎兒起身抖擻，向中間咆哮一回，變做一條百尺金龍，
> 騰空而起，須臾雲翻電閃，風雷交作，揚砂卷石，刮得眼昏目閉，
> 奔走不迭。那大虎從羊群中躍出，徑望身邊沖來，嚇得仰身而倒。
> 正值石夫人來至，見丈夫冷汗如淋，渾身振掉，面色如泥，急忙喚
> 之。石覓醒覺，乃是一夢，身猶戰慄不已。（頁 122～123）

而石夫人解夢，「龍乃人君之象，虎乃人臣之象，必應朝廷有徵召之驗也」更表明夢兆為昭示帝王身份，在此以相術、夢占顯示帝王神話的塑造在歷史演義小說實為常見手法，如《三國演義》第一回描寫劉備的異相，第五十四回描寫孫權的異相，暗示兩人日後貴為帝王。少帝和陳留王夜走北邙山，莊主是夜夢兩輪紅日墜於莊後，孫權出生時，吳太夫人夢日入懷，甘夫人嘗夜夢仰吞北斗，因而懷孕，因而將劉禪乳名取為阿斗，這裡反映出南北斗的民間信仰，南斗即二十八宿中的斗宿，是主管生命長短的神，後代有南斗星君廟，稱為延壽司；北斗即指北斗七星，主福祿夭壽，歲時豐欠，有「南斗註生，北斗註死」之說，似有暗示劉禪國運不永的意味。第三十六回〈趙王秉政篡大位〉也出現災異之象，敘述趙王司馬倫逼迫晉惠帝退位，並對眾官員訓示：

> 汝等以為惠帝無過，弒母殺子，滅叔誅弟，夷戮功臣，世人之罪過，
> 尚有大於此者乎？且天下者，乃吾司馬氏之天下，汝等尸祿庸臣，
> 上無匡君救國之能，下無定亂諫主之義，前非孤家收賈午、章、謐
> 等誅之，幾蹈呂須、產、祿之轍矣。汝輩曾無毫忽效忠之處，徒叨
> 爵秩以諂佞為事者也。（頁 278）

而孫秀為太宰自掌大政，災異之象頻仍：

> 自此災異迭見，天星不順，黃河流決，舟楫不通，慧出竟天，大蝗
> 千里。太史令夏政謂束哲曰：「天下從茲亂矣。」有一雄雉飛入朝門，
> 自太極殿東階上於正殿，衛卒撼之，轉飛於殿西鐘樓之下，有頃，
> 尋之不見。越日，殿上獲得一異鳥，趙王問眾為何名，人皆不識，
> 繫之累日，竟不能曉。忽然宮之西隅走出小兒一個，身穿素衣，向

前曰：「此鳥名服留鳥也。」趙王命查其小兒，亦無人知其從何而來。
（頁 279～280）

小說敘事以一連串災異暗示政權即將傾覆，透過卦卜、相術、夢占、災異達
成「預示」的修辭效果，其背後主導的是「天命」與「人事」互動的儒家政
治思維，面對亂世局面，小說作者選擇透過情節編排，對天下無道的時空環
境進行歷史闡釋，其書寫背後隱含的是「野史」編纂的意識形態，透過海登·
懷特（Hayden White）的話說明：

> 意識形態問題表明：對於任何的一個事件領域，無論是虛構的還是
> 真實的，都不存在什麼價值中立的情節編織模式、解釋模式甚至描
> 述模式；意識形態問題還暗示：語言使用本身就暗含或伴隨著一種
> 對世界的特殊態度，這種態度是倫理的和意識形態的，或者一般來
> 說是政治的，也就是說，不僅所有的闡釋而且所有的語言都受到了
> 政治的污染。〔註 12〕

「野史」編纂的意識形態與儒家政治神話之間關係十分密切，《續編三國志後
傳》承襲《三國演義》對國家命運、民心向背的歷史關注，在戰爭場面、政
治謀略的歷史敘事方面，無不隱含儒家政治思維的關懷，如〈新刻續編三國
志引〉所言：「其思欲顯耀奇忠，非借劉漢則不能以顯揚後世，以洩萬世蒼生
之大憤也。」〔註 13〕突出儒家「忠君」的政治思維是續書作者刻意強調的主
題思想，當歷史已成定局，續書作者按照《晉書》十六國中「前趙」所載歷
史大事，以公元 304 年劉淵自稱「漢王」為史綱，藉以發揮歷史想像，重新
演義三國時期蜀國君臣後代建功立業的故事，因而達到「洩萬世蒼生之大憤」
的創作目的。

二、《水滸傳》續書的忠義／盜賊敘事

《水滸傳》版本繁雜，根據明人高儒的《百川書志》，嘉靖年間已有百回
本《水滸傳》〔註 14〕。但嘉靖本現今只有殘本，而現存全本繁本《水滸傳》

〔註 12〕〔美〕海登·懷特（Hayden White）：〈事實再現的虛構〉，見氏著，董立河譯：
《話語的轉義——文化批評論集》，頁 137。
〔註 13〕〔明〕佚名：〈新刻續編三國志引〉，見高玉海：《古代小說續書序跋釋論》，（北
京：中國社會科學出版社，2007 年 5 月第 1 版），頁 6。
〔註 14〕高儒：〈百川書志〉（選錄），見黃霖、韓同文選注：《中國歷代小說論著選》（上），
頁 117。書中提到「《忠義水滸傳》一百卷，錢塘施耐庵的本，羅貫中編次。
宋寇宋江三十六人之事，并從副百有八人，當世尚之。周草窗《癸辛雜識》

是萬曆三十八年（1610 年）容與堂刻本《李卓吾先生批評忠義水滸傳》和萬
曆四十二年（1614 年）袁無涯刻印的《李卓吾評忠義水滸全傳》。崇禎十四年
（1641 年），金聖嘆《貫華堂第五才子書施耐庵水滸傳》刻印刊行，清代近三
百年，七十回本金批水滸成爲唯一的通行本。

　　《水滸傳》開創英雄傳奇小說類型的敘事範式，天都外臣的〈水滸傳敘〉
爲目前所見最早一篇的《水滸傳》序文，對水滸綠林好漢的歷史詮釋，頗有
見地:

> 余謂諸君得無以爲賊智而少之耶？《經》曰:「竊鈎者誅，竊國者侯。
> 侯之門，仁義存。」若輩俱以匹夫亡命，千里橫行，焚杆叫囂，揭
> 竿響應，此不過竊鈎者耳。夷考當時，上有秕政，下有菜色。而蔡
> 京、童貫、高俅之徒，壅蔽主聰，操弄神器，足使宋室之元氣索然，
> 厭厭不振，以就夷虜之手。此誠竊國之大盜也。有王者作，何者當
> 誅？彼不得沾一命爲縣官出死力，而此則析圭擔爵，拖紫紆青。道
> 君爲國，一至於此，北轅之辱，固自貽哉！〔註15〕

〈水滸傳敘〉對於水滸綠林英雄採取同情而理解的思想立場，而對蔡京、童
貫、高俅等奸臣則痛加貶斥，視之爲「竊國之大盜」，到了李贄的〈忠義水滸
傳敘〉值得注意的地方乃是把《水滸傳》一百單八人不視爲「盜賊」，而頌之
以「忠義」:

> 故有國者不可以不讀，一讀此傳，則忠義不在水滸，而皆在於君側
> 矣。賢宰相不可以不讀，一讀此傳，則忠義不在水滸，而皆在於朝
> 廷矣。兵部掌君國之樞，督府專閫外之寄，是又不可以不讀也，苟
> 一日而讀此傳，則忠義不在水滸，而皆爲幹城心腹之選矣。否則，
> 不在朝廷，不在君側，不在幹城心腹，烏乎在？在水滸。此傳之所
> 爲發憤矣。若夫好事者資其談柄，用兵者藉其謀畫，要以各見所長，
> 烏睹所謂忠義者哉！〔註16〕

容與堂刻本《李卓吾先生批評忠義水滸傳》爲百回本，在書名標舉「忠」、「義」
的儒家倫理，所側重者乃在接受朝廷招安後征大遼、平方臘，以浦安迪（Andrew

　　　　中具百八人混名。」
〔註15〕 〔明〕天都外臣:〈水滸傳敘〉，見黃霖、韓同文選注:《中國歷代小說論著選》
　　　　（上），（南昌:江西人民出版社，2000 年 9 月第 3 版），頁 128～129。
〔註16〕 〔明〕李贄:〈忠義水滸傳敘〉，見黃霖、韓同文選注:《中國歷代小說論著選》
　　　　（上），頁 145。

H. Planks）的話說明之：

> 有很多場合，強調這一觀念中的緊要問題並不在於盡心或盡職做到
> 忠於朝廷這一簡單的事實，而是在於是否眞誠遵奉力行儒家思想中
> 經世偉業的基本信條。那就是爲什麼把《水滸傳》解釋爲一部攻擊
> 盜匪行徑或反對「投降主義」的書與把它看作是熱情謳歌反專制精
> 神的作品一樣都會把人們引入歧途。這特別明顯地表現在那些把孝
> 順雙親與忠於朝廷上下對等起來的議論中，因此違近其中一方，就
> 必然意味著觸犯另一方。正是基於這種理解，作者在設計小說框架
> 時，特別把宋江及其梁山好漢們日益膨脹的野心（盡管他們口口聲
> 聲宣稱效忠皇朝）與爲「偉業」而犧牲家庭幸福和個人追求一事置
> 於衝突狀態之中。〔註17〕

《忠義水滸傳》接受朝廷招安，以及征大遼、方臘，是屬於官方正統意識形態的思想立場，與其立場截然不同的是——金聖嘆批改的貫華堂七十回《水滸傳》，在主題思想的理解上，金聖嘆認爲《水滸傳》是「除寇滅盜」，在〈第五才子書施耐庵水滸傳序三〉說到「其人不出綠林，其事不出劫殺，失教喪心，誠不可訓」〔註18〕可爲例證，金聖嘆在貫華堂本七十回〈忠義堂石碣受天文　梁山泊英雄驚惡夢〉，多出盧俊義「驚夢」一節，文曰：

> 夢見一人，其身甚長，手挽寶弓，自稱：「我是嵇康，要與大宋皇帝
> 收捕賊人，故單身到此，汝等及早各各自縛，免得費我手腳！」……
> 盧俊義看時，卻都綁縛著，便是宋江等一百七人。盧俊義夢中大驚，
> 便問段景住道：「這是甚麼緣故？誰人擒獲將來？」段景住卻跪在後
> 面，與盧俊義正近，低低告道：「哥哥得知員外被捉，急切無計來救，
> 便與軍師商議，只除非行此一條苦肉計策，情願歸附朝廷，庶幾保
> 全員外性命！」說言未了，只見那人拍暗罵道：「萬死狂賊！你等造
> 下彌天大罪，朝廷屢次前來收捕，你等公然拒殺無數官軍，今日卻
> 來搖尾乞憐，企圖逃脫刀斧！我若今日赦免你們時，後日再以何法
> 去治天下！況且狼子野心，正自信你不得！我那劊子手何在？」……

〔註17〕〔美〕浦安迪（Andrew H. Planks）撰、沈亨壽譯：《明代小說四大奇書》，（北京：生活·讀書·新知三聯書店，2006年9月第1版），頁330～331。

〔註18〕〔明〕金人瑞：〈第五才子書施耐庵水滸傳序三〉，見黃霖、韓同文選注：《中國歷代小說論著選》（上），頁286。

> 將宋江、盧俊義等一百單八個好漢，在於堂下草裡，一齊處斬。盧
> 俊義夢中嚇得魂不附體，微微閃開眼，看堂上時，確有一個匾額，
> 大書「天下太平」四個青字。

金聖嘆的腰斬《水滸傳》，在小說美學上具有對稱平衡的作用，以浦安迪
（Andrew H. Planks）的話來說明：

> 金聖嘆成功地運用盧俊義驚夢這最後的一個轉折給人以大難臨頭、
> 萬事皆空的裊裊餘音。雖然金聖嘆深惡痛絕宋江一幫人的所作所
> 為，他最後增添預示滅亡的情節就幾乎是必不可少的，否則，他的
> 本子將會以梁山英雄獲得全勝做為結局。不錯，通過刪去後面的章
> 節，他還剝奪了綠林好漢替國效勞的機會。但他的腰斬本同時也讓
> 他們既未受絲毫傷害又不受任何懲罰而聲勢達到頂點。〔註19〕

金聖嘆以「驚夢」一節預示水滸綠林好漢的命運走向，又免招誨盜之議，成
為有清一代流行的版本，而由於版本不同，《水滸傳》在續書方面也呈現兩種
詮釋趨向，《後水滸傳》、《水滸後傳》承襲容與堂百回本《水滸傳》，而《蕩
寇志》則承襲金聖嘆批改的貫華堂七十回本《水滸傳》。《後水滸傳》第二回
〈寄遠鄉百姓被金兵　柳壞村楊么夢神女〉對宋江、盧俊義歷劫托生為楊么、
王摩的異象如下所述：

> 只因生這兩個孽障時，有兩團黑氣衝滾入房，一陣昏迷腹痛，不一
> 個時辰，前後生了下來。誰知黑氣未散，在滿房中旋滾，忽然衝出
> 火煙。我丈夫忙叫失火，我只得將這兩個孩子抱出，不一時，將這
> 幾間草屋燒得乾淨，便埋怨他命不好。又不期自從生下，只晝夜啼
> 哭；睡在竹筐內，常有人看見出怪相。人便指說是妖魔，日後養大，
> 必要妨害爹娘。（頁70）

小說以出生之異象暗指出身之不凡，並在夢中得神女傳授武藝、兵器、仙果，
文曰：

> 那娘娘忙使侍女來攙扶，因說道：「爾小子生前忠義，今上帝又賜汝
> 托生，以完宿孽。我如今授汝神技神勇，以合天心。」遂叫侍女賜
> 茶。楊么接來，見茶內有一赤紅小棗，便一口吃咽下肚。才吃下去，
> 不覺滿腹中骨碌碌亂響，渾身上下筋骨皮膚爆漲得酸痛難忍。楊么

〔註19〕〔美〕浦安迪（Andrew H. Planks）撰、沈亨壽譯：《明代小說四大奇書》，頁
　　　　291。

只攢眉閉眼，不敢聲張。過了半晌，方才平復。娘娘即使旁立十八位將軍教授楊么武藝，又使人入內取出一桿九尺長的大棍，遞與楊么。（頁77）

小說第三回又安排楊么伏虎，顯其膂力過人，而第三十八回〈夏剝皮因名償實罪　楊義勇感夢見前身〉前世宋江托夢今世楊么，文曰：

> 楊么合眼睡去，忽見一人黑矮身材，走上船來，用手招引。楊么不勝心喜，遂同他急走上岸。到了一處地方，那人便立住不走。楊么問道：「你是什麼人？卻引我到此？這又是什麼所在？」那人笑說道：「你我休作兩人看。這是楚州蓼兒窪地方，特引你來走走。」楊么聽了，正要問明，不期這人向楊么懷中一頭撞來。楊么大叫一聲：「啊！呀！」猛然跳醒，卻是一夢。（頁423）

透過夢兆的預示，天魁星宋江顯夢引導楊么，會合弟兄於蓼兒窪，並決議將寨中布帛、銀錢分給貧民：

> 洞庭湖兩大頭領楊么、王摩，今與蓼兒窪隋、向頭領，久欲人無貧富，因劫富以濟貧；昔視性有善惡，故懲惡以勸善。鄉民知者以為平等，愚人不知者以為逞強。近因與楊、王二頭領結義，同入洞庭。夫聚財非豪舉之事，散施時義者所為。所有寨中剩餘金帛、衣糧等項，限三日內，分賜窮民，毋辜義舉。（頁426～427）

《忠義水滸傳》與《後水滸傳》在「聚義」意識形態上的傳承，在此經由「顯夢感應」而完成「天命」的交接，而續書作者青蓮室主人透過楊么、王摩的「散財」之舉，昭示與原書宋江等人「聚財」路線的修正，更別具象徵意義，《後水滸傳》的不平之氣，在第二回〈寄遠鄉百姓被金兵　柳壤村楊么夢神女〉，羅真人說明大宋國運的「天機」，因徽宗求長生一事之箇中緣由：

> 公孫勝道：「這種天機，本師曾與吾兄說來。當日本師入定多時，到了出定，我便問入定許久必有見聞。本師道：『因朝見上帝，適值當今徽宗欲求長生，做了一份醮事，有表上達天庭。符官不敢進呈上帝，命我呈送御前聖覽。不期表內有「喫苦喫虧」，誤寫了小「吃」字，諸神責其不敬之罪。上帝原其心，必非有意，因准增其壽數；又查他國運，使他父子去國三千里，准其罪愆以應劫數。』彼時愚兄聽了，忙問道：『上帝既定了宋徽宗父子罪案，則天下非復大宋，不知將來又是何姓？』本師道：『他的國運尚久，雖失汴京，亦不就

亡。』今本師說後來劫數，報應循環，在此時也。」燕青聽了方覺
快暢。（頁 69）

《後水滸傳》透過天機的洩漏，對於「如徽、欽二帝，無治世之才，任用奸
佞，以致金人自北而南。一身尚無定位，豈有餘力及於群盜？」〔註 20〕做出
劇烈的控訴，因帝王的治世無方導致「天譴」，正是青蓮室主人面對天命與人
事的互動思考所產生的儒家政治思維，小說第四十五回〈岳少保收伏么摩　眾
星宿各安躔次〉結尾安排楊么、王摩聚義洞庭湖的君山，不接受招安，三十
六天罡、七十二地煞在軒轅井中化為黑氣，文曰：

> 這楊么等一時進了石門，急走多時，忽見前面沖起一道黑煙，將三
> 十六人一陣昏迷，撲地皆倒。過了半晌，各醒轉立起身來，竟虛飄
> 飄如若煙霧。再回看地下，只見地上有許多屍骸堆疊，只不知緣故。
> 忽見賀雲龍領著一陣人，笑嘻嘻迎著走來，說道：「哥哥們俱以脫去
> 骸殼，各現本來面目。吾奉真人法旨，指引眾兄弟相聚於此。從今
> 以後，不復世塵。」（頁 503～504）

《後水滸傳》吸取原書《忠義水滸傳》的歷史教訓，在招安問題上採取不妥
協的敘事姿態，尤其宋江的招安情結連累水滸綠林好漢下場悲慘，在第二十
七回楊么說出「宋江的仗義疏財，結識兄弟，便可學得；宋江的儒弱沒主見，
帶累兄弟遭人謀害，便不可學他。」這讓王摩大惑釋懷的情節轉折，可見本
書巧思編排，小說結局安排被賀雲龍的師父四維真人收進地穴之中，凡間歷
劫後完成「天命」所託，陳文新認為：

> 青蓮室主人何以要設計這樣一個結尾？我想其主要用意是：避免寫
> 出楊么被殘酷鎮壓的結局。王摩等好漢極力反對接受招安，其原因
> 是接受招安後的梁山好漢下場極為悲慘；如果不接受招安其結局也
> 依然悲慘甚至更加悲慘的話，那麼《後水滸傳》反對招安的主題就
> 缺少說服力了。青蓮室主人在不能把楊么寫成勝利者（因為這不符
> 合史實）的前提下，採取這種金蟬脫殼的結局方式是妥當的，其技
> 巧頗有值得稱道之處。〔註21〕

〔註20〕　〔明〕彩虹橋上客：〈後水滸傳序〉，見高玉海：《古代小說續書序跋釋論》，
　　　　頁 66。
〔註21〕　陳文新：《中國小說的譜系與文體形態》，（北京：中國社會科學出版社，2012
　　　　年 10 月第 1 版），頁 184。

青蓮室主人在《忠義水滸傳》的招安議題上選擇拒絕接受的政治立場，對楊
么托生、習藝、托夢的英雄神話塑造頗多，除了凸顯與原書宋江形象不同外，
也呈現儒家天命觀念下的神話思維。《水滸後傳》第一回〈阮統制梁山感歸　張
幹辦湖泊尋災〉，阮小七聽聞宋江、盧俊義被奸臣假傳聖旨，以鴆酒毒死，回
到昔日梁山泊祭奠眾英魂：

> 阮小七酒已半酣，揎拳裸臂的說與伴當們道：「你們不曉得，這是忠
> 義堂，前面扯起一扇杏黃旗，旗上寫著：『替天行道』四個大字。兀
> 的不見石碣倒在地上哩？大堂中間供養晁天王靈位。左邊第一把交
> 椅是寨主宋公明坐。因建一壇羅天大醮，報答神天，三晝夜圓滿，
> 上蒼顯異，墜下石碣，卻篆三十六員天罡星，七十二員地煞星的姓
> 名。因天文定了位次，不敢攙越，依次而坐。我卻是天敗星，坐第
> 三十一把交椅。若商議什麼軍情大事，擂起鼓來，眾好漢都聚堂上，
> 聽傳號令，好不整肅！那兩邊還有許多耳房、旱寨、水寨、倉庫、
> 監房。自從受了招安，盡行拆毀。如今變做滿地荒草，幾堆亂石了！
> 你道可傷不可傷？」（頁 5）

《水滸後傳》在第一回中以緬懷的氛圍寄託對故友的追思，儒家的忠義倫理
在此成為小說敘事的衝突結構，並在招安議題上凸顯「忠君」倫理的荒謬，
蔡元放在闡述《水滸後傳》的儒家倫理，結合天罡地煞的謫凡神話加以發揮：

> 《水滸後傳》之作，蓋爲罡煞二字發皇其輝光，忠義二字敷揚其盛
> 美也。夫仁義忠信，爲人所共欽；而富貴尊榮，爲人之所艷羨，此
> 天下今古之同情也。彼販夫牧豎、婦人孺子之中，固有合於仁義忠
> 信之事，而凡民庸眾，亦有身都富貴而安享尊榮者。彼天罡地煞，
> 固居然天上之星辰也；以天上之星辰，而其仁義忠信、尊榮富貴曾
> 不得與牧販婦孺凡眾爭一日之長，安在其天星之可貴也哉！〔註22〕

面對小說第三十回所說「康王新立，僅有中興之望，不料原用汪伯彥、黃潛
善一般奸佞之臣，以致宗留守氣憤而亡，李綱、張所貶責不用，眼見得容不
得正人君子，朝廷無路可歸了！」眾好漢棄守登雲山，另尋海外基地「金鰲
島」，此與《後水滸傳》宋江、盧俊義托生的楊么、王摩最後聚義的「君山」，
都是小說敘事困境中的「出路」，「《水滸後傳》讓一些活下來的英雄好漢遠渡

〔註22〕〔清〕蔡元放：〈評刻水滸後傳敘〉，見高玉海：《古代小說續書序跋釋論》，
頁 48。

海外尋找其幸福——這是梁山寨上曾經有過的烏托邦思想的再現」，〔註23〕而
到了《蕩寇志》中的「猿臂寨」，都是這種避世思想的反映。《水滸後傳》第
三十一回〈國主游春逢羽客　共濤謀逆遇番僧〉，小說作者藉由暹羅國王上萬
壽山踏青掃墓，「三奠已畢，禮官讀了祝文，焚化幣帛，忽結起一團火，飛上
九霄，須臾落下來，不端不正，恰恰落在國主肩上。內監慌忙拂下。那袞龍
袍上已有一個大窟窿。」另外白石島也產生異象：

> 次日坐朝，有白石島申文到來，說：「海邊有一異獸，如豺狼相似，
> 頭生獨角，遍體赤毛，行走如飛，掠人而食，獵戶收捕它不得。一
> 日雷雨大作，天上飛下一條黑蟒，金麟閃爍有光，與這異獸相鬥。
> 黑蟒將異獸蟠住，張開血盆的口，咬殺了，黑蟒騰空而去。那異獸
> 死在沙灘上，居民恨它吃人，各拿利刃，割下肉來，其白如肪，煮
> 熟來味甚甘美。」（頁247）

在此預示奸臣久蓄異志之兆，故降下災異示警，但暹羅國主受共濤之邀赴宴，
被番僧薩頭陀以九轉靈丹哄騙「延年種子」之長生願望，食後七竅流血而亡，
共濤自立為王，與薩頭陀進宮門時，「只見天昏地暗，一片赤氣罩住，共濤與
薩頭陀盡皆暈倒，進去不得。」之後國主托夢國母，說道：「我不聽良言，誤
遭毒手，今隨丹霞師父出了家，倒也逍遙自在。李大將軍、花逢春決能殄滅
賊黨。宮中有金甲神人守住，賊臣不敢進來，你母子且自寬心。我去也。」
作者陳忱透過避居海外的水滸綠林好漢，「演義」一則「共存忠義於心，同著
功勳於國。替天行道，保境安民」〔註24〕的劇碼，呈現儒家政治神話的濟世
情懷。第三十四回〈大復仇二凶授首　議嗣統眾杰歸心〉以李俊夢見宋江一
節預示情節發展：

> 李俊相訴道：「小弟詐稱瘋症，辭別了宋公明，同童威兄弟尋太湖終
> 結義的費保等四人住居銷夏灣，打魚飲酒，圖些快活。為路見不平，
> 傷觸了丁廉訪、呂太守，被他設計監在常州，幸得樂兄弟、花公子
> 來救出。晚間就夢宋公明使黃巾力士來請，跨了黑蟒到梁山泊。宋
> 公明說：『後半段事業在你身上。』贈我四句詩，我還記得。遂將詩

〔註23〕 〔德〕司馬濤（Thomas Zimmer）撰，顧士淵、葛放、吳裕康、丁偉祥、梁黎
　　　　穎譯：《中國皇朝末期的長篇小說》，（上海：華東師範大學出版社，2012年8
　　　　月第1版），頁154。
〔註24〕 《忠義水滸傳》第七十一回「忠義堂石碣受天文　梁山泊英雄排座次」之盟
　　　　誓。

> 念出，與眾人聽了。……不料這丞相共濤，奸險專權，是宋朝蔡京
> 一流人物；久蓄異謀，思篡國位，……」（頁 269）

作者陳忱有意借李俊見機而退的睿智，尋求英雄安身立命之所，寄託「士不
遇」的政治抱負於海外事業，李俊後來被眾人共推為暹羅國主，呈現由江湖
到海外事業的政治實踐，文曰：

> 燕青道：「……一寨之中，倘且紀綱法度不可紊亂，況暹羅是個大國，
> 出號施令，朝聘禮儀，送往迎來，兵機糧餉，訟獄刑名，文明禮樂，
> 庶務繁劇，非同小可，豈容政出多門，十羊九牧？且垂簾聽政是不
> 得已之事：國無長君，不足彈壓臣僚，故權時出此。試看呂太后、
> 武則天多遺譏後世。今暹羅統系已絕。大將軍，你又不是暹羅國舊
> 時將相，只因花駙馬面上算做親戚，豈如世受國恩之人一般？天下
> 者，天下之天下，非一人之天下。賢明繼世，多有杰起。起堯舜之
> 時，不傳於子而傳於賢。大將軍即宜聽受。」（頁 276～277）

由文本的意義看「天下者，天下之天下，非一人之天下」可發現《水滸後傳》
與《三國演義》嘉靖本在意識形態上的縮合之處，李俊面對道德衝突的兩難
處境，最後謙遜接受大位的作法，這也是儒家「經權」〔註 25〕思想在小說敘
事上的展現，〔註 26〕第三十五回〈日本國興兵構釁　青霓島煽亂殲師〉，離開
中原紛亂的水滸好漢，以「征東」之名攝行國事的李俊，因緣際會當上暹羅
國主，登基的禮儀仍依宋制，文曰：

> 到了這日，禮儀齊備。五更時分，李俊與中國眾人同到金鑾殿丹墀
> 下。羽林軍擺定，殿上燈燭輝煌。蕭妃命花逢春請大將軍上殿。李
> 俊戴金幞頭，穿絳紅蟒袍，進入殿中。關勝等都是宋朝冠帶，在店
> 外月台上伺候。國母命內侍送出璽綬符節，李俊接了供在龍案上。
> 鴻臚官鳴贊賀禮。李俊先拜了天地，就轉略上西向而立。王進以下
> 挨次上殿，俱各朝上四拜，大將軍也回四拜。拜畢，眾人退出殿外。

〔註25〕孟子曰：「楊子取為我，拔一毛而利天下，不為也。墨子兼愛，摩頂放踵利天
　　　下，為之。子莫執中，執中為近之，執中無權，猶執一也。所惡執一者，為
　　　其賊道也，舉一而廢百也。」參見〔漢〕趙岐注，〔宋〕孫奭疏《《孟子》注
　　　疏》，〔清〕阮元校勘：《十三經注疏》8（臺北：藝文印書館，1985 年），頁
　　　26 上。
〔註26〕《水滸後傳》第三十四回「大復仇二凶授首　議嗣統眾杰歸心」有此一段如
　　　下：「眾人同聲道：『花駙馬之言實出衷心。大將軍創業不易，事有經權，何
　　　必推遜？』」

花逢春、宋平安、呼延鈺、徐晟北向四拜，大將軍回答半禮，因通
家子姪，受了兩拜，然後升座，坐了正位。鴻臚傳喝序班，暹羅國
舊日臣僚排了班，具北向四拜，大將軍受了。（頁278）

水滸綠林好漢在暹羅國的朝禮服儀仍秉持「尊君」的儒家倫理，顯見作者有
意整合江湖想像與廟堂理想於小說文本中，藉此塑造禮教中國的域外實踐，
當然「做爲明遺民，陳忱入清後加入顧炎武、歸莊等人組織的驚隱詩社有關，
詩社成員都以明朝遺民自居而崇尚愛國情操與民族氣節，在文學創作上多以
屈原和陶淵明爲師」〔註27〕有關，《水滸後傳》在第三十六回〈振國威勝算平
三島　建奇功異物貢遐方〉平三島後，李俊以爲從此高枕無憂，燕青此時進
諫，文曰：

燕青道：「安不忘危，有國家的不比庶民，須要兢兢業業。若偷安縱
逸，大則喪國，小則亡身。如道君皇帝用蔡京爲相，奸黨互結，上
下蒙蔽，不親政務，致陷了汴京，父子北狩。馬賽眞優柔不斷，權
歸共濤，有篡弒之禍。大將軍初開國基，務須勵精圖治，不宜自耽
逸樂。目下有件鎭威柔遠之事，可宜速行。」（頁293）

燕青勸李俊貴爲一國之尊，應汲取宋徽宗朝的歷史教訓，不宜重蹈覆轍，提
醒其「爲君之道」，在三十一回出現的道士徐神翁此時出現解釋「洚水爲災，
長年不永。他日重來，唯有荒塚」四句偈語的含意，雖是預警，但天命有數，
無法以人力改變。第三十七回〈金鰲島仙客題師　牡蠣灘忠臣救駕〉敘述宋
高宗被金國大將阿黑麻圍困牡蠣灘，梁山好漢營救成功，受眾人款待，燕青
提及宣和二年在李師師家得觀道君皇帝（徽宗），前年又在駝牟岡覲見徽宗，
回憶獻黃柑、青子往事，順便進諫高宗：

燕青叩頭謝道：「微臣有蒭蕘之言，望陛下採納。二帝蒙塵，中原陸
沉，此千古創變也。陛下天與人歸，繼續大統，海內父老，接拭目
以望中興。陛下當枕不達旦，以報父兄之仇，不可聽信庸人，狃於
和議。和議之計，金人以此愚我，奈何我以自愚也？宗澤憤死，張
所掣回，神京復失，兩淮不守，致陛下爲蹈險之行，幸天下祖宗之
靈，得以萬全。陛下還朝，宜遠斥和議之臣，亟拔忠貞之士，則二

〔註27〕陳才訓：〈從英雄傳奇到「洩憤之書」──論陳忱《水滸後傳》創作的主體意
識〉，收入傅承洲主編：《中國古代敘事文學國際學術研討會論文集》，（北京：
中央民族大學出版社，2011年12月第1版），頁220。

聖可還，海宇可復。昧死陳情，伏望聖鑒。」（頁 299）

作者陳忱經由主角燕青勸諫高宗之舉，同樣寄託自己身為明遺民，歷經世變亡國的政治想像，小說第二十三回結尾回末詩：「亡國孤臣空飲恨，讀殘青史暗銷魂」已預埋伏筆。第二十四回〈獻青子草野全忠 贖難人石交仗義〉燕青說起當年冒死一觀龍顏的經過，［註28］文曰：

> 道君皇帝一時想不起，問：「卿現居何職？」燕青道：「臣是草野布衣。當年在梁山泊宋江部下，元宵佳節，萬歲幸李師師家，臣得供奉，昧死陳情，蒙賜御筆，赦本身之罪，龍札現存。」（頁 188）

燕青「獻上青子百枚，黃柑十顆，取苦盡甘來之佳讖」，道君皇帝被金人羈留在駝牟岡，不禁興起黍離麥秀之悲，文曰：

> 嘆口氣道：「朝內文武官僚，世受國恩，拖金曳紫，一朝變起，盡皆保惜性命，眷戀妻子，誰肯來這裡省中！不料卿這般忠義！可見天下賢才杰士原不在進臣勛戚中！朕失於簡用，以致如此。遠來安慰，實感朕心。」（頁 189）

《水滸後傳》藉由與前文本《忠義水滸傳》的對話，除了呈現整個國族歷史劇烈動盪的世變格局，作者陳忱藉由主角燕青的獨特視角，傳達作者本身，對儒家「忠君」與「經世」話語抉擇下的複調小說敘事，劉康認為：

> 複調小說的歷史與社會氛圍，必須是社會危機深重、社會矛盾與衝突尖銳激化的「災難性」時刻或歷史轉型期。這種轉型期的各種社會力量的的不平衡、互相衝撞、互相鬥爭，造成文化上各種層次、各種聲音的百家爭鳴、眾聲喧嘩、語言雜多的局面，衝破了獨白意識、大一統權威意識和話語的束縛，呈現了文化離心力量與向心力量的緊張對立、文化權威與非中心兩股力間的衝突鬥爭的戲劇場面。［註29］

小說第三十九回〈丹霞宮三真修靜業 金鑾殿四美結良姻〉李俊被冊封為國王，其餘四十二人皆封顯官，與柴進、燕青、樂和商議應行諸事，「一原奉宋朝正朔，一切文移俱用紹興年號；……一建立宣聖文廟，開設學校，春秋二祭，……一祭享朝會、聘問嫁娶、禮儀衣冠制度，悉照宋朝，盡改暹羅蠻俗。」

［註28］《忠義水滸傳》第八十一回「燕青月夜遇道君 戴宗定計出樂和」。
［註29］〔美〕劉康：《對話的喧聲——巴赫金的文化轉型理論》，（北京：北京大學出版社，2011 年 1 月第 1 版），頁 131。

燕青勸國主選妃，文曰：

> 燕青道：「豈不聞經傳云：陰陽和而後雨澤降，夫婦和而後家道成。
> 男正位乎外，女正位乎內。陰陽之道，不可偏廢。萬物各有配偶，
> 昆蟲尚有雌雄。今堂堂大國，豈可孤立於外，而宮壼無人？不唯失
> 乾坤奠位之理，而且嗣育有斬絕之機。『不孝有三，無後爲大。』……」
> （頁313）

強調夫妻爲五倫之首，《水滸後傳》在此由國族敘事的注視轉化爲家庭、個人
倫理的張揚，燕青認爲「我兄弟少年時都負氣使酒，習學槍棒，把女色不放
在心上，又爲官司逼迫，上了梁山，後來征討四方，無暇及此。」《水滸後傳》
在針對《忠義水滸傳》的倫理敘事方面提出許多解決方案，陳忱在塑造主角
燕青的用心，可謂投射己身的政治期望於其中，〈水滸後傳論略〉曰：

> 燕青忠其主，敏於事，絕其技，全於害，似有大學問、大經濟，堪
> 作舊時宰相，非梁山泊人物可以比擬也。其過人處，在勸主歸隱，
> 黃柑面聖，竭力救盧二安人母子，木夾解關勝之患難，微言啓李俊
> 之施恩，遇豔色而不動心，辭榮祿而甘隱遁，的是偉男子！〔註30〕

《蕩寇志》第七十一回〈猛都監興師剿寇　宋天子訓伍觀兵〉，接續金聖嘆批
改貫華堂七十回《水滸傳》，以盧俊義「驚夢」引發忠義堂大火開場：

> 少刻，裴宣親來稟覆：「嚴訊兩個頭目，都供稱四鼓時候看見一個人，
> 身子甚長，手執著一張弓，走上忠義堂來。眾人喝問，那人並不答
> 應。上前去捉他，卻不見了。正駭異間，不知怎的卻火起。」（頁2）

貫華堂刻本《水滸傳》七十回結尾給予續書《蕩寇志》極大的想像空間，由
盧俊義驚夢引發忠義堂大火，作者俞萬春在小說開頭，即暗示梁山綠林未來
的命運走向，並經由道士說出童謠（謠讖）「預示」情節發展：

> 便說那童謠道：「山東縱橫三十六，天上下來三十六，兩邊三十六，
> 狼鬥廝相撲。待到東京面聖君，卻是八月三十六。」人都解他不也。
> 宋江笑道：「『東京面聖君』，明明是應我們將來受招安之意。」吳用
> 道：「謠裏之言，共四個三十六。那三個正應我們現在一百八人之數，
> 還有一個，想是未來的兄弟之數。」（頁3）

小說第一百三十七回〈夜明渡漁人擒渠魁　東京城諸將奏凱捷〉，應驗謠讖所
言，〈續刻蕩寇志序〉對盜賊本質有清楚之認知，文曰：

〔註30〕　〔清〕樵餘：〈水滸後傳論略〉，見高玉海：《古代小說續書跋釋論》，頁39。

且夫爲盜者，誠有罪矣，而迫之使盜，不尤重乎？高俅、蔡京輩卒
未能幸逃法網，其果報固已彰彰矣。推之一官一邑，司牧者判一詞、
決一獄，未能衷諸天理，准諸人情，以是爲非，以非爲是，怨氣充
塞，由微至著，釀成屬階。變速者禍小，變遲者禍大。不必其忍並
生靈，枉濫橫起也。而血氣心知之倫，夫固已騷然動矣。〔註31〕

《蕩寇志》以「尊王滅寇」爲小說主題，不同於《後水滸傳》、《水滸後傳》
的詮釋立場，小說第八十四回〈苟桓三讓猿臂寨　劉廣夜襲沂州城〉，敘述苟
桓最後以死相逼，主角陳希眞才勉爲接受寨主大位，陳希眞先拜辭北闕，說
出：「微臣今日在此暫避冤仇，區區之心實不敢忘陛下也。」謹守君臣之節，
在小說中處處與宋江等巨寇有所區隔，小說第八十七回〈陳道子夜入景陽營
玉山郎贅姻猿臂寨〉，陳希眞以義氣折服祝永清，祝永清提出三條件：

永清道：「第一件，你既說暫時避難，不敢背叛朝廷，日後必須受招
安；第二件，梁山泊系永清切齒深仇，你不許和他連好；第三件，
你日後俄延著不肯歸降朝廷，我就飄然遠去，你卻不許留我。這三
件依得依不得，只此刻便求明示。」希眞笑道：「將軍口裡的話，卻
是希眞心裡的話。我若背叛，何不竟去投梁山？他那裡怕容我不得，
何苦自立門戶。梁山泊不是閣下的對頭，卻是希眞日後的贄見禮。
前兩件依了，第三件自不必說。」（頁204）

《蕩寇志》透過意識形態上的承諾與約束，確認落草的陳希眞在心態上保有
「忠君」倫理，並且在此預留「尊王滅寇」的伏筆。第九十二回〈梁山泊書
諷道子　雲陽驛盜殺侯蒙〉因浙江妖人方臘爲亂，監察御史侯蒙與太師蔡京
奏請招安宋江等，使其剿滅方臘，宋江命呂方、郭盛迎接東平府知府侯蒙，
首先，宋江「聽了這篇言語，心中大驚。」又聽聞雲天彪「晉封三級，加都
統制銜」，宋江的心情更加鬱悶，「知那招安之信，果是實了。」後來使計砍
死知府侯蒙，嫁禍陳希眞女兒陳麗卿，文曰：

當晚，留侯發在客房安歇。宋江便密請吳軍師到自己房裡，屏退左
右，商議招安之事。直議論至三更後，忽傳呂方、郭盛兩位頭領進
房內說話。次日，宋江遂當廳吩咐呂、郭兩位頭領：「帶領五十名心
腹伴當，賁了下程，一路迎上去，恭迎天使，休要怠慢。」（頁264）

張鳴珂舉證知府侯蒙從東里司過，其身邊武妓並非陳麗卿，張鳴珂素知陳希

〔註31〕〔清〕錢湘：〈續刻蕩寇志序〉，見高玉海：《古代小說續書序跋釋論》，頁84。

眞乃智謀之士，即使忌梁山受招安，應不致行此詭計，文曰：

> 鳴珂道：「卑職胡亂猜去，這女子多有是宋江差來的。宋江這猾賊，
> 包藏禍心，其志不小。朝廷首輔，草野渠寇，皆不足以滿其願。他
> 堂名忠義，日日望招安，只是羈縻眾賊之心，並非眞意。那侯蒙想
> 以朝廷恩德招致他，眞是夢裡。這廝恐詔書到山，擺布不來，所以
> 行此斷橋之計，卻嫁禍於陳希眞，以遂其兼併之志。太尊可道是否？」
> （頁 270）

小說第九十三回〈張鳴珂薦賢決疑獄　畢應元用計誘群奸〉，敘述宋江嫁禍之
舉最終水落石出，作者俞萬春將宋江塑造爲城府深沈的江湖梟雄，而與光明
磊落的陳希眞形成強烈對比，如九十四回〈司天台蔡太師失寵　魏河渡宋公
明折兵〉曰：

> 卻說希眞自從吞併了青雲山，又開得銀礦，煎煉銅斤，又招撫散亡
> 流民，開墾地畝，四方無業飢民多來歸附，又令侯達提調窯器，私
> 通客商，發去各路銷賣，官府幾番也禁止不得，因此兵糧充足。眾
> 英雄見希眞並不劫掠而自豐富，都各歡喜。陳希眞恐梁山來戰爭，
> 將山寨錢糧計會一切事務，都委劉廣、苟桓在猿臂寨掌管，自提精
> 兵駐紮青雲山。（頁 287～288）

作者俞萬春意欲透過《蕩寇志》關於忠義／強盜敘事的言語修辭模式，將小
說主角陳希眞與宋江做爲對比，也就是俞萬春認爲《忠義水滸傳》前七十回
基本上就是一部「強盜書」，並逐步「解構」宋江綠林集團的忠義精神屬性，
如小說第一百十九回〈徐虎林臨訓玉麒麟　顧務滋力斬霹靂火〉曰：

> 「……大名百姓何辜，東昌之官員何咎，因一身之小端不白，致數
> 百萬生靈之無罪遭殃，良心苟未喪盡，亦當寢寐難安。即如你盧俊
> 義，系出良家，不圖上進，願與吏胥妖賊同處下流。我且問你：萬
> 里而遙，千載而下，盧俊義三字能脫離強盜二字之名乎。玷辱祖宗，
> 貽羞孫子，只就你一人而論，清夜自思，恐以羞慚無地矣。尚敢飾
> 詞狡辯，殊屬厚顏。本縣奉天子之命，來宰鄆城，梁山自我應管，
> 一草一木，任我去留。我境下不容犯上之徒，我境下不蓄逞兇之輩。
> 尊我者保如赤子，逆我者斬若鯨鯢。自此次面諭後，限爾等十日之
> 內，速即自行投首。如敢玩違，爾等立成齏粉。」盧俊義竦然不語。
> （頁 559）

做為「強盜」的罪行來說，《蕩寇志》以內在的「道德意識」來強化強盜集團產生自我覺察、反省的意識，俞萬春藉由招安議題的心態描寫，細膩刻畫及挖掘宋江在人性中的陰暗面，透過忠義／強盜的二元辯證「通俗化」的敘事過程，讓讀者大眾理解作者之用意所在，以保羅・里克爾（Paul Ricoeur）的話來說明之：

> 相反地，罪行有著判然的主觀性強調側面：它的象徵思想還要更深入內心世界。它描述那受苦於壓迫人的重擔的存有者之意識。再者，它也顯示那自內心侵蝕人們、完全籠罩在過犯之心境下的悔恨之噬嚙。重擔和噬嚙這兩個隱喻充分地說明它觸及了存在的層次。罪行最重要的象徵思想則是附著在審判的主題上。審判是公眾的制度；然而當它隱喻的角色轉換成內心的法庭時，它就成為我們所說的「道德意識」。因此，罪行成為使自己面對某種看不見的審判的方式，它裁量罪過、宣判罪責、科處刑罰；內心化到極點，道德意識便成為負責監視、審判和譴責的眼睛；對罪行的感傷因而受內心的審判責難、控告的存有者之意識；它交織著對懲罰的預期。總之，罪（coulpe，拉丁文 culpa）是意識返回自身之自我觀察、自我歸罪和自我譴責。〔註32〕

作者俞萬春有意藉由徐槐「面諭」盧俊義的過程，凸顯梁山泊山寨聚義、替天行道的「荒謬性」，並且以三十六雷部神將來鎮壓天罡地煞，由此解構了《忠義水滸傳》的敘事邏輯。

三、《西遊記》續書的心性修煉

世德堂本為現存百回本《西遊記》中刊行最早也是最重要的版本，在《西遊記》諸版本中佔有重要地位。陳元之所寫的〈西遊記序〉，對於我們研究《西遊記》的版本流變、作者以及作品的思想內容和藝術特色，均具備不可忽視的時代意義，序中對於《西遊記》主題思想的詮釋，如下所述：

> 此其書直寓言者哉！彼以為大丹丹數也，東生西成，故西以為紀。彼以為濁世不可以莊語也，故委蛇以浮世。委蛇不可以為教也，故微言以中道理。道之言不可以入俗也，故浪謔笑虐以恣肆。笑謔不

〔註32〕〔法〕保羅・里克爾（Paul Ricoeur）撰，林宏濤譯：《詮釋的衝突》，（臺北：桂冠圖書股份有限公司，1995 年 5 月初版），頁 478～479。

　　可以見世也，故流連比類以明意。於是其言始參差而俶詭可觀，謬
　　悠荒唐，無端涯涘，而譚言微中，有作者之心，傲世之意，夫不可
　　以沒。〔註33〕

陳元之以爲《西遊記》與《莊子》在內在精神方面是一致的，並認爲《西遊
記》具有「寓言」特質，而與《莊子》相提並論，無非是藉此提升小說地位，
序中引自《莊子・天下》如下：

　　以謬悠之說，荒唐之言，無端崖之辭，時恣縱而不儻，不以觭見
　　之也。以天下爲沈濁，不可與莊語；以卮言爲曼衍，以重言爲眞，
　　以寓言爲廣。獨與天地精神往來，而不敖倪於萬物，不譴是非，
　　以與世俗處。其書雖瑰瑋而連犿無傷也，其辭雖參差而諔詭可觀。

　〔註34〕

而《李卓吾先生批評西遊記》是《西遊記》版本史上第一個評點本，卷首有
袁于令〈西遊記題詞〉，序中首次提到詮釋《西遊記》「三教合一」的觀點，
具有啓發性，文曰：

　　文不幻不文，幻不極不幻。是知天下極幻之事，乃極眞之事；極幻
　　之理，乃極眞之理。故言眞不如言幻，言佛不如言魔。魔非他，即
　　我也。我化爲佛，未佛皆魔。魔與佛力齊而位逼，絲髮之微，關頭
　　匪細。摧挫之極，心性不驚。此《西遊》之所以作也。說者以爲寓
　　五行生剋之理，玄門修煉之道。余謂三教已括於一部，能讀是書者
　　於其變化橫生之處引而伸之，何境不通？何通不洽？而必問玄機於
　　玉匱，探禪蘊於龍藏，乃使有得於心也哉？〔註35〕

〈西遊記題詞〉對小說虛構的問題認知深刻，在明代中期《三國演義》、《水
滸傳》等通俗小說出版以來，在「擬史」觀念的影響下，小說是否依傍史實
的敘事傳統持續爭論中，這篇序文的出現在小說敘事藝術的理解上又向前跨
出一步，並提出小說「心性修煉」的主題闡釋，揭示神魔鬥法的敘事模式背
後所隱含的思想義蘊，十分具有理論價值。

〔註33〕〔明〕陳元之：〈西遊記序〉，收入蔡鐵鷹編：《西遊記資料彙編》（下冊），（北
　　　　京：中華書局，2010年6月第1版），頁578。
〔註34〕〔戰國〕莊周著，〔晉〕郭象注，〔唐〕陸德明音義：《莊子》（卷十），收入《四
　　　　部備要・子部》，（北京：中華書局，1936年版第4冊），頁19～20。
〔註35〕〔明〕袁于令：〈西遊記題詞〉，收入蔡鐵鷹編：《西遊記資料彙編》（下冊），
　　　　頁580。

　　清代《西遊證道書》是清人汪象旭和黃周星的批評本，〔註36〕也是《西遊記》批評史上「講道說」的開創者，胡適的〈《西遊記》考證〉認為「《西遊記》被這三四百年來的無數道士和尚秀才弄壞了。道士說，這部書是一部金丹妙訣。和尚說，這部書是禪門心法。秀才說，這部書是一部正心誠意的理學書。這些解說都是《西遊記》的大仇敵。」〔註37〕魯迅在《中國小說史略》也持相似見解：

> 評議此書者有清人山陰悟一子陳士斌《西遊真詮》（康熙丙子尤侗序），西河張書紳《西遊正旨》（乾隆戊辰序）與悟元道人劉一明《西遊原旨》（嘉慶十五年序）、或云勸學，或云談禪，或云講道，皆闡明理法，文詞甚繁。然作者雖儒生，此書則實出於遊戲，亦非語道，故全書僅偶見五行生克之常談，尤未學佛，故末回至有荒唐無稽之經目，特緣混同之教，流行來久，故其著作，乃亦釋迦與老君同流，真神與元神雜出，使三教之徒，皆得隨宜附會而已。〔註38〕

魯迅對《西遊記》主題認定為「遊戲說」的見解與胡適相同，而這樣的見解，影響後人對《西遊證道書》箋評的評價與研究興趣，雖然《西遊證道書》箋評宣揚道教金丹大道的意圖明顯，但其中偶有心性修煉的哲理詮釋，如第一回批語：

> 又曰：開口說個《西遊釋厄傳》。厄者何？即後之種種魔難是。釋厄者何？即後之脫殼成真是。明明自詮自解，無煩注腳，但人知為釋厄傳，而不知為證道書。證道而不能釋厄，所證何道？釋厄而不能證道，又何貴乎釋厄也。要知釋厄即是證道，證道即是釋厄，原是一部《西遊》，莫作兩部看。〔註39〕

以八十一難做為《西遊記》取經故事的敘事框架，謫凡歷劫之後而覺察體悟的修行過程，正是小說敘事所欲傳達的理念，又如第一百回批語所云：

> 澹漪子曰：此一回徑回東土，五聖成真，乃一部《西遊》之大團圓

〔註36〕曹炳建：《《西遊記》版本源流考》，（北京：人民出版社，2012 年 10 月第 1 版），頁 255～260。在第八章「清代《西遊證道書》的刊刻與評點」的第二節「證道本評點者探考」有詳細的論證。

〔註37〕胡適：〈《西遊記》考證〉，收入陸欽編：《名家解讀《西遊記》》，（濟南：山東人民出版社，1998 年 1 月第 1 版），頁 33～34。

〔註38〕魯迅：《魯迅小說史論文集——中國小說史略及其他》，頁 148～149。

〔註39〕〔清〕汪澹漪：〈西遊證道書箋評〉，收入蔡鐵鷹編：《西遊記資料彙編》（下冊），頁 589。

也。總計唐僧此行，年則一十四，路則十萬八千，而所取之經卷，
則五千四十八。以爲久遠，則誠久遠，以爲艱險，則誠艱險矣。然
一朝拚然至此，所謂久遠者安在耶？所謂艱難者又安在耶？五日而
迴東，何其迅速？立地而成眞，何其直捷？語云：難莫難於遇人，
易莫易於成道，殆謂是矣。踏破鐵鞋跟，始見功夫之不費；炊熟黃
梁飯，方知燈火之無殊。迷者縱到西天，猶如未離東土。悟者不出
東土，早已如到西天。然則徑迴者，乃自成耳。又安知長安城中非
即靈鷲峰下也哉？〔註40〕

傳達出「迷」與「悟」的差別在一念之間，第一回與第一百回批語呈現對「證
道」的共同思考，頗具哲理性，在《西遊證道書》卷首，疑後人僞托虞集的
〈西遊記序〉〔註41〕對於心性修煉有以下闡釋：

雖其書離奇浩瀚，數十萬言，而大要可以一言以蔽之，曰「收放心」
而已。蓋吾人作魔、成佛皆由此心，此心放，則爲妄心，妄心一起
則能作魔，如心猿之稱王稱聖而鬧天宮是也。此心收，則爲眞心，
眞心一見則能滅魔，如心猿之降妖伏怪而證佛果是也。然則同一心
也，放之則其害如彼，收之則其功如此，其神妙有加於前，而魔與
佛則異矣。〔註42〕

對孟子「學問之道無他，求其放心而已矣」之旨的闡發，也在明朝靜嘯齋主
人〈西遊補答問〉出現，由此脈絡可見，從儒家早期仁義道德修養，轉變爲
心性修煉的思想意義，由浦安迪（Andrew H. Planks）的話說明之：

如 16 世紀思想家所理解的那樣，把《西遊記》這部寓言小說看做本
質上是修道過程中內心鬥爭的寫照。在評述中以寓言形式表現的該
過程中某些主要障礙意識以及克服他們的手段之後，我們可以在個
性意識的水平上，就其問題和解決辦法，來重新考慮這些相同的論
點了。細讀小說，就能發現作品並不僅僅是一大堆道教術語套在一

〔註40〕 〔清〕汪澹漪：〈西遊證道書箋評〉，收入蔡鐵鷹編：《西遊記資料彙編》（下
冊），頁594～595。

〔註41〕 曹炳建：《《西遊記》版本源流考》，頁260～262。針對虞集〈西遊記序〉的眞
僞問題有詳細的考證，曹氏在參考前人相關論述，認爲〈西遊記序〉絕不可
能是虞集所寫，而只能是後人僞托。

〔註42〕 〔元〕虞集（？）：〈西遊記序〉，收入蔡鐵鷹編：《西遊記資料彙編》（下冊），
頁596。

個佛教傳說上面而成的故事。小說中到處可見的三教混雜的心學語言，實質上決定了書中寓言形象所代表的意義。這種哲學語言不但給這個寓言旅程所提出的問題重下定義，也以修心的各種概念化措辭暗示了可能的解決辦法。〔註43〕

《西遊記》的三本續書各自以「寓言」形式對原書「修心」命題多所闡發，以《續西遊記》為例，藉西天取經眾人護經回東土，兵器須繳還貯庫的敘事邏輯，逐步開展小說敘事格局，針對孫悟空「機變心生，妖魔怪起」的寓言框架，設計各種障礙，以考驗取經人的心性是否純正。如第九回〈論至誠靈通感應 由旁道失散真經〉曰：

> 「論至誠，真靈應，色相皆空歸靜定。一腔不施赤子心，滿胸全無虛假性。無虛假，欺偽消，渾然天理絕塵囂。當機接物皆真實，樸往醇來不詐狡。不詐狡，方寸地，不假機謀多智慮。至誠動物若神交，夢寐羹墻如一契。如一契，說奇逢，豈知就里盡虛空。一誠無著隨感應，萬事謀為自遂通。」（頁1218）

《續西遊記》強調至誠之心能靈感神應，宗教說理意味濃厚，小說中的妖魔精怪因唐僧證了仙體，取來的真經效用「大則修真了道，小則降福消災」，目標轉向奪取真經，作者有意藉護經回東土的五聖，傳揚其宗教說法，對於儒家政治倫理極少闡發。

《後西遊記》第二回〈旁參無正道 歸來得真師〉，藉小石猴孫履真遊歷南贍部洲地界，點出書中求取真解的創作緣起：

> 原來這南贍部洲雖然是儒祖孔聖人君臣禮樂治教的地方，怎奈人心好異，卻崇信佛法。凡是名山勝境，皆有佛寺。緇流法侶，遍滿四方，或是講經，或是開會。不過借焚修名色，各處募化錢糧，以長旺山門，並無一位高僧善知識究及身心性命。（頁1901～1902）

《後西遊記》承繼原書《西遊記》「心生，種種魔生；心滅，種種魔滅」的敘事命題，在小說中設計種種考驗，並將將許多哲理意涵加以「形象化」，筆者發現作者天花才子針對儒家、道教、佛教均有不同程度的批評與嘲諷，如第十二回的自利和尚，第十五、十六回的媚陰和尚，第十三、十四回的缺陷大王，第十六、十七、十八回解脫大王，第二十二、二十三、二十四回的文明

〔註43〕〔美〕浦安迪（Andrew H. Planks）撰、沈亨壽譯：《明代小說四大奇書》，頁222～223。

天王，第二十六回的十惡，第二十八、二十九、三十回的陰陽大王及造化小兒，第三十一回的六賊，第三十二、三十三回的不老婆婆等，高桂惠認為：

> 小說世界裡以一些帶著心學色彩的妖魔質問「求解」而又「不自解」
> 的五聖，兩方人馬的交鋒，充滿了問句，而沒有答案，最後求回中
> 土的「真解」，也在不肖僧人附和烏漆禪師的「高揚宗教，敗壞言銓」
> 而終告枉然（四十回）。所以《後西遊記》的每一個詰問與對話設計
> 之情節，形成它賞玩文字與概念的形象化的美學風格。〔註44〕

以下將以書中針對儒家思想批判部分加以論述，如第十六、十七、十八回解脫大王盤據三十六坑、七十二塹，而著重對七十二塹妖魔「七情六欲」的描寫，在第十八回〈唐長老心散著魔　小行者分身伏怪〉曰：

> 有幾個掩著嘴嬉嬉而來，嗤笑我早已落他圈套；有幾個攢著眉暗暗
> 而愁，似愁他不能減我威風。有幾個氣哼哼揮拳要打，有幾個惡狠
> 狠怒目相加。有幾個千禿驢萬禿狗罵不住口，有幾個老師傅老菩薩
> 譽不絕聲。有幾個偎偎依依曲致愛慕之情，有幾個指指捌捌直逞驕
> 矜之意。有幾個面赤如慚，頭低似悔；有幾個無言若怒，不語成謎。
> 看將來意態多端，總不出七情六欲。（頁 2043）

作者天花才子在此強調欲望是災難產生的根源，並巧妙將「七情六欲」的概念加以形象化，如第二十二回〈唐長老逢迂儒絕糧　小行者假韋馱獻供〉，敘述唐半偈師徒途經弦歌村化齋布施，學堂先生說出拒絕之理：

> 先生又笑道：「子雖異端亦有知者，豈不聞食以報功，雞司晨，犬司
> 吠，驢馬司勞，故食之。子異域之人也，不耕不種，又遑遑求異域
> 之空文，何功於予土？而予竭養親資生之稻糧，以飽子無厭之腹，
> 予不若是之愚也！子慎毋妄言。」（頁 2101）

作者天花才子借弦歌村長者醜化佛教的立場，彰顯自身迂闊的儒家思維，形成「反諷」的修辭效果，更凸顯其食古不化、毀僧謗佛的政治倫理，無法與時俱進的弊端，但也間接嘲諷佛教末流的缺失：

> 先生道：「此有說焉，吾將語子。昔天王之為開此山也，萬姓盡貪嗔
> 癡蠢，往往為佛法所愚，妄以為捨財布施可獲來生之報，以致傷父
> 母之遺體，破素守之產業，究竟廢滅人道，斬絕宗嗣，總歸烏有，

〔註44〕高桂惠：《追蹤躡跡——中國小說的文化闡釋》，（臺北：大安出版社，2005
　　　年 9 月），頁 145。

豈不哀哉！幸天王之憐念此土，忽開文明之教，痛掃異端，大張聖教，故至今弦歌滿邑而文物一新，無一人不欣欣向化，以樂其生。雖撻之佞佛而亦不願矣！子誠聞言悔過，逃釋歸儒，予之上賓也。若執迷不悟，莫若素素遁去之為安。倘貪口腹而濡滯此土，予恐其不獲免耳。良言盡此，請熟思之。予不敢久立以自取污辱也。」（頁2101）

在此仍以中國的家庭倫理苛責僧人違反傳統人倫的行為，故而呈現出正統／異端的詰問姿態，學堂先生對於佛教的偏見正由於「昧於己見」所致，直至小聖孫履真顯現神通，化身百千萬億個韋馱尊者，要每家準備香花燈燭及素齋迎接，以供養活佛，並到學堂捉住先生，將其提到街心跪下，並以降魔杵壓在他頭上，說這先生「讀得幾句死書，不過坐井觀天，輒敢毀僧謗佛，當得何罪？」先生嚇得魂不附體：

先生忽然被捉，嚇得魂不附體，連連叩頭道：「天王欺予哉。非予之敢於毀謗也！乞尊神恕之，使吾舌幸存而牙獲免，則我佛之慈悲有靈，不嚇碎人心也哉！誓將移奉天王之誠以奉佛。不識尊神肯容改悔否？」（頁2102）

弦歌村迂儒因小聖賣弄神通、顯示法相而皈依佛法。而第二十三回〈文筆壓人　金錢捉將〉開頭套語論及宗教的共相：

花花花，有根芽，種豆還得豆，種瓜不成麻，儒釋從來各一家。儒有儒之正，儒有儒之邪；釋有釋之得，釋有釋之差。大家各不掩瑕瑜。你也莫毀我，我也莫譽他；你認你的娘，我認我的爹；為儒尊孔孟，為僧奉釋迦，各人血肉各精華。我若學你龍作蛇，你要學我鳳成鴉，勸君須把舵牢拿，風光本地浩無涯。（頁2104）

對於儒家、佛教的看法，作者天花才子採取平等看待的態度，並且以一種插科打諢的遊戲心態，寄託深意於其中，反而凸顯儒家倫理本位的缺失。第二十三回文明天王的出現，將儒、佛教義的衝突推上另一個層次：

小行者道：「野妖精，你既冒文明之名，也須知文明之實。當時堯舜稱文明者，身穿袞服，頭戴冕旒，謂之衣冠；伯夷秩敘，百夔治音，謂之禮樂；河出圖，洛出書，謂之文章；天下雍雍熙熙，謂之文明，方不有愧。你今躲在山坳裡，上無宮室，下無官察連宇，不知你識與不識文明在哪裡？你看我這條鐵棒將邪魔打盡，獨標我佛的清

淨，方是眞文明。」（頁 2108）

而究竟作者天花才子對三教之爭是否持平等看待的態度？其實在第三十七回〈笑和尚傳咒卻邪　惡閻羅授方超生〉給了一個明確的答案，顯示其超然於世俗之外的態度，開頭詩云：

> 大道雖天定，人心實主持。
>
> 道家修性命，佛氏重慈悲。
>
> 儒者立名教，敦崇倫於彝。
>
> 各說各有理，各行各相宜。
>
> 雖亦各有短，短苦不自知。
>
> 若云不是道，千古已如斯。
>
> 若云都是道，大道何多歧。
>
> 乃知道一天，人心如四時。
>
> 人心與天道，須臾不可離。（頁 2274）

唐半偈師徒因「眾生貪嗔癡詐，轉借眞經妄設佛骨佛牙之名，上愚帝王，下惑臣民，都爲狡僧騙詐之用。故孔門有識之士，往往指爲異端，豈不令佛門敗壞！」（第五回）故而「求取眞解，永傳東土，以解眞經，使邪魔外道一歸於正」便成爲考驗取經師徒的首要課題，這裡指出儒家經義空泛、徒具形式的缺漏，最後被文昌帝君命人喚魁星收服了文明天王，作者在此將「眞假結構」巧妙置入儒、佛教義之爭的敘事命題，構成隱喻描寫的敘事效果，作者透過儒家倫理本位的批判，表現出對佛教被視爲「異端」〔註45〕的政治關懷。

《後西遊記》敘事的歷史時空架構，與現實世界經由互文隱喻的方式，使得話語本身具有「轉義」（trope）的語言表現，也就是整體話語：

> 背離了字面的、傳統的或者『正當的』語言用法，偏離了習俗與邏輯所認可的語言風格。轉義通過與人們『通常』期望的有所不同，通過在與人們通常認爲沒有聯繫的地方，或者在人們通常認爲有聯繫但聯繫方式與轉義中所暗示的方式不同的地方建立起某些聯繫，從而產生修辭格或思想。〔註46〕

〔註45〕　《後西遊記》第六回「匡君失賢臣遭貶　明佛教高僧出山」唐憲宗元和十四年韓愈上〈諫迎佛骨表〉，小說裡的韓愈將憲宗迎佛骨於大內之事視爲「異端邪說」，結果被貶爲潮州刺使。

〔註46〕　〔美〕海登・懷特（Hayden White）：〈轉義學、話語和人類意識的模式〉，收入氏著，董立河譯：《話語的轉義——文化批評文集》，（鄭州，北京：大象出

作者透過敘事者孫悟空說出「韓愈此表，轉是求眞解之機」（第六回）由此開啓小說的敘事格局。小說第三十回〈造化弄人　平心脫套〉，敘述小聖孫履眞被造化小兒用好勝圈套住，無法擺脫，往天上一撞竟撞倒李老君，老君說出箇中緣由：

> 李老君道：「圈兒雖是他的，被套的卻不是他。他把名、利圈套你，你不是名利之人，自然套你不住；他把酒、色、財、氣圈兒套你，你無酒、色財、氣之累，自然輕輕跳出了；他把貪、嗔、癡、愛圈兒套你，你無貪、嗔、癡、愛之心，所以一跳即出。如今這個圈兒我仔細看來，卻是個好勝圈兒。你這個潑猴子，拿著條鐵棒，上不知有天，下不知有地，自道是個人物，一味好勝。今套入這個好勝圈兒，眞是如膠似漆，莫說你會跳，就跳通了三十三天，也不能跳出。不是你自套，卻是那個套你？」（頁2197～2198）

造化小兒代表天命的考驗，所著重的也是心性修煉，《後西遊記》的磨難多爲人、地妖、自我考驗組成，而且多依賴自身解決問題，如第三十一回〈掃清六賊　殺盡三尸〉中六妖賊分別是：看得明、聽得細、嗅得清、吭得出、立得住、想得到，分別在《西遊記》、《西遊補》均曾出現，《西遊記》在第十四回〈心猿歸正　六賊無蹤〉六賊分別是：眼看喜、耳聽怒、鼻嗅愛、舌嘗思、意見欲、身本憂，《西遊補》在第八回〈一入未來除六賊　半日閻羅決正邪〉，六賊在原書《西遊記》被孫悟空打死，其魂奔入古人世界不被收留，只得淪落到未來世界，結果又被孫悟空打爲肉餅，而《後西遊記》的六賊也曾被孫悟空打死，被三尸大王所養，專門偷盜清秀嬌嫩的少年，獻與三尸大王享用，最後小聖打殺三尸，大顚和尚唐半偈囑咐六賊「我們佛法慈悲，也不殺你，只要你自知悔改，從今以後只非禮勿視，非禮勿聽，非禮勿言，非禮勿動，便非六賊而一五官矣！」六賊在各書均隱含引人去善從欲之惡，更隱喻爲人之六根，《西遊記》、《西遊補》均持「得便當殺」的宗教倫理立場，《後西遊記》則以爲當以「禮」克制，可見各書作者所持道德立場之差異。

　　《西遊補》情節接續《西遊記》第六十一回〈孫行者三調芭蕉扇〉之後，經由鯖魚夢境演繹「情」與「道」之關係，嶷如居士的〈西遊補序〉有云：

> 千古情根，最難打破一色字。虞美人、西施、絲絲、綠珠、翠繩娘、蘋香，空閨諧謔，婉變近人，豔語飛颺，自招本色，似與喜夢相鄰。

版社，北京出版社，2011年1月第1版），頁2。

到得蜜王認行者爲父，星稀月朗，大夢將殘矣，五旗色亂，出欲出魔，可是癡夢。〔註47〕

天目山樵〈西遊補序〉有云：

道人曰：書意主於點破情魔，然《西遊》全書，可入情魔者不少，何獨托始於三調芭蕉之後？曰：南潛《易發》，因見杏黃而悟黃鍾之度。《西遊》言芭蕉扇，小如杏葉，展之長丈二尺；或有所觸，遂托如於此。〔註48〕

靜嘯齋主人〈西遊補答問〉有云：

問：《西遊》不闕，何以補也？

曰：《西遊》之補，蓋在火焰芭蕉之後，洗心掃塔之先也。大聖計調芭蕉，清涼火焰，力過之而已矣。四萬八千年俱是情根團結，悟通大道，必先空破情根；空破情根，必先走入情內；走入情內，見得世界情根之虛，然後走出情外，認得道根之實。《西遊補》者，情妖也；情妖者，鯖魚精也。〔註49〕

嶷如居士、天目山樵、靜嘯齋主人三人，不約而同把詮釋觀點都集中在「情欲」命題上加以發揮，而唯有靜嘯齋主人聚焦情與道的闡釋，得出「情根之虛，道根之實」的結論，而對於儒家君臣倫理的嘲諷，更是寄託寓意於其中。如小說第二回〈西方路幻出新唐　綠玉殿風華天子〉，藉由宮人的視角對風流天子，有如下的敘述：

說罷時，忽然走出一個宮人，手拿一柄青竹帚，掃著地上，口中自言自語的道：「呵，呵！皇帝也眠，宰相也眠，綠玉殿如今變做『眠仙閣』哩！昨夜我家風流天子替傾國夫人暖房，擺酒在後園翡翠宮中，酣飲了一夜。……酒半酣時，起來看月，天子便開口笑笑，指著月中嫦娥道：『此是朕的徐夫人。』徐夫人又指著織女、牛郎說：『此是陛下與傾國夫人。今夜雖是三月初五，卻要預借七夕哩。』天子大悅，又飲一大觥。一個醉天子，面上血紅，頭兒搖搖，腳兒斜斜，舌兒嗒嗒，不管三七念一，二七十四，一橫橫在徐夫人的身

〔註47〕　〔明〕嶷如居士：〈西遊補序〉，見高玉海：《古代小説續書序跋釋論》，頁105。

〔註48〕　〔明〕天目山樵：〈西遊補序〉，見高玉海：《古代小説續書序跋釋論》，頁107。

〔註49〕　〔明〕靜嘯齋主人：〈西遊補答問〉，見高玉海：《古代小説續書序跋釋論》，頁109～110。

上。……」（頁 2342～2343）

對昏庸貪色的天子以一種戲謔的筆調透露出誤國誤民的荒謬，在昏君之下尚
有奸臣，以宋代的秦檜爲代表，《西遊補》以第八至十回的篇幅，書寫秦檜的
罪狀與懲罰，第九回〈秦檜百身難自贖　大聖一心歸穆王〉曰：

> 紹興元年除參知政事，檜包藏禍心，唯待宰相到身。
>
> 行者仰天大笑，道：「宰相到身，要待他怎麼！」高總判稟：「爹，
> 如今天下有兩樣待宰相的：一樣是吃飯穿衣、娛妻弄子的臭人，他
> 待宰相到身，以爲華藻自身之地，以爲驚耀鄉里之地，以爲奴僕詐
> 人之地；一樣是賣國傾朝，謹具平天冠，奉申白玉璽，他待宰相到
> 身，以爲攬政事之地，以爲制天子之地，以爲恣刑賞之地。秦檜是
> 後邊一樣。」（頁 2375～2376）

作者董說一生經歷明光宗（1620 年在位）、明熹宗（1620～1627 年在位）和
明思宗（1627～1644 年在位），正是明朝政體走向分崩離析的局面，透過小
說敘事話語的描寫與現實世界的互文隱喻，整體話語呈現「轉義」的語言表
現，而藉由書寫秦檜的罪狀，也達成如嶷如居士「銷數百年來青史內不平怨
氣」[註50] 對自我情志的抒發，透過奸臣秦檜之眼，看見君臣綱常隳壞不振，
同時也看見董說身爲明朝遺民的悲憤：

> 行者又道：「秦檜，你如今再說，你當日看宋天子像個什麼來？」秦
> 檜道：「犯鬼站立朝班，看見五爪絲龍袍，是我籠中舊衣服；看見平
> 天冠，是我破方巾；看見日月扇，是我芭蕉葉；看見金鑾殿，是我
> 書房屋；看見禁宮門，是我臥榻房。若說起趙陛下時，但見一只草
> 色蜻蜓兒，團團轉的舞也。」（頁 2377）

作者董說在世變書寫中隱含「亂自上作」的政治寓意，小說中的昏君奸臣交
相爲亂，並敗壞朝綱，透過奸臣秦檜的陰間審判，彰顯天理昭彰、報應不爽
的因果報應。另外針對科舉取士的弊端，作者在第四回〈一竇開時迷萬鏡　物
形現處我形亡〉也有精闢的見解：

> 老君道：「哀哉！一班無耳無目、無舌無鼻、無手無腳、無心無肺、
> 無骨無筋、無血無氣之人，名曰秀士，百年只用一張紙，蓋棺卻無
> 兩句書！做的文字更有蹊蹺渾沌，死過幾萬年還放他不過，堯、舜

〔註50〕〔明〕嶷如居士：〈西遊補序〉，見高玉海：《古代小說續書序跋釋論》，頁 105。

安坐在黃庭内，也要牽來！呼吸是清虛之物，不去養他，卻去惹他；精神是一身之寶，不去靜他，卻去動他！你到這文章叫做什麼？原來叫做『紗帽文章』！會做幾句便是那人福運，便有人抬舉他，便有人奉承他，便有人恐怕他！」（頁 2353）

作者董說對八股取士之弊端陳詞可謂深中肯綮，當然與其落第遭遇有關，而科舉取士對知識份子心靈的斲喪，董說應是深有體悟，也可視為儒家治國、平天下理想的幻滅。

四、《金瓶梅》續書的勸善心態

《金瓶梅》自從出版以來即爭議不斷，對於書中大膽露骨的色情書寫往往招致導欲宣淫的指控，其後的續作與評點莫不強調一種「正確」的閱讀心態，張竹坡甚至有〈金瓶梅寓意說〉、〈第一奇書非淫書論〉、〈批評第一奇書金瓶梅讀法〉等具詮釋眼光的評點理論問世，問題討論的起點首先從版本開始，關於版本，依王汝梅意見可分為兩個系統，三種類型，如下所述：

一是詞話本系統，即《新刻金瓶梅詞話》，現存三部完整刻本及一部二十三回殘本（北京圖書館藏本、日本日光山輪王寺慈眼堂藏本、日本德山毛利氏棲息堂藏本及日本京都大學附屬圖書館藏殘本）。二是崇禎本系統，即《新刻繡像批評金瓶梅》，現存約十五部（包括殘本、抄本、混合本）。第三種類型是張評本，即《張竹坡批評第一奇書金瓶梅》，屬崇禎本系統，又與崇禎本不同。在兩系三類中，崇禎本處於《金瓶梅》版本流變的中間環節。它據詞話本改寫而成，又是張評本據以改易、評點的祖本，承上啓下、至關緊要。〔註51〕

而作者丁耀亢究竟以何種版本為續寫對象，在其〈續金瓶梅後集凡例〉有：「小說類有詩詞，《前集》名為《詞話》，多用舊曲，今因題附以新詞，參入正論，較之他作，頗多佳句，不至有套腐鄙俚之病。」〔註52〕可知《續金瓶梅》是以《金瓶梅詞話》為前文本書寫對象，整部小說以因果報應為敘事框架，可說是延續《金瓶梅詞話》的果報觀念而加以發揮，宗教說理意味濃厚，以欣

〔註51〕閻昭典、王汝梅、孫言誠、趙炳南校點：《新刻繡像批評金瓶梅》（會校本‧重訂版），（香港：三聯書店有限公司，2011 年 10 月香港重訂版），〈前言〉，頁 1～2。

〔註52〕〔清〕丁耀亢：〈續金瓶梅後集凡例〉，見高玉海：《古代小說續書序跋釋論》，頁 133。

欣子的〈金瓶梅詞話序〉爲例,序中對書中的情色書寫爲其開脫「誨淫」之
罵名,並指出作者蘭陵笑笑生創作目的乃在「寄意於時俗」,頗具前瞻性見解:

> 至於淫人妻女,妻子淫人,禍因惡積,福緣善慶,種種皆不出循環
> 之機,故天有春夏秋冬,人有悲歡離合,莫怪其然也。合天時者,
> 遠則子孫悠久,近則安享終身;逆天時者,身名罹喪,禍不旋踵。
> 人之處世,雖不出乎世運代謝,然不精凶禍,不蒙恥辱者,亦幸矣。
> 故吾曰:笑笑生作此傳者,蓋有所謂也。〔註53〕

欣欣子一方面要爲《金瓶梅詞話》的「淫書」印象強做解說,另一方面他也
提醒讀者,轉移有色眼光去深思作者蘭陵笑笑生編創此書背後的用意,由此
可以推敲出,作者具有高度的道德自覺,欲透過西門慶發跡變泰的生命史,
與政治體制間暗相呼應的同構關係,寄託在世變書寫下的歷史性闡釋,而目
光回到《續金瓶梅》之後,其實可以發現其書寫的矛盾之處,丁耀亢在〈《太
上感應篇》陰陽無字解序〉提出:

> 上行下效,何其盛歟!亢不敏,病臥西湖,既不克上膺簡命,而效
> 職於民社,謹取御序頒行《感應篇》而重鋟之。欲附以言,而箋者
> 已詳矣。吾聞天道至密,以言解之而反淺;人心惟微,以法繩之而
> 愈遁。不如以不解解之。〔註54〕

但全書六十四回,「僅僅有十八回沒有在開場詩詞背後發表議論」,〔註55〕丁
耀亢既說以不解解之,卻又在全書近四分之三的回首大發議論,這在明清長
篇章回小說的文體敘事的成規方面十分罕見,在小說續書的續作體式也是奇
特的呈現方式,故筆者認爲,從《續金瓶梅》的主體性及雜文化角度觀察,
爲丁耀亢〈《太上感應篇》陰陽無字解序〉與小說敘事與議論紛陳的爭議,提
供個人的詮釋。

首先,愛日老人在《續金瓶梅》的文體/文類界定上認爲「紫陽道人〔註56〕
以十善菩薩心,別三界苦輪海,隱實施權,遮厄持善,從乳出酥,以楔出楔,

〔註53〕〔明〕欣欣子:〈金瓶梅詞話序〉,見黃霖、韓同文選注:《中國歷代小說論著
選》(上),頁201。

〔註54〕〔清〕丁耀亢著,禹門三校點:《續金瓶梅》(繪圖古典名著續書五種),(濟
南:齊魯書社,2006年1月第1版),頁9。

〔註55〕胡衍南:《金瓶梅到紅樓夢──明清長篇世情小說研究》,(臺北:里仁書局,
2009年2月初版),頁188。

〔註56〕紫陽道人是丁耀亢的號。

政復不減讀《大智度論》，何曾是小說家者言也」〔註57〕，雖有過譽之嫌，卻指出了《續金瓶梅》不應單純視爲小說家者言的問題，因爲從明清長篇章回小說回首引詩及詩後議論的文體特徵來看，回首及回末詩詞大多具有情感抒發或提綱挈領的作用，但是《續金瓶梅》回首置入佛道典故或詩詞後，跳脫故事情節大發議論的情形，卻是十分罕見的現象，「丁耀亢這種做法不但破壞了敘事的連貫性，同時也抵減了《續金瓶梅》做爲長篇章回小說應有的美學特性」〔註58〕，而西湖釣叟提出了創造性的見解似乎爲《續金瓶梅》的敘事困境解套，「《續金瓶梅》者，懲述者不達作者之意，遵今上聖名頒行《太上感應篇》，以《金瓶梅》爲之注腳」〔註59〕，這說明丁耀亢據《太上感應篇》「宣揚教化」的善書本意，以《金瓶梅詞話》當作「注腳」的輔助身份，以達成「勸善懲惡」的敘事效用，藉由高桂惠的話來說明之：

> 如果我們從小說正文之外的這些序跋、說明，以及大量游離在情節
> 之外的議論、做爲故事框架意義的品第化回目來審視，《續金瓶梅》
> 的書寫策略與《金瓶梅》的關係就不能只是去考察後者是否爲前者
> 的「知音」了，而是在「有意」的利用之下的另一種閱讀。〔註60〕

《續金瓶梅》乃是以《《太上感應篇》陰陽無字解》爲創作思想的指導原則，事實上就是《太上感應篇》的原文，故而在小說話語、政治話語、宗教話語間產生互滲與抵消的文化意義，在以爲《太上感應篇》的箋注當「不解解之」，卻又以《金瓶梅詞話》爲善書注腳，呈現出道德／情色拉扯下的意識矛盾。

在懼於清初文字獄壓力下，選擇以《金瓶梅詞話》續作來詮釋清廷認可頒布的《太上感應篇》，以丁耀亢的創作思維來看，在小說回首置入佛、道典籍及品第化回目，不惜破壞章回小說的敘事結構，這樣的做法正是作者心目中「政治正確」的創作路線，但還是被官方「誤讀」了寫作的初衷，正如在小說第三十一回的自我剖析創作意圖，可爲例證：

> 兩人公案甚明，爭奈後人不看這後半截，反把前半樂事垂涎不盡。
> 如不說明來生報應，這點淫心如何冰冷得！如今又要說起二人托生

〔註57〕〔清〕愛日老人：〈續金瓶梅序〉，見高玉海：《古代小說續書序跋釋論》，頁125。

〔註58〕胡衍南：《金瓶梅到紅樓夢——明清長篇世情小說研究》，頁189。

〔註59〕〔清〕西湖釣叟：〈續金瓶梅集序〉，見高玉海：《古代小說續書序跋釋論》，頁128。

〔註60〕高桂惠：《追蹤躡跡——中國小說的文化闡釋》，頁177～178。

> 來世因緣，有多少美處，有多少不美處，如不妝點得活現，人不肯
> 看，如妝點得活現，使人動起火來，又說我續《金瓶梅》的依舊導
> 欲宣淫，不是借世說法了。只得熱一回，冷一回，著看官們癢一陣，
> 酸一陣，才見的筆端的造化丹青，變幻無定。（頁 205）

對照《蕩寇志》在咸豐二年於南京付刻，咸豐三年太平天國亂起攻下南京，滿清官員帶著版片逃到蘇州，大量印行，「以資勸懲」的情況來看，〔註61〕《蕩寇志》符合官方「政治正確」的寫作路線，出版命運可謂天壤之別。

　　從小說雜文化的角度觀之，《續金瓶梅》中的敘事與議論紛陳，是相當醒目的文體特徵，高桂惠稱《續金瓶梅》為「長篇雜文式的續書」，〔註62〕也都顯示出《續金瓶梅》寫作過程中涵攝多元的思想素材，丁耀亢既說《太上感應篇》是滿清政府所頒布認可的宣教善書，卻又克制不住創作《續金瓶梅》〔註63〕的衝動，最終丁耀亢還是因為續作淫書的罪名下獄，〔註64〕其作品也一併遭到禁毀。

　　《金瓶梅》自從出版以來即爭議不斷，乃是因為具有不同的閱讀方法，歷來的評論家都強調一種「正確」的閱讀方法，以避免招致「導欲宣淫」的罪名，其續作背景從宋金兵亂開始，世變書寫在明代四大奇書及其續書，都是常見的敘事程式，藉由戰亂帶出天命與人事的互動，如第三回〈吳月娘捨珠造佛　薛姑子接鉢留僧〉曰：

> 詩曰：
> 參破空虛事事禪，多藏厚利亦徒然。
> 慳貪徒積生前債，施濟難籌此世緣。
> 摩什自能成寶刹，如來原不愛金磚。
> 塵根欲斷先求舍，淨洗泥塗種白蓮。

> 這首詩單表這《感應篇》勸人施捨，內曰衿孤恤寡、敬老懷幼，疑

〔註61〕〔清〕俞萬春著，俞國林校點：《蕩寇志》（中華古典小說名著普及文庫第二批），（北京：中華書局，2004 年 4 月北京第 1 版），中華書局編輯部〈從腰斬《水滸》到掃蕩《水滸》——《蕩寇志》〉，頁 2。

〔註62〕高桂惠：《追蹤躡跡——中國小說的文化闡釋》，頁 174。

〔註63〕〔清〕丁耀亢著，陸合、星月校點：《金瓶梅續書三種》，（濟南：齊魯書社，1988 年 8 月），黃霖〈前言〉提到「小說《續金瓶梅》，今可考定為丁耀亢在順治十八年（1622）六十三歲時所作。」，頁 5。

〔註64〕〔清〕丁耀亢著，陸合、星月校點：《金瓶梅續書三種》，黃霖在〈前言〉提到「康熙四年乙巳（1655）八月，六十七歲的丁耀亢即以此書下獄。」，頁 6。

憫人之凶，樂人之善，濟人之急，救人之危，受辱不存怨，施恩不
求報，與人不追悔。所謂善人天道祐之，福祿隨之。只這一句，人
人俱知，人人不能行。（頁15）

丁耀亢在《續金瓶梅》中回首詩詞大量引用勸人爲善的典故，並且都回歸到
《太上感應篇》因果報應主旨，意圖以道德意識化解《金瓶梅詞話》的情色
書寫，所以《續金瓶梅》實爲具有佛書、善書、淫書三者的互涉文本，交織
出晚明的末世景觀，這樣的「雜文化」文本，從修辭角度而言，都由一個最
基本的隱喻修辭構成。做爲修辭的隱喻，指的是在一類事物的暗示下談論另
一類事物，小說第四回到第七回安排西門慶在陰司受審，第七回閻羅命力鬼
鑿去雙目，遂成瞎鬼，一轉托生在東京沈越爲子，作失目乞丐，文曰：

只有西門慶失目拄杖而行。過大堂時，閻羅賞了金磚一個，喜喜歡
歡，又一路打聽沈家是個員外，還想依舊爲人：「這番定要改過修福，
不受這鑿目之苦。」鬼使將著，又不知路高路低，只聽耳邊風響，
腳不沾地，黑茫茫，忽見一點燈光，被鬼使一推，早不覺落地，「哇」
的一聲，正不知是甚麼去處。只爲：

黑心好色，送條拄杖渡迷津；

賊眼貪贓，給個金磚呼主父。（頁47）

《續金瓶梅》以第四回到第七回演示《金瓶梅詞話》眾人的因果，並藉陰間
審判給陽世眾生警惕，「因果」做爲書中的隱喻修辭，用以提醒讀者大眾閱讀
此書的正確態度，而延續《金瓶梅詞話》「獨罪財色」而起的報應觀念，也是
丁耀亢欲藉由小說傳達的想法。

但對於情色書寫，《續金瓶梅》雖然想避寫卻又未避開，如第三回小玉在
後院如廁，不小心瞥見薛姑子和黑胖和尚的交媾可謂是經典場面，但卻不在
專演情色故事的「遊戲品」回目中，關於此點，胡曉眞指出全書共有十回「遊
戲品」：

1. 第五回：關於人死後仍然不滅的性慾，以及性慾與死亡之間的互
動關係

2. 第二十回：鄭玉卿、李銀瓶、李師師三人之間的性遊戲

3. 第二十三回：翟員外、李銀瓶、鄭玉卿之間的婚姻與外遇關係

4. 第三十二回：關於兩名中年婦女與其老年姘夫之間的性關係，暗

示性與死亡之間的糾葛：金桂與梅玉之間的同性戀關係

5．第三十九回：描寫儀式慶典式的集體性狂歡

6．第四十回：關於性的可欲性與不可欲性

7．第四十一回：關於女同性戀

8．第四十五回：關於金錢與性的可欲性

9．第四十七回：關於受阻的性慾

10．第五十三回：關於如何訓練、選擇、檢查可欲的女人〔註65〕

在「遊戲品」前後，大多安排「淨行」、「證入」、「戒導」諸品，以收前面丁耀亢所說冷熱平衡的效果，但在情節回目的偏排上仍有矛盾，如第三十九、四十、四十一回沒有安插。

　　由雜文化角度觀之，丁耀亢以代表官方意識形態的《太上感應篇》包裝民間市井意識的《金瓶梅詞話》，其苦口婆心、滔滔不絕的「說書人」姿態充斥整部小說，究竟這樣的改造，是否讓現實世界的「讀者」認可？至少愛日老人、西湖釣叟、天隱道人這些評論者是持肯定態度，丁耀亢《歸山草》有詩記其事，詩曰：「獨坐憐寒夜，圜牆起鼓聲。雪晴光不定，月暗影空明。橡史藏文士，窮交仗友生。莫輕談往事，一醉頌升平。」又〈焚書〉詩曰：「帝命焚書未可存，堂前一炬代招魂。心花已化成焦土，口債全消淨業根。奇字恐招山鬼哭，劫灰不滅聖王恩。人間腹笥多藏草，隔代安知悔立言。」黃霖認為「這些在鐵幕下面迸發出來的沈痛詩句，隱約地透露了這部書的得禍之由並不在『誨淫』，而在於『輕談往事』和欲為人間『立言』而已！」〔註66〕丁耀亢汲汲營營在小說中消除《續金瓶梅》「誨淫」的思想，沒想到著重寫宋金戰亂離散，帶給人們帶來的苦難及立言之舉，卻招致牢獄之災。

　　總結來說，丁耀亢創作上的「雜文」意識牴觸滿清官方的意識形態，顯然丁耀亢「誤讀」了《金瓶梅詞話》，而清廷同樣也「誤讀」了《續金瓶梅》。

　　《三續金瓶梅》的作者訥音居士，因不滿《續金瓶梅》、《隔簾花影》〔註67〕

〔註65〕 胡曉真：〈《續金瓶梅》──丁耀亢閱讀《金瓶梅》〉，《中外文學》第 23 卷第 10 期，1995 年 3 月，頁 96～97。

〔註66〕 〔清〕丁耀亢著，陸合、星月校點：《金瓶梅續書三種》，黃霖〈前言〉，頁 6。

〔註67〕 〔清〕訥音居士著，徐毅蘇校點：《三續金瓶梅》，（鄭州：中州古籍出版社，1993 年 6 月第 1 版），徐毅蘇在〈前言〉提到「康熙年間，有一部《隔帘花影》（又題《新鐫古本繡像批評三世報隔帘花影》）刊行，此書實為《續金瓶梅》

給西門慶、春梅死後以挖眼、下油鍋、三世之報的殘酷報應，便在《三續金瓶梅》中給小說人物改惡從善的結局，道德立場較爲寬容，而務本堂主人在〈三續金瓶梅小引〉有「世人多被『財色』所惑，貪嗔迷戀，果不迂乎！若能於錦繡場中回首，打破迷關，修心種德，改邪歸正，雖不能超凡，亦可保身，豈不快哉！」〔註68〕同樣抱持相同的道德立場。第一回〈普靜師幻活西門　龐大姐還魂托夢〉，敘述小玉夢中聽聞西門慶、陳經濟、李瓶兒受挖眼、割舌、杖斃之刑及三世報而驚醒，普靜長老幻化孝哥，在回雪澗洞口遇西門慶冤魂淚流滿面，文曰：

> 「弟子一生雖貪財色，未敢害物傷生。天理昭彰，報應已受盡了。從今改過，再不敢非爲了。望祖師垂憐，恩有重報。」言罷，碰頭如雞奔碎米。長老點頭說：「善哉，善哉。」西門慶原有善根，還有一段夙緣未了。也罷，出家人慈悲爲本，方便爲門，將他救回陽世，次了宿債。叫他自己回頭，貧僧度他未晚。（頁3）

西門慶死後還陽，春梅陰魂受永福寺道堅和尚以仙丹救活，西門慶與他的六房妻妾及丫鬟、婢女、僕婦、優童、戲子、妓女等，又開始荒淫無度的生活，在商賈間上下其手，官衙裡左右逢源，科場上行賄舞弊，祝壽賀喜，盡享榮華，大興土木，揮金如土。

　　《三續金瓶梅》改進了《續金瓶梅》在回首詩詞大發議論的文體特徵，並且在性描寫的情節上較爲文雅、含蓄，在第三十八回安排西門孝參倒殷天錫，又拿下吳典恩，西門慶突覺心灰意懶，拿起普靜禪師送他的《參同契》、《悟眞篇》而開啓悟道之路，闡述了作者在第四十回結尾詩「倏然悔過便超升」的勸善思維。

第二節　小說中的宗教敘事框架

　　明代四大奇書中的《水滸傳》採取道教謫凡神話，亦即星君謫凡，以建

的減改本，它刪除《續》中宋金戰爭的內容及激越沈痛的議論，更易了書中人名等，此舉不單爲避災禍，也確是爲了藝術上的精善。《續》中故事散漫、頭緒繁多、描述冗長等缺點，在《隔》中多得到了較妥當的處理，但不久它也未逃遭禁的厄運。」，頁2。

〔註68〕〔清〕務本堂主人：〈三續金瓶梅小引〉，見高玉海：《古代小說續書序跋釋論》，頁145。

構彼岸與此岸世界的循環架構，並以宋江為星主，統御星散各地的梁山好漢，完成天罡地煞歷劫塵世，最後回歸天界的敘事任務。第一回〈張天師祈禳瘟疫　洪太尉誤走妖魔〉，敘述宋仁宗時天下瘟疫轉盛，仁宗龍體不安，參知政事范仲淹越班啓奏，奏曰：「目今天災盛行，軍民塗炭，日夕不能聊生。以臣愚意，要禳此災，可宣嗣漢天師星夜臨朝，就京師禁院，修設三千六百分羅天大醮，奏聞上帝，可以禳保民間瘟疫。」命太尉洪信為天使，前往江西信州龍虎山，而在楔子就已預示「不因此事，如何教三十六天罡下臨凡世，七十二地煞降在人間，哄動宋國乾坤，鬧遍趙家社稷。」洪信遊山時對伏魔殿上的一道道封皮發生濃厚的興趣。真人告訴洪太尉：伏魔殿「是老祖大唐洞玄國師封鎖魔王在此。但是經傳一代天師，親手便添一道封皮，使其子子孫孫，不得妄開。走了魔君，非常厲害。今經八九代祖師，誓不敢開。鎖用銅汁灌注。」「此殿當初是祖老天師洞玄真人傳下法符，囑咐道：『此殿內鎮鎖著三十六員天罡星，七十二座地煞星，共是一百單八個魔君在裡面。上立石碑，鑿著龍章鳳篆天符，鎮住在此。若還放他出世，必惱下方生靈。』」（第二回）洪太尉依仗權勢，不顧真人的一再勸阻打開伏魔殿，放倒石碑，掘起石龜，「只見穴內刮喇喇一聲響亮。那響非同小可」「那一聲響亮過處，只見一道黑氣，從穴裡滾將起來，掀塌了半個殿角。那道黑氣，直衝到半天裡空中，散作百十道金光，望四面八方去了。」對於「遇洪而開」的讖言，作者在書中指出是一種天數：「一來天罡星合當出世，二來宋朝必顯忠良，三來湊巧遇著洪信」《水滸傳》寫定者以天罡地煞謫凡神話框架，傳達「亂自上作」的歷史思維，並以疾病瘟疫，隱喻國家由太平盛世轉為失序混亂的政治情況。

　　《西遊記》透過西天取經的敘事過程，傳達「心生，種種魔生；心滅，種種魔滅」的心性修煉意義，第十三回法門寺眾僧上西天取經的艱難，唐三藏鉗口不言，但以手指指心，見眾僧不解其意，唐三藏只好說明其取經初衷：「心生，種種魔生；心滅，種種魔滅。我弟子曾在化生寺對佛下洪誓大願，不由我不盡此心。這一去，定要到西天，見佛求經，使我們法輪回轉，願聖主皇圖永固。」這句話定下西天取經的敘事基調，而取經之途歷經八十一難成了考驗唐僧師徒心性是否堅定的敘事框架，在整個取經的路上，佛道兩教的神靈不斷給取經隊伍訊息與支援，但同樣的也給取經隊伍製造難題，《西遊記》寫定者設計九九八十一難的考驗可說是一場唐僧的心性修煉之旅，唐僧弟子則因罪過而被降謫為人世之妖怪，為贖罪而踏上保護唐僧西天取經的征

途，在一百回如來佛爲唐僧師徒贖罪證果作出最終評價，以唐三藏爲例：「聖僧，汝前世原是我之二徒，名喚金蟬子。因爲汝不聽說法，輕慢我之大教，故貶汝之眞靈，轉生東土。今喜皈依，秉我迦持，又乘吾教，取去眞經，甚有功果，加升大職正果，汝爲旃檀功德佛。」故有學者認爲「謫遣與轉世做爲一種敘事母題承擔著過去與現在、神界與塵界的時間、空間轉換，而贖罪做爲一種敘事主題則承擔著敘事情節的因果轉換，這種時空轉換與因果轉換構成了《西遊記》的一種敘事美學。」〔註 69〕而其實在第一回的開場詩，即採取一種預設的敘述姿態，建置一個「理念先行」的敘事框架：

> 渾沌未分天地亂，茫茫渺渺無人見。
>
> 自從盤古破鴻蒙，開闢從茲清濁辨。
>
> 覆載群生仰至仁，發明萬物皆成善。
>
> 欲知造化會元功，須看《西遊》釋厄傳。

與第一百回可謂前後呼應，從宗教立場來看，唐僧一行五眾的西天取經，除了通過心性修煉證道成佛之外，還有爲前世的苦厄／罪惡贖罪的意義。

　　《金瓶梅》與《三國演義》、《水滸傳》、《西遊記》並稱明代四大奇書。自明代中葉以來，不論在傳抄或刊刻出版階段，因其「誨淫」性質而受到讀者的普遍關注，歷來爭議不斷，由於《金瓶梅》存在諸多「淫穢」的情色語言、事件和場景，因此屢遭當局視爲淫書而禁毀。《金瓶梅》關注的重心在紅塵眾生的情色生活，另一方面作者笑笑生採取大量宗教情節，對書中人物進行輪迴果報的教化，但由於西門慶、潘金蓮偷情所衍生的情色事件，違反儒家價值體系的倫理道德觀念，最後必須藉助因果報應的框架予以抑制。如第一百回普靜禪師薦拔群冤就是希望幽魂「解釋宿冤，絕去掛礙，各去超生，再無留滯」，禪師以偈語表達佛教解脫輪迴的慈悲胸懷：

> 勸爾莫結冤，冤深難解結。
>
> 一日結成冤，千日解不徹。
>
> 若將冤報冤，如湯去潑雪。
>
> 若將冤報冤，如狼重見蝎。
>
> 我見結冤人，盡被冤磨折。
>
> 我見此懺悔，各把性悟徹。

〔註 69〕吳光正：《神道設教：明清章回小說敘事的民族傳統》，（武昌：武漢大學出版社，2012 年 5 月第 1 版），頁 75。

> 照見本來心，冤怨自然雪。
>
> 仗此經力深，薦拔諸惡業。
>
> 汝當各托生，再勿將冤結。
>
> 改頭換面輪迴去，來世機緣莫再攀。

《金瓶梅》在結尾因果報應的框架開啟其後續書在敘事意識、人物性格、宗教敘事等方面的書寫空間，續書在承襲奇書之敘事命題、情節編排方面各有發揮。

在此以原書與續書間的「互文」書寫為討論基礎，分析續書所營造的宗教敘事框架，在小說中所隱含的意識形態及其編排巧思，並考察續書在原書遺留下來的敘事困境如何提出新的解決之道，筆者將四大奇書之續書納入宗教敘事框架的分析，以見其殊相的獨特性。

一、轉世框架

《後水滸傳》第一回〈燕小乙訪舊事暗傷心　羅真人指新魔重出世〉，奸臣蔡京、童貫、高俅、楊戩在水滸好漢征服大遼，剿平河北田虎、淮西王慶、江南方臘，妒其功高，「或明明獻讒，或暗暗矯旨，或改賜藥酒，或私下水銀，將宋江、盧俊義兩個大頭目，俱一時害死。」而作者青蓮室主人在續書中，藉由天理循環的敘事模式，讓宋江、盧俊義等人托生轉世，以完劫運：

> 羅真人道：「斗轉則星移，朝廷尚不能世守於汴京，水滸安可認定梁山？當日一百八人，是應罡煞，近日吾見二十八宿與九曜，俱已沈晦失度，將來幾人，魄應罡煞以消冤，氣應星曜以應劫。到了冤消劫盡，魄聚氣昇，罡煞原是罡煞，星辰仍是星辰。燕義士諄諄扣問，自是有心人所為。但天道難知，即聞之而天機亦不敢盡泄。義士但略識其大意可也。」（頁 67）

作者透過羅真人之口道出被奸臣謀害的眾人因含冤未消、劫數未盡，故須應天道轉世托生，「今後聚者只不過受職被屈及辭去憂悶而死這般人耳！」，而經由轉世的敘事框架，讓讀者了解續作之原因，燕青聽了羅真人的話方才恍然大悟：

> 燕青聽了，方豁然大悟，又拜伏於地，道：「燕青愚昧，不識仙機，感蒙祖師指示，一旦了了，始知宋、盧眾兄弟雖死於奸人之手，實劫運尚未曾消完。今始知奸人雖弄權肆惡於而今，終必改頭換面，

受惡報於異日。天理既不爽毫釐，人心又何煩過激。燕青自茲以後，
當安心從眾兄弟，再托生，以完劫運，以報奸仇矣。」（頁66）

《後水滸傳》除了天理循環的敘事邏輯，還結合因果報應的佛教觀念，並標
舉「替天行道」的敘事意識，以「忠義」爲敘事理念，接受招安、建功立業
後反受奸臣所害，故彩虹橋上客說出：「如宋徽、欽二帝，無治世之材，任用
奸佞，以致金人自北而南。一身尚無定位，豈有餘力及於群盜？」〔註70〕這
樣激烈的言論，也正是續作藉「妖魔」〔註71〕書寫痛陳國運之不振、君王之
不德的忠義精神。第二十七回〈不約同大鬧開封府　義氣合齊上白雲山〉，作
者青蓮室主人經由楊么批判宋江「懦弱沒主見，帶累兄弟遭人謀害」形成敘
事轉折，眾兄弟推舉楊么爲白雲山寨主，楊么心有顧忌：

楊么道：「宋江沒主見，是不能挽回君相。若果有聖君賢相，孰不願
爲忠良？我今定見，因見宋室不用好人，專信奸佞；豐樂樓前女子
生鬚，京都道上男兒誕子；地裂山崩，災禍迭起。此乃上天示警，
君臣猶不知悔。我今心存殺奸戮佞，要做一番事業，使他警悟悔過，
方才遂心。故每結兄弟，必戒他勿欺良善，只劫奪奸佞之人。」（頁
323）

《後水滸傳》將楊么塑造成智勇雙全的英雄人物，試圖與《水滸傳》裡的宋
江有所區隔，透過上天災異的預警，暗示國勢日衰的局面，讓讀者了解，轉
世聚義於白雲山的天罡地煞，在團體紀律上能自我要求。第四十二回〈再蕭
何抗遼軍令　眾豪傑大悟前身〉，楊么因緣際會在軒轅井得到鐵匣，內有兩片
鐵葉，鑿有無數小字，幸得廬山四維眞人預言情節發展：「鵬飛洞庭，楊花易
零，蕭牆不測，腐草護舫，須尋築隱，歸結天星。」楊么最後經由賀雲龍、
殷尚赤訪得廬山四維眞人指示，走山穴直達軒轅井：

二人在包裹中取出鐵葉上供，又取出抄錄眞人的一大幅字來。遂將
上廬山不遇眞人，道童引入密室，石壁上先有眞人寫注明白，上一
層的字蹟一般，便不抄寫，只將下面注寫的抄來，與哥哥弟弟們觀
看。眾兄弟一齊圍看，識字便看得驚驚喜喜，不識字的叫念出來，

〔註70〕〔清〕彩虹橋上客：〈後水滸傳序〉，見高玉海：《古代小說續書序跋釋論》，
頁66。
〔註71〕書中宋江、盧俊義分別轉世托生爲楊么、王摩，所以此書「可說是妖／魔本
傳」。見高桂惠：《追蹤躡跡——中國小說的文化闡釋》，頁61。

聽得喜喜驚驚。（頁469）

這段情節即與《忠義水滸傳》第七十一回〈忠義堂石碣受天文　梁山泊英雄排座次〉如出一轍，一爲鐵匣，一爲石碣，呈現出轉世與降謫神話，均藉由天人感應的神秘圖式洩露天機，宋江說出：「鄙猥小吏，原來上應星魁，眾多兄弟也原來都是一會之人。上天顯應，合當聚義。今以數足，上蒼分定位數，爲大小二等。天罡地煞星辰，都已分定次序，眾頭領各守其位，各休爭執，不可逆了天言。」

由天命思想表現出梁山泊聚義的正當性，比較宋江與楊么對招安問題的態度也可看出不同，宋江自盟誓之後，在一次宴會作〈滿江紅〉詞，其中有「望天王降詔，早招安」受到武松、李逵公然反對，而楊么在前日入諫高宗，即稱能制楊么者就歸降，並考慮結義兄弟的安危，但一陣旋風將輪船颳至見機嶺，顯見作者青蓮室主人藉由天意行動運作的痕跡，而袁武說出「此風實有天意，不然盡爲少保所擒。但我看來，少保忠良，降他也不辱沒。但恐奸人在位，將來少保亦自不能保全，焉能庇我眾人？」言下之意對朝中奸佞之臣危害江山社稷，智勇如岳飛者亦難自保，隱含「士不遇」的政治情懷，凸顯了轉世英雄在共同命運影響下，所採取的價值抉擇是拒絕招安，回歸天命之所寄。

《續金瓶梅》在第一回〈普淨師超節度冤魂　重孽鬼投胎還宿債〉，開宗明義先對《金瓶梅詞話》予以評論，並延續原書因果報應觀念。如《金瓶梅詞話》第一百回〈韓愛姐湖州尋父　普靜師薦拔群冤〉，普靜禪師指引月娘等五人投宿永福寺，小玉三更時瞥見禪師念經的情景：

> 看看念至三更時，只見金風淒淒，斜月濛濛，人煙寂靜，萬籟無聲。覷那佛前燈海，半明不暗。這普靜老師見天下荒亂，人民遭劫，陣亡遭橫死者數極多，發慈悲心，施廣惠力，禮白佛言世尊，誦解冤經咒，薦拔幽魂，解釋宿冤，絕去掛礙，各去超生，再無留滯，於是誦念了百十遍解冤經咒。

小玉眼見西門慶、陳經濟、潘金蓮、武大、龐春梅等眾人皆轉世托生而去，書中西門慶托生爲孝哥，而結尾回末詩更傳達出天理循環之理：

> 閒閱遺書思惘然，誰知天道有循環。西門豪橫難存嗣，經濟顛狂定被殲。樓月善良終有壽，瓶梅淫佚早歸泉。可憐金蓮遭惡報，遺臭千年作話傳。

《續金瓶梅》第一回將普靜禪師說成是地藏王菩薩化身，這次換成月娘瞥見禪師，而小玉猶在睡夢中，月娘喚之不醒：

> 那禪師放出佛光，恰似一輪明月罩住法身一般，眾鬼如何得近！只見法師大叫一聲曰：「善哉！善哉！爾等眾生皆是無明中造此大劫，以致色身蕩滅，各得現報惡業。現在因果未還，縱有佛法，從何處解？今日一滴甘露止救得一時飢渴，如要托生，自有酆都定案，佛雖慈悲，教人懺悔，來生行善，不能消今生罪孽。」（頁6）

《續金瓶梅》承襲原書《金瓶梅詞話》的因果報應觀念，而且更加強調宗教說法於小說文本中，並成為書中十分明顯的文體特徵，書中也交代《金瓶梅詞話》西門慶、李瓶兒、潘金蓮、龐春梅眾人的托生去處：

> 二鬼去不移時，早有黑面赤鬚一人，手執大簿呈祖師看畢，即喚眾鬼曰：「西門慶淫殺罪重，三世報冤，因你仗義施捨，不失人身，今往東京富戶沈通家托生還報。李瓶兒引奸盜財，氣夫喪命，因你向善刻經，不失女身，今往東京袁指揮家托生還報。潘金蓮毒殺夫命，天性奸淫，若論輪迴，該化身虫蛇，只因夫命未償，仍化女身，在山東黎指揮家托生還報。春梅龐氏雖無大罪，銜色行淫，致陳經濟貪色殺身，妒孫雪娥賣娼自縊，縱欲亡身，不足報惡，在東京孔千戶家為女還報。」（頁6～7）

糾結在道德與情色間是《續金瓶梅》無法跨越的鴻溝，作者丁耀亢在書中處處以說書人姿態，進行勸善化俗的工作，尤其在西門慶心理狀態的描寫更是突出。如第四回〈西門慶望鄉台思家　武大郎酆都城告狀〉在望鄉台看見潘金蓮、陳經濟在靈前守孝，眼見金銀財寶燒在門前不能使用，因作《哭山坡羊》一曲傳笑：

> 世人世人，休學我西門慶的模樣。銅斗家私，一霎時間全然了賬。潘六兒、李嬌兒、孟玉樓那裡去了？小春梅的琵琶，小玉簫的絲弦，那裡供唱？胡僧藥也是俺要強，連吃了三丸，委實難當。王六兒的後庭才然罷手，追命鬼的金蓮才把俺的命喪。想著俺翡翠軒、葡萄架，何等頑耍來也！風流了一世，弄的這等悽惶。閻王，想煞我了！我情願吃兩碗迷魂茶湯。閻王，饒了我罷麼！情願領著這些婆娘們當行。（頁28～29）

作者透過主角西門慶對陽世眷戀不已的思念，投射出情欲的流動與凝視，與

《金瓶梅詞話》更呈現互文性的趣味，呈現縱欲亡身的敘事效果，丁耀亢以飽含宗教意識的筆觸「重寫」《金瓶梅詞話》，深刻闡述小說物欲世態與因果報應，實乃同構關係之辯證，卻不免招來清人劉廷璣的苛評：「《金瓶梅》亦有續書，每回首載《太上感應篇》，道學不成道學，稗官不成稗官，且多背謬妄語，顛倒失倫，大傷風化，況有前本奇書壓卷，而妄思續之，亦不自揣之甚矣。」〔註72〕劉廷璣對《金瓶梅》是十分讚賞的，其《在園雜志》卷二曰：

> 若深切人情事物，無如《金瓶梅》，真稱奇書。欲要止淫，以淫說法；
> 欲要破迷，引迷入悟。其中家常日用、應酬世務，奸詐貪狡，諸惡
> 皆作，果報昭然，而文心細如牛毛繭絲。凡寫一人，始終口吻酷肖
> 到底，掩卷讀之，但道數語便能默會爲何人。結構鋪張，針線縝密，
> 一字不漏，又豈尋常筆墨可到者哉？〔註73〕

劉廷璣也是清代企圖抹除《金瓶梅》「淫書」印記的評論家之一，由上述所引，可知對《金瓶梅》的藝術成就持高度評價，但對《續金瓶梅》雜揉道學與稗官兩種文體，卻是極不認同這樣的敘述方法，劉廷璣以原書藝術成就來審視《續金瓶梅》，亦是一種小說閱讀的方法，但以偏蓋全並不客觀。試看《續金瓶梅》第十回〈夢金磚富翁得子　賜銀瓶孽女歸娼〉，西門慶托生東京富室沈越爲子，先寫沈越的爲人：

> 今日單表那東京的富室沈越，積了半世家私，埋下幾萬金銀，也無
> 處用。因他慳貪，天教他絕後。機心毒計，富甲王侯，再要十全，
> 也無此理。那日因宋朝金兵內犯，朝廷處處搜刮，常恐不保其財，
> 終日憂愁焦悶。（頁63）

再寫娶得使女蘭香，體大粗醜，沈越一時動興，不消一月就定了胎，西門慶手抱金磚轉世托生而來：

> 到了臨月之時，沈越做了一夢：有一個人從西門進來，手持一個金
> 磚，說來還債。沈越平日貪心，見了金磚，兩手抱住不放；那人來
> 奪，沈越又爭著不肯撒手。忽然大叫一聲而醒，天正三更。家人來
> 報說，廚房內蘭香添了一個哥兒。慌忙起來淨手焚香，向天叩拜道：

〔註72〕〔清〕劉廷璣：《在園雜志》卷三，收入《清代筆記小說大觀》（三）（上海：上海古籍出版社編，2007年10月），頁2197。

〔註73〕〔清〕劉廷璣：《在園雜志》卷二，收入《清代筆記小說大觀》（三），頁2172～2173。

「也是我沈越一聲沒傷了天理，因此龍天不絕其後。」（頁63）

寫至第十六回〈沈乞兒故園歸夢　翟員外少女迷魂〉，金人擄去徽、欽二帝，立張邦昌爲帝，東京城裡的富戶家產被搜刮殆盡，沈越家內金銀盡行入官，淪落爲乞丐，帶著西門慶托生的瞎子金哥、生他的醜婢及一隻母狗沿街行乞，沈越後因飢寒死在路旁，金哥繼續抱著一塊磚討飯，因緣際會到了前世所居的清河縣，竟也回到故宅受到玳安的接濟，作者安排玳安夢見西門慶：

> 也是一靈不散，玳安忠義所感，只見西門慶進來，項帶長枷，身圍鐵索，道：「玳安你還認得我嗎？」玳安道：「我如何不認得爹！」西門慶道：「我因陽世間貪淫罪大，閻王把我二目摘去，罰我乞食十年，今日門首小瞎子就是我，那狗就是王婆。你今不忘舊恩，要打探你娘消息，可向東京給孤寺找尋。」（頁104）

作者丁耀亢讓西門慶托生乞丐再返故園，也是因果報應觀念在小說敘事的呈現，透露出十足的警世意圖，這也是《續金瓶梅》帶有《太上感應篇》「善書」宣教性質的諸多例證之一。

《太上感應篇》它提倡「積德累功，慈心於物」，強調「忠孝友悌，正己化人，矜孤恤寡，敬老懷幼」，則體現了儒家倫理。在儒家學說中，尤其強調五倫綱常，認爲君臣、父子、夫婦的等級界限分明，而在《太上感應篇》中亦以「擾亂國政」、「違逆上命」、「用妻妾語」、「違父母訓」、「男不忠良，女不柔順，不和其事，不敬其夫」做爲惡行的準則。

可以說，《太上感應篇》實際上建立的是，以儒家道德規範和道釋宗教規戒爲標準的立身處世準則。《太上感應篇》篇幅不長，計一千二百多字，主要借太上〔註74〕之名，闡述「天人感應」和「因果報應」，開篇即以十六字「禍福無門，唯人自召，善惡之報，如影隨形」爲綱，宣揚「善有善報、惡有惡報」的因果觀念，接著指出人要長生多福，必須行善積德，並列舉了二十四條善行和一百五十三條惡行，做爲趨善避惡的標準，最後以「諸惡莫作，眾善奉行」、「一日有三善，三年，天必降之福」；「一日有三惡，三年，天必降之禍」作結，可以說《續金瓶梅》充分體現《太上感應篇》所講求的天人感應與因果報應思想，並在轉世框架上實踐其宗教信念。

《西遊記》利用色欲考驗唐僧師徒的情節，在整部小說中成爲一個顯著

〔註74〕太上，就是太上老君，原名李耳，又稱老子，著作有《道德經》。是我國道教始祖，上天至尊之聖。

的敘事命題，唐僧做為取經隊伍的中心人物，無疑也是色欲考驗的重點所在，
《西遊記》小說中的唐僧雖然是個金蟬轉世的聖僧，但畢竟是肉眼凡胎的血
肉之軀，同樣得面對世俗誘惑的侵擾。如第二十三回〈三藏不忘本　四聖試
禪心〉，賈夫人坐山招夫的財富是世俗的誘因，而唐僧聽到後反應是「好便似
雷驚的孩子，雨淋的蝦蟆；只是呆呆掙掙，翻白眼兒打仰。」見了婦人的真
真、愛愛、憐憐三個女兒，唐僧也只是「合掌低頭」，但豬八戒卻是「眼不轉
睛，淫心紊亂，色膽縱橫，扭捏出悄語」。第五十四回〈法性西來逢女國　心
猿定計脫煙花〉西梁女國的招婚場景令人無法承受，當太師表示只招贅唐僧
可以讓徒弟西行取經，而孫悟空又一口應承時，唐僧一把抓住孫悟空罵道：「你
這猴頭，弄殺我也！怎麼說出這般話來，教我在此招婚，你們西天拜佛，我
就死也不敢如此！」行者道出此乃將計就計之策時，他還是有所顧慮，「但恐
女主招我進去，要行夫婦之禮，我怎肯喪元陽，敗壞了佛家德行；走真精，
墮落了本教人身。」在此更顯示唐僧在人性欲望與佛教信仰間的衝突所面臨
的重大考驗，取經路上的蠍子精、杏樹精、老鼠精、玉兔精都「欲招唐僧為
偶，採取元陽真氣，以成太乙上仙」，面對破陽、喪身的雙重威脅，唐僧在小
說中通過這些色欲考驗以證聖成佛，而到了《西遊補》更以一個夢境框架闡
釋情與道的辯證關係。

二、夢幻框架

　　《西遊補》第一回〈牡丹紅鯖魚吐氣　送冤文大聖留連〉，談到行者「忽
見前面一條山路，都是些新落花、舊落花鋪成錦地，竹枝斜處漏出一樹牡丹」
為入情魔的重要象徵物事，靜嘯齋主人藉問答形式加以詮釋：

> 問：大聖出情魔時，五色旌旗之亂，何也？
>
> 曰：《清淨經》云：亂窮返本，情極見性。
>
> 曰：大聖遇牡丹，便入情魔，作奔壘先鋒，便出情魔，何也？
>
> 曰：斬情魔，正要一刀兩斷。〔註75〕

由《西遊記》的色欲考驗過渡到《西遊補》的情欲試煉，也是作者董說體悟
到情根之虛與道根之實的哲理，藉由夢境框架統括情欲論述的藝術呈現。

　　如行者指出唐僧性格中的兩大缺失，「一件是多用心，一件是文字禪。多

〔註75〕〔明〕靜嘯齋主人：〈西遊補答問〉，見高玉海：《古代小說續書序跋釋論》，
　　　　頁111。

用心者，如你怕長怕短的便是；文字禪者，如你歌詩論理、談古證今、講經說偈的便是。文字禪無關正果，多用心反招妖魔。」這段話可視為對《西遊記》唐僧形象的總括，點出「心」的作用在取經之路的關鍵性，也是兩書互文性的交流過程。如《西遊記》的唐僧在面對賈夫人坐山招夫以及途經西梁女國所呈現的人性掙扎，皆可謂「多用心」招來磨難的明確例證，沿著這條敘事脈絡，《西遊補》的作者董說將目光聚焦在孫悟空身上，而從敘事風格觀之，主角孫悟空具有一種「文人化」的敘事意識，如第一回敘述孫悟空打殺男女後，欲做一篇送冤文字，「拾石為研，折梅為筆，造泥為墨，削竹為簡，寫成『送冤』文字；扯了一個『秀才袖式』，搖搖擺擺，高足闊步，朗聲誦念。」如第四回〈一寶開時迷萬鏡　物形現處我形亡〉，敘述孫悟空在萬鏡樓中看「天字第一號」鏡中世界放榜，憶起當年在八卦爐中聽太上老君對玉史仙人說：

> 孫行者呵呵大笑，道：「老孫五百年前曾在八卦爐中，聽得老君對玉
> 史仙人說著：「文章氣數：堯舜到孔子是『純天運』，謂之『大盛』；
> 孟子到李斯是『純地運』，謂之『中盛』；此後五百年該是『水雷運』，
> 文章氣短而身長，謂之『小衰』；又八百年輪到『山水運』上，便壞
> 了，便壞了！」（頁2352～2353）

關於放榜的那段經典描寫的出現，金鑫榮認為「才成就了《儒林外史》、《聊齋志異》這樣傑出的諷刺小說。」〔註76〕藉由以上說明，隨處可以察覺文人意識在小說行文中的思維運作，董說對於科舉制度戕害士人心靈的體認極為深刻，故而透過文章氣數加以說明，更看出董說對科舉文字持貶抑的思想立場。第十六回〈虛空尊者呼猿夢　大聖歸來日半山〉，在經歷五旗色亂後，虛空主人點醒行者被困在鯖魚精妖氣中：

> 虛空主人道：「天地初開，清者歸於上，濁者歸於下；有一種半清半
> 濁歸於中，是為人類；有一大半清小半濁歸於花果山，即生悟空；
> 有一種大半濁小半清歸於小月洞，即生鯖魚。鯖魚與悟空同年、同
> 月、同時出世。只是悟空屬正，鯖魚屬邪，神通廣大，卻勝悟空十
> 倍。他的身子又生得忒大，頭枕崑崙山，腳踏幽迷國，如今實部天
> 地狹小，權住在幻部中，自號青青世界。」（頁2410）

透過情妖鯖魚精的夢幻框架，指涉人世間無所逃於情欲束縛，鯖魚精因欲食

〔註76〕金鑫榮：《明清諷刺小說研究》，（南京：鳳凰出版社，2007年12月第1版），
　　　　頁161。

唐僧肉，故迷惑心猿，讓行者進入萬鏡樓中，作者董說安排主角孫悟空到了小說結尾才驚覺受情欲蠱惑，而入情魔只歷經一個時辰，最終體悟出「心短是佛，時短是魔」的佛教真諦，《西遊補》演繹佛／魔之區別在於受外物侵擾內心時是否能「誠意正心」為關鍵之處，情欲問題更是三教思想所共同關注的道德命題。

由《西遊記》的色欲到《西遊補》的情欲，可以探尋明末清初世變之際，關於「情教」思想的發展脈絡。《西遊補》繼承「前文本」《西遊記》對人欲問題的關注，開展與原書不同的論述方向，《西遊記》藉由西天取經之路的考驗，同樣對唐僧師徒尤其是唐三藏，更是心性修煉之旅的「轉義」呈現，於是構成敘事框架的九九八十一難的設置，才有了存在的必要。

三、度脫框架

《續西遊記》襲用《西遊記》九九八十一難的敘事框架，在第三回〈唐三藏禮佛求經　孫行者機心生怪〉，行者說出八十八種機心，透過「種種因生，則種種怪生」的敘事邏輯，故便有一心之應，由此構成八十八難的敘事框架：

> 如來道：「吾經本來一字，原無許多枝葉，到被你生出種種頭腦。只
> 恐你取了經去，道路之間，被這種種機心生變，不免又累別人。」
> 行者道：「弟子金箍棒現有，筋斗雲尚存。縱有妖魔，手段猶在，包
> 管無礙。」如來笑道：「吾正為汝恃這一根金箍棍棒，褻瀆了多少聖
> 真，毀傷了無限生靈。今日你這棒當繳還了在此，一路用他不著。」
> （頁 1176）

《續西遊記》除了八十八難的「考驗」之外，更呈現出一種承襲自《西遊記》的贖罪意識，從《西遊記》第一回回前詩最後一聯有：「欲知造化會元功，須看《西遊釋厄傳》。」《西遊記》在第一回提供了一種預敘性框架，讓讀者透過宗教敘事，了解「西遊釋厄」所隱含的贖罪意識，吳光正提出：

> 如果我們從宗教的立場來體味「西遊釋厄」的含義，我們就會發現
> 唐僧一行五眾的西天取經除了通過心性的修煉證道成佛外還有著為
> 自身贖罪的意味：證道是為了擺脫現世的苦厄，贖罪不僅是為了解
> 除前世的苦厄，而且是為了釋除前世的罪惡。〔註77〕

而《續西遊記》正是體現這種因八十八種機心引發諸多磨難而起贖罪意識的

〔註77〕吳光正：《神道設教：明清章回小說敘事的民族傳統》，頁 69。

極佳演示，而滅除這不淨根因的第一步，就是收繳眾人的兵器。在第四回〈授比丘菩提正念　賜優婆梆子驅邪〉，神王與唐三藏的對話，傳達出兵器傷生造業之主旨：

> 神王乃問三藏道：「聖僧，你一路來，如何虧了他們兵器？」三藏道：「上神不知，弟子一路遇了無數妖魔，若不是他們三個有此兵器戰妖鬥怪，怎能前來。但只是出家人以慈悲為主，遠來取經為何？原以濟度眾生為念。被他們這兵器傷害了多少性命，這便是他害事處。仰望神王收貯了他們兵器，免得傷害生靈，陰功浩大。」（頁 1178）

第二步則是派遣優婆塞靈虛子、比丘僧到彼暗中保護唐僧師徒，第四回如來針對收繳眾人兵器之後，如何護經回東土的任務先預作安排，首先是比丘僧到彼：

> 如來道：「他來時遇種種妖魔，不虧菩薩聖眾救護，幾乎不免。令汝二人既要保護經文到彼東土，比丘僧已知孫悟空八十八種機心之變：吾今賜汝菩提數珠子八十八顆。按此菩提數珠非比尋常，一粒一佛，乃五十三佛之念頭，三十五佛之心印也。汝當靜時掛於心胸之上。遇有魔孽，持諸手內，一粒撥動，萬邪自消。隨經到處，勿生怠惰，是乃圓覺實行也。」（頁 1182）

接著交代優婆塞靈虛子：

> 乃向優婆塞道：「靈虛子，汝既知孫悟空機心變動，魔孽猖狂，吾今賜汝一木魚梆子。按此梆子，非是緣木求魚。乃是淨心驅魅。那菩提珠子有轉圓不竭之正覺，這木魚有聞聲起畏之真機。凡遇經文有阻，一擊自無留難。汝其誠愨竟持，勿生懶弛，是乃聲聞功德也。」（頁 1182）

《西遊記》透過降妖伏魔的敘事流程，闡釋心性修煉的哲學意義，「在整個取經的路上，佛道兩教的神靈不斷給取經隊伍提供信息，既有製造緊張氣氛的美學效應，更有預測情節發展的敘事效力。」〔註78〕但到了《續西遊記》卻呈現出趣味弱化、說教增強的敘事轉折，因如來命神王收繳唐僧師徒的兵器，並隨之派遣優婆塞靈虛子、比丘僧到彼暗中保護失去兵器的眾人，唐僧師徒所遭遇的諸多磨難不再由佛道兩教的神靈提供奧援，轉而由兩位如來指定的僧人擔任，如來並叮囑二僧「汝二人只可隨真經到處保護無虞，莫與唐

〔註78〕吳光正：《神道設教：明清章回小說敘事的民族傳統》，頁 57。

僧等知識同行。若令其知覺，乃是送經東土，非取經西域之義也。」（第四回）

相對於《西遊記》眾妖莫不以吃唐僧肉可長生不老為職志，到了《續西遊記》轉而以搶奪真經的箇中緣由，在第十二回〈菩提珠子誆群妖　水火精靈噴氣焰〉，借赤花蛇精說出真經的好處：

> 赤花蛇精聽了道：「原來就是唐僧。他當年路過此嶺，靜悄悄過去。有人說：『唐僧十世修行，吃他一塊肉，成仙了道。』那時不曾捉得他。聞知他近日從靈山下來，已證了仙體，不但有百靈保護，便是捉了他，也吃不得了。只是聞得他取來的真經，大則修真了道，小則降福消災。我等安可不攝取了他的，做個至寶。」（頁1243）

第十三回〈老叟說妖生計較　玉龍噴水解炎蒸〉妖精要行者留下經文，行者說出經文三不可留的原因，「一是靈山如來洪慈，捨與南贍部州人民，降福消災的寶卷，不可留；二是我師千山萬水受盡苦難，今日取來託付與我徒弟們，我徒弟怎敢遺失了，不可留；三是這寶笈瓊書感應顯靈通天達地，出幽入冥，有善男信女齋戒沐浴，方可給與，若非比丘僧、尼，優婆塞、夷，至誠懇請，也不可留。」在結尾按下伏筆，第十四回〈妖精行者打猴拳　道士全真愚怪物〉妖精說出三可留，「經文既是如來真言寶卷，無非度脫眾生玄理。這玄理不但善信男女得以見聞，便是非潛動植物類也得瞻仰，莫說我一個大王了，此一可留；我聞真經到處，風調雨順，人安物阜，天清地寧，山谷草木也沾些靈異。我這嶺中時亦有災殃不順，此二可留；我大王堂堂一個神道，威風頗大，手段更強，要你這小和尚幾卷經文，何消拒吝？此三可留。」

在此經文做為一種「度脫」框架，在「度」與「解脫」的對象是否有所限制？在行者與妖精的對話中呈現出辯證關係，《無量壽經起信論》云：「教化度脫無量眾生」，就是要教導感化眾生超度解脫一切生死苦厄與執著。行者以為經文應是善信僧尼方可給與，而妖精則以為天地萬物皆可瞻仰，在十五回〈因緣理指明八戒　木魚聲擊散妖邪〉，則說明了《續西遊記》作者的宗教立場是偏向後者：

> 卻說赤蛇與靈龜老妖他兩個雖未搶得真經，卻也沾了真經神異，又遇著比丘僧化現的真經，雖說假化，總屬道理，提明了他。他兩個配合陰陽，躲入深谷修真，不復噴熱吐冷，把赤炎洞小妖多叫散了。
>
> （頁1259～1260）

藉由護送經文的度脫框架，《續西遊記》闡釋了天地萬物皆有善根的敘事架構，從文本的情節也可探知這樣的主題思想，由八十八難的修道歷程，孫行者到了第一百回滅了機變心，取經的功德乃「上報國恩，保皇圖億年永固，祝帝道萬載遐昌」，進而回歸到世俗政體的宗教救贖意義。

四、嫡派框架

筆者借《後西遊記》第一回〈花果山心源流後派　水簾洞小聖悟前因〉情節，談到通臂仙聽聞仙石誕出石卵，內中迸出一個石猴，大驚喜道：「這果奇了！當時成佛的老大聖，原是天生地育，借石成胎，但此事淵源已遠，如何又流出嫡派？待我去看來。」（頁 1889）嫡派所指乃「後代」、「第二代」之意，在《續編三國志後傳》、《後西遊記》等續書中，均被包裹在道教神話的敘事氛圍中。

《續編三國志後傳》為今所見最早的《三國演義》續書，在〈新刻續編三國志引〉明白宣示：

> 及觀《三國演義》至末卷，見漢劉衰弱，曹魏僭移，往往皆掩卷不
> 懌者眾矣。又見關、張、葛、趙諸忠良反居一隅，不能恢復漢業，
> 憤嘆扼腕，何止一人？及觀漢後主後為司馬氏所併，而諸忠良之後
> 杳滅無聞，誠為千載之遺恨。〔註79〕

為了彌補缺憾而興起續寫後傳的想法，遂因西晉末年劉淵父子自稱漢氏苗裔，則借其崛起而剿晉事，以為三國時蜀魏鬥爭的繼續，乃「追蹤前傳」《三國演義》，敷衍成小說，使之「顯耀奇忠」，「以洩萬世蒼生之大憤」。此書在開端的第一回就揭示了全書的主要思想內容：「奈何營中星殞，丞相云亡，遂使奸雄得志，千載於今，人心痛忿。幸而天道尚存，假手苗裔夷凶剿暴，使漢祀復興，炎劉紹立。」書中敘蜀亡之時，後主幼子劉璩（一作梁王劉理子）改名劉淵字元海，投北地匈奴，哭祭「元運真君行祠」（即諸葛亮廟），以聚兵復漢。其間，蜀漢諸功臣之後，如諸葛亮孫諸葛宣於、張飛之孫張賓、姜維之子姜發等，或同時出奔，或陸續來歸，共同剿滅西晉。

《三國演義》寫諸葛亮未卜先知，《續編三國志後傳》第十回〈齊萬年鎖川打虎〉，則進一步寫他死後成神祇「元運真君」，預宣天命，並且還交待他

〔註79〕〔明〕佚名：〈新刻續編三國志引〉，見高玉海：《古代小說續書序跋釋論》，
　　　　頁 6。

生前曾識晉朝「符讖之兆」：

> 遂皆下馬，步行入廟，果見諸葛孔明坐於上面，左側馬孟起，前面
> 立著一碑，眾人一齊下拜，放聲大哭，三部羌帥亦皆下淚。劉淵再
> 拜曰：「丞相能留二火初興之記，何不預置二士越此之備，使我家國
> 遭破，公之子孫被戮，哀哉痛哉，哀哉痛哉！」元度曰：「諸葛丞相，
> 人中龍也，能記其讖而不制其至者，抑知天數之有在也。但願聖靈
> 陰中默佑，再興兵革，報復國仇，重立漢基，乃以為重興之基址，
> 好屯軍馬，任自行移，約朔望日相會議事。」（頁80）

《續編三國志後傳》藉由虛構蜀漢諸功臣之後代聯手剗滅西晉，[註80] 並以
諸葛亮死後封神，而書中後主幼子劉璩見元運真君（諸葛亮），延續「報復國
仇，重立漢基」精神的承傳，形成嫡派框架的敘事結構。

《後西遊記》在第一回〈花果山心源流後派　水簾洞小聖悟前因〉，對孫
悟空取經成佛之後，將花果山棄若敝屣，由此孕育石猴生機：

> 這座山又閱歷過許多歲月，依舊青峰挺黛、綠岳參天，原是個仙寰
> 福地；水簾洞裡那些遺下的猿猴，生子生孫，成群逐隊，何止萬萬
> 千千，整日在山前尋花覓果的頑耍。一日忽見正當中山頂上，霞光
> 萬道，瑞靄千條，結成奇彩。眾猴見了，俱驚驚喜喜，以為怪異，
> 你來我去的爭看，如此者七七四十九日。（頁1888）

藉由《西遊記》仙石孕化孫悟空的出身，《後西遊記》由通臂仙說出「當時成
佛的老大聖，原是天生地育，借石成胎，但此事淵源已遠，如何又流出嫡派？」
告訴讀者，這是一個嫡派衍生的故事框架，而一連串的事件，讓小石猴逐漸
體悟「修仙」之必要，而取經成佛的孫悟空原說：「天地精靈不竭，遲幾百年
自有異人續我靈根一派。」也埋下小石猴將繼承孫悟空之志的伏筆，透過通
臂仙說明大聖孫悟空生命史的過程，自我命名為孫履真，「只好在真實地上做
功夫」則是帶有心學的哲理意涵。第二回〈旁參無正道　歸來得真師〉，則由
孫悟空遺留下的如意金箍棒，開啟小聖孫履真的修行之路：

〔註80〕諸葛亮孫諸葛宣於、張飛之孫張賓、姜維之子姜發為《續編三國志後傳》的
　　　　虛構人物，而齊萬年為西晉時期氐族首領。自從曹魏時代，很多少數族內遷
　　　　後自立。元康六年（296年），匈奴人郝度元聯合羌胡二族起兵反晉。當時關
　　　　中大饑，秦、雍二州的羌人紛起響應，推齊萬年為帝，擁兵七萬。他率兵圍
　　　　涇陽（今甘肅平涼西北），威懾關中。晉朝廷派安西將軍夏侯駿、建威將軍周
　　　　處征討，受梁王司馬肜節制。

> 忽然大悟道：「是了是了，這條鐵棒乃是天地間的寶貝！老大聖也是
> 成仙之後方能運用，我一個凡人如何便想施為？我想臨淵羨魚，不
> 如退而結網。為今之計，莫若也學老大聖四海去求成仙道，那時定
> 有妙用。」（頁 1896～1897）

踏上與孫悟空同樣的拜師求道之路，在西牛賀洲的參同觀欲拜悟真祖師為
師，無意間發現祖師乃是邪道，「他在參同觀雖未得真銓，卻虧了定心養氣的
功夫，只得心性靈慧了許多，精神強健了數倍，不像前番遲鈍。」遊歷一番
後回到花果山，一心求道竟往後山無漏洞，定心存想一周時：

> 存想到七七四十九日，只見靈光中隱隱約約現出一個火眼金晴尖嘴
> 縮腮的老猴子，手提著根如意金箍棒，將口對著他耳朵邊，默傳了
> 許多仙機秘旨，真如甘露灑心，醍醐灌頂，霎時間早已超凡入聖。
> 急欲再問時，那老猴子早逼近身，合而為一矣。小石猴大悟道：「原
> 來自己心性中原有真師，特人不知求耳！」（頁 1902～1903）

這段小聖孫履真的悟道過程頗有心學義理的內涵，由此也可推敲作者對於明
代心學思想有相當程度的掌握，思想轉換間頗有高妙之處。第三回〈力降龍
虎　道伏鬼神〉敘述小石猴得心中真師傳授，神力充足，七十二般變化無所
不會，透過降服龍王、猛虎，下幽冥問善惡生死，揪出崔判官徇情將唐太宗
多添二十年，孫履真提出將唐憲宗本享國三十五年改為十五年，並罰崔判官
作方士獻丹藥，「以明促憲宗之壽」，折服陰司十殿閻君，相較於孫悟空可謂
理性。在第四回〈亂出萬緣　定於一本〉敘述孫小聖上天欲飲仙酒、仙桃、
仙丹，側寫其性格「確是孫大聖嫡派子孫。且喜他心性直，明道理，肯聽人
說話。」不再強調「鬧」天界的撒潑，最後由太白金星請出成佛的孫大聖收
服孫小聖，孫悟空賜與金箍兒，說出「昔年是我的功臣，今日是你的魔頭」
之理，並留下偈言四句：「頑力有阻，慧勇無邊。不修正果，終屬野仙。」

　　《後西遊記》演繹「我之前車，即汝之後轍」的續衍思維，從第一回到
第四回孫履真的生命史歷程，處處可見與原書《西遊記》的互文性對話，形
成一種既承繼又開創的嫡派敘事格局，少了原書孫悟空桀傲不馴的冒險性
格，多了些說理的哲理空間。《西遊記》比較明顯的表現「心學」內容的情節
頗多，劉相雨歸納出有第十四回〈心猿歸正　六賊無蹤〉、第十七回〈孫行者
大鬧黑風山　觀世音收伏熊羆怪〉、第二十四回〈萬壽山大仙留故友　五莊觀
行者竊人蔘〉、第五十七回〈真行者落珈山訴苦　假猴王水簾洞謄文〉、第五

十八回〈二心攪亂大乾坤　一體難修真寂滅〉等若干情節，〔註81〕但如果把這些內容情節當作心學的概念闡釋，就失去閱讀小說的趣味，藉由劉相雨的話說明：

> 《西遊記》中確實有表現心學內容的情節，但是我們在理解這些情節時，不要過於拘泥。《西遊記》畢竟是小說，而不是哲學論文；小說是通過人物形象、故事情節等來抒發哲理的，哲理是融會於小說之中的，不是通過一些裝點門面的術語來闡釋的。《西遊記》中雖然含有哲理的成分，但是這些哲理又是零散的，不成系統的。如果把《西遊記》的內容看成是心學的嚴格闡釋，則又與清代道士們評點《西遊記》犯了同樣的錯誤。〔註82〕

《後西遊記》在第一回到第四回有關孫履真生命史的悟道修煉歷程，使用「心學」的哲理概念，如第二回孫履真求見參同觀的悟真祖師，接待的道士說：「祖師在菩提閣上明心見性，就是國王三番兩次的懇求，或者許他一見。你就有求道之心，也要個入門漸次。」而作者借道士之口說明一般人修煉小周天的過程：

> 道士說道：「凡求仙之輩，初入門時，先要在定心堂把心定了；然後移到養氣堂去調息，心定氣調；然後驅龍駕虎，從丹田靈府直透尾關，再衝過夾脊關、醍醐頂，方可相見。此時如何便生妄想？」（頁1899）

小聖孫履真進入定心堂後，發現「這堂中孔竅全無，黑暗暗不辨東西南北，四周一摸盡是牆壁，氣悶不過。」無處尋門，只好坐在地上想道：

> 「堂名定心，卻又如此黑暗，正是弄人意思。我既要定心，便當一念不生，一塵不染，管什麼黑不黑，亮不亮。」便以心觀心，在內中存想。過了許久，只覺靈機天趣，流盎滿前。再睜眼看時，忽一室生明，鬚眉俱見。喜得個小石猴抓耳揉腮，卻原來定心終有如許光明。（頁1899）

經歷「定心」修煉後，道士引孫履真到「養氣堂」，「原來這養氣堂不在觀中，轉在山上，卻只是一間屋兒。走將進去，也不知有幾多層數，委委屈屈，竟

〔註81〕劉相雨：《儒學與中國古代小說關係論稿》，（北京：中國社會科學出版社，2010年10月第1版），頁116～118。

〔註82〕劉相雨：《儒學與中國古代小說關係論稿》，頁118。

沒處尋入路。」養氣堂只有門上左右兩個大孔可以出入：

> 小石猴已得了定心之妙，便安安靜靜坐在裡面，看那陰陽，就似穿
> 梭一般的出出入入。到了子、午、卯、酉四時，真覺陰陽往來中，
> 上氣下降，下氣上升，津津有味。坐到那無間斷時，不覺滿身鬆快，
> 舉體皆輕。（頁 1900）

經由定心、養氣的修煉過程，小石猴回到花果山無漏洞照定心堂舊例，最終
大悟道：「原來自己心性中原有真師，特人不知求耳！」這裡描寫了孫履真經
過修心達到後天重返先天的過程。《後西遊記》運用嫡派框架，巧妙的融入心
學中的定心、養氣概念，將「修心」不假外求，賦予另一層哲學意義。

五、還陽框架

有些學者試圖由宗教關懷層面解讀《金瓶梅》，孫述宇即認為《金瓶梅》
是一部「平凡人的宗教劇」，[註83] 其後的續書也採用大量宗教情節，體現對
紅塵眾生的終極關懷。如《三續金瓶梅》第一回〈普靜師幻活西門　龐大姐
還魂托夢〉，作者訥音居士以為西門慶原有善根，故借普靜禪師讓西門慶還
陽，清償宿債後予以度托，普靜禪師在五里原等候孝哥、月娘、玳安，眾人
疑惑之際，長老口中念念有詞，用手一指，說：「西門慶的陰魂，還不歸竅！」
主僕半信半疑，長老道：「只因你夫主塵緣未滿，當真的活了。」眾人打開墳
墓，見西門慶面色如生，衣服如舊，月娘、孝哥放聲大哭：

> 長老道：「不必哭！萬千之喜。把你夫主扶上坑來，貧僧還有話說。」
> 玳安答應，同張安下去，把西門慶扶上坑來，坐於地上。和尚出了
> 一個葫蘆，倒出一粒仙丹，撬開牙關，灌將下去。只見〔西門慶〕
> 手腳齊動，「哎喲」一聲，果然還了陽了。（頁 4）

主角西門慶還陽後，小玉「敘起李嬌兒、孟玉樓、潘金蓮、孫雪娥、春梅、
西門大姐、陳敬濟、王婆子之事，西門慶落淚嘆息不已。」作者亦安排龐春
梅還魂托夢，月娘夢見一老者帶著一個女子：

> 老者道：「吾乃當方土地。奉普靜禪師法旨，帶了你家陽魂，特來托
> 夢。」月娘未及回言，只見那女子以膝跪倒，四雙八拜，不住磕頭。
> 月娘定睛一看，不是別人，原來是春梅。（頁 5～6）

〔註83〕孫述宇：《金瓶梅：平凡人的宗教劇》，（上海：上海古籍出版社，2011 年 3
月第 1 版），頁 111。

春梅嫁到周家，因癆病身死，周爺說春梅不守本分，施陰法將屍首拋於荒郊野外，「幸虧普靜禪師路過，大發慈悲，著土地老爺指引永福寺的道堅和尚，用仙丹一粒救活屍首，現在永福寺安身，無投無奔。」而西門慶屍首不壞，骨肉如生之因同樣也在第一回給予交代，「因他生前服過梵僧的藥，乃壯陽仙丹，雖氣絕身亡，藥性仍在。慢說七年，就是七十年，亦不能壞。故陰魂入竅，復舊如初。」這裡面臨到作者訥音居士採用還陽框架所必須解決的問題，為何復活的只有西門慶與龐春梅兩人？在其〈三續金瓶梅自序〉中提到：「看西門慶、春梅，不過淫欲過度，利心太重。」〔註84〕作者以為挖眼、下油鍋的懲罰，加上三世之報，這些都是潘金蓮、王婆、陳經濟、苗青四人所致，認為西門慶實不應承擔如此報應，所以透過還陽框架給予改過自新的機會。

　　普靜禪師在第三十三回出現，贈與西門慶《參同契》〔註85〕、《悟真篇》〔註86〕二書，在此作者讓禪師擔任「度脫者」的角色，第三十八回兒子西門孝因殷天錫、吳典恩有凌父欺母之仇，遂向高宗皇帝參了一本，兩人於是被皇帝革職充軍，經此事件後西門慶不禁心灰意懶，想起普靜禪師所贈之道書：

> 先把《悟真篇》打開看了一回，都是參禪悟性之法。又把《參同契》打開看了一遍，見是煉丹養氣的道理，心中甚喜說：「要學此法，必須看破紅塵，除卻名纏利鎖，收住心猿意馬，戒酒除葷，才能長生不老。但此法甚難，不可太急了，只須慢慢的。退步先學吃素坐功，把這道法一節一節地參悟，得了法自然就有好處。」（頁311）

小說中的西門慶自三十八回後一心悟道，摒棄葷酒，參悟《參同契》、《悟真篇》並遭遇種種魔障的試煉，在第三十九回〈散資財日配三姻　大覺悟功成了道〉，對《金瓶梅詞話》成書以來引人爭議的「獨罪財色」議題進行清理，首先，勸化月娘、藍姐、屏姐要一心向善，接著將丫頭們匹配婚姻，最後將家產濟貧施捨，而再次禁欲修持的魔障更勝以往，普靜禪師做為「度托者」總結：「也是你靈根不昧，塵緣已滿，才能逢凶化吉，脫了輪迴。不必久留，

〔註84〕〔清〕訥音居士：〈三續金瓶梅自序〉，見高玉海：《古代小說續書序跋釋論》，頁143。

〔註85〕《周易參同契》又名《參同契》，是一本講煉丹術著作，被稱為「萬古丹經王」。作者是東漢的魏伯陽。《周易參同契》的書名中「參」為「三」，指周易、黃老、爐火三事。

〔註86〕《悟真篇》是北宋道士張伯端在熙寧八年（1075年）所作的一部論述內丹修鍊的著作，是道教內丹丹法的主要經典之一，其丹經地位與魏伯陽的《周易參同契》相仿。全書由詩詞歌曲等體裁寫成。

跟貧僧上四川峨嵋山修真去吧！」《三續金瓶梅》藉由還陽框架的設定，闡述作者訥音居士由幻入空的因果報應思維，由純化情色語言的自律，一改自《金瓶梅詞話》、《續金瓶梅》以來相承的情色書寫，並呈現「通俗爲義」的創作趨勢。

　　總體而言，經由宗教修辭的角度審視，可以發現四大奇書之續書的編創，是基於儒家本位的倫理立場，並透過因果報應、天人感應、勸人爲善的佛、道宗教思維，融入到小說敘事當中，而最後探討到小說的宗教敘事框架，從中分析出轉世、嫡派、還陽、夢境、度脫五種框架，在宗教修辭共相的創作系譜中，又呈現殊相的敘事框架，構成續書編創格局中的特殊面貌。四大奇書之續書引用儒釋道三教的宗教資源，形成小說中風貌迥異的宗教敘事，藉由挪用、改造而構成小說哲理表達、藝術構思的重要面向，透過解讀小說儒家政治倫理，以及佛道敘事框架所凸顯的宗教關懷，往往在小說世俗生活所面臨的君臣倫理的衝突、個人欲望的擴張發揮指點迷津的關鍵作用。經由考察得知，小說中的宗教修辭並沒有艱深難懂的哲理論述，配合「通俗爲義」的創作認知主導下，強化通俗小說在教化、娛樂、補史等方面的話語表現。